2020·北岳·中国文学年选
（丛书主编：王朝军）

《名作欣赏》杂志鼎力推荐　权威遴选　深度点评
中国最好年选

2020年

中篇小说选粹

方岩　黄德海 ◎ 主编

Selected Novellas
in 2020

山西出版传媒集团　北岳文艺出版社
·太原·

图书在版编目（CIP）数据

2020年中篇小说选粹 / 方岩，黄德海主编. —太原：北岳文艺出版社，2021.3
(2020·北岳·中国文学年选 / 王朝军主编)
ISBN 978-7-5378-6394-0

Ⅰ.①2… Ⅱ.①方… ②黄… Ⅲ.①中篇小说–小说集–中国–当代 Ⅳ.①I247.5

中国版本图书馆CIP数据核字（2021）第069831号

书名：2020年中篇小说选粹	策　　划：王朝军	责任编辑：赵　婷
主编：方岩　黄德海	项目统筹：赵　婷 　　　　　高海霞	书籍设计：张永文 印装监制：郭　勇

出版发行　山西出版传媒集团·北岳文艺出版社
地　　址　山西省太原市并州南路57号
邮　　编　030012
电　　话　0351-5628696（发行部）
　　　　　0351-5628688（总编室）
传　　真　0351-5628680
经 销 商　新华书店
印刷装订　山西人民印刷有限责任公司

开　　本　787mm×1092mm　1/16
字　　数　242千字
印　　张　15.75
版　　次　2021年3月第1版
印　　次　2021年3月山西第1次印刷
书　　号　ISBN 978-7-5378-6394-0
定　　价　56.00元

本书版权为本社独家所有，未经本社同意不得转载、摘编或复制

写作的生缘

/黄德海

有一次跟朋友聊天,他谈到一位南美的作家,说比美国某个大名鼎鼎的小说家更有意义。我一时没想明白这话的意思,便继续追问下去,他想了一下,认真地对我说,这位南美作家,思考和实验的方式更容易在中国落地,而美国的那位,恐怕非常难以在我们这里生根发芽。哦,明白了,每个不同的地方长出来的小说,都有其生缘。要把这些在自家土地上长出的奇花异卉移植到不同的地方,可不是只套用个名字或学习一下技巧就能了事的。

"生缘"原是特殊领域的词汇,指尘世的缘分,或受生转世的因缘。多年前,一个老师把这意思引申,意谓每个独特的生命体(包括概念、思想)都有其绝不相同的经历,跟它赖以生长的更广大世界紧密牵连在一起。要把不同生命体引入另一个语境,就必须认真了解其生缘,小心翼翼地放置在自身所处的不同生缘之中。如此,那些千丝万缕的线头才不至于寸寸断裂,而是交融成新的果实。

如果不怕附会,大概对小说的借鉴学习也需要考虑不同的生缘,那些在异域熠熠生光的作品,其特定的指向和与之相关的技艺,未必能够原样进入中国的小说写作。或者说,属于中国的小说写作,既要看到异域小说各自的生缘,又能切实置身于我们生活的世界，从而让作品成为自己的精神血肉。

这次选出的六篇作品，就有着属于自己的生缘。

李亚《鸽子》中，有显而易见的狂欢气息，但这气息却不能轻易归于对某类相似作品的学习，而是细致研读这些作品之后的特殊变化。这变化最终形成了李亚小说独有的精神气派，也在某种程度上实现了特殊技艺的落地生根，从而形成了这一时和这一地的特殊文本。

周嘉宁《浪的景观》，以其清晰的质感，让我们触摸到了世纪交替时一些熟悉的情景，荒芜，野性，带着显而易见的开辟气息。在这样的情境之中，人有了舒展的空间，朝气蓬勃得让人振奋。这是属于一代人此时此地的世纪交替，也是属于我们所有人的独特生缘。

叶弥《谁在深夜里讲童话》，上下两部呈现为截然不同的两种风格，上部平静安稳，下部的粗粝动荡，仿佛二元对立，却在不同的节奏间衬托出现实特有的复杂景观。人在这复杂的景观间观察、选择、逃避或探寻，从而把外与内绾合在一起，构成深入的省思。

刘汀《何秀竹的战斗生活》，已经逼真到了近乎现实的地步。小说人物的诸般经历，不就是我们每日所身历的吗？异时异地，哪里就有这样的情形了。尤有意味的是，刘汀有意避免了对人物的道德关照，从而提供了开阔的河床，让作品顺利地流淌为自在的生活之流。

相比《何秀竹的战斗生活》，李晃的《一块滚石》带有明显的反思色彩，仿佛人物真实经历的一切，都不是天然成立的，需要在记忆和思考中再经历一遍才能真的成为现实。让人欣喜的是，这显而易见的反思没有让小说呈现出常见的柔弱和哀怨，反而呈现为一种难得的硬朗感。

跟以上五篇作品不同的是，王松《莫比乌斯的蚂蚁》世俗色彩鲜明，短句和讲故事的语调驾轻就熟，仿佛话本。有意思的是，这看似传统的写作方式，并没有削弱小说的现代色彩，断断续续的记忆拼接，不同时空的似断似连，都让这个作品拥有了探索的质地。

异域的借镜也好，现实的考量也罢，打开这六篇小说，我们会发现，沿着各自生缘成长的作者和他们的小说,已经在尝试的路上走了很远,开始繁茂成一棵棵树的样子。

2020 年 11 月 21 日

目录

1 鸽　子　　/李亚

22 浪的景观　　/周嘉宁

68 是谁在深夜里讲童话　　/叶弥

103 何秀竹的生活战斗　　/刘汀

179 一块滚石　　/李晁

203 莫比乌斯的蚂蚁　　/王松

鸽　子

/李亚

李铁丁领着樊梨花和她爹进庄时被李点苍看到了，那就等于我们李庄的人全部看到了，因为李点苍是我们李庄的治安主任，嗓门大是职业习惯，关键是他屁眼里夹不住一粒秕芝麻，稀罕不稀罕只要是个屁大的事，他就扯着嗓子乱咋呼，好像一头小毛驴被我用锥子冷不丁地扎了一下驴屁股——说起来这都是三十多年前的事情了，今天我想说说这件事，但时间是一把杀猪刀，不仅毁了老子的容颜，还把老子的记忆力也割掉了不少，因此我不敢保证能把这件事说得一点儿也不走样。

三十多年前，李铁丁也就是三十多岁的样子。我先旁注一下，铁丁是他的小名，他曾经有过学名，但我实在忘了是叫李鸿章还是叫李世民，反正他那个鸟学名也没咋用过，我们李庄的大人小孩都是叫他李铁丁。前后庄，南北集，认识他的人也都叫他李铁丁。只有他娘叫他"丁"，他娘老是站在胡同口喊他："丁啦，丁啦，咳咳，回家吃饭啦，咳咳，我擀的豆面条子，下的芝麻叶，咳咳，好吃类狠！"这个"狠"字我敢说没有错，因为这句话是我们李庄的方言，外乡人很难理解这个。再旁注一下，我们李庄虽然不是一个独立的宇宙，四面八方也毗邻着很多炊烟冉冉升起的村庄，但我们李庄有很多事都和外庄不一样。我们把高粱称作秫秫，把玉米称作玉蜀黍，黄豆我们称作豆子，骗子我们叫作拐子，我们把三十多岁了还没娶上媳妇的人叫作寡汉条子，把没娶上媳妇这件事叫作打寡汉，把十二三岁以下的男孩叫作鸟孩子或者半拉橛子，把十二三岁以下的女孩子叫作鸟妮子或者骚妮子，我们把李铁丁他娘这个岁数的老婆子叫作骚老婆子。请注意，我这里说的这两个"骚"字是尿骚的意思，并不是别个骚的意思。

  三十多年前，李铁丁他娘都六十出头了，身体状况相当暧昧，她想好就好，她说病就病，而且闲不住，按照我们李庄的话说，就是骚老婆子不识闲。不管白天黑夜，她都穿着那双高靿白球鞋在庄里走动，白球鞋上鸡屎或者鹅屎之渍斑斑点点，鞋带提溜耷拉的，我现在一想她那个样子就像看见个鬼魂一样，而且走一步咳嗽一声，从庄东头走到庄西头，节奏鲜明的咳嗽声也会从庄东头响到庄西头。我们李庄能人多，比如农学家李得印，满脸深刻的皱纹，既像风干的水蜜桃，又像苍老的牸牛蛋，他一低头一抬头眼珠子一眨巴，就给李铁丁他娘起了个绰号叫"肺痨"。于是，我们李庄的大人小孩都叫她"肺痨"。那一天，就是李铁丁领着樊梨花和她爹刚刚进庄头，李点苍眼角刚瞥见就扯着嗓子叫起来："俺大娘呀，俺大娘啊，这个骚老婆子——'肺痨'，'肺痨'！你赶紧出来看看啊，俺铁丁哥领个花不溜秋的大闺女回来了！"李点苍和李铁丁是一个亲奶奶的堂兄弟，按辈分他叫"肺痨"大娘。我们李庄的大人小孩都知道，这个恼人的大娘在李点苍眼里连根老鼠毛也算不上。

  李点苍这一声叫唤，就像平时他站在村当央大喝一声开会了一样，片刻间，我们李庄的大人小孩倾巢而出，一哄而上，人人都看到了樊梨花和她爹两个悬殊鲜明的形象。

  三十多年后的今天，我要讲句真话了：樊梨花其实并不漂亮，只是当年我们李庄的老少都没有见过她那样白白的那样圆圆的，就齐声夸赞她长得就跟七仙女一样。我现在也想不起来樊梨花当时穿的是啥样的鞋子了，也想不起来她穿的是啥裤子，当然，想不来她穿的啥裤子也不代表她是光着腚的。樊梨花穿着一件粉底碎枣花的短袖褂子，我记忆深刻，因为我们李庄没有一个女人穿过那么好看的洋布小褂子。更醒目的是她露出来的两条白白胖胖十分圆润的胳膊，一下子就让我们李庄的大人小孩呆若木鸡了，好像集体进入同一个梦里。当年，别说我们李庄了，就是南北集上，我们看到的女人大都是土不拉几的，偶尔也有点洋气冒骚的，但就是没见过一个女人长着樊梨花这样好看的一对胳膊，没有这么白的，没有这么圆润的。就是三十多年后的今天我想起来，仍然像当时少年的心情一样，一阵子青春期的骚气就像被戳的马蜂窝似的嗡一下冲上脑门。

樊梨花她爹除了说话和樊梨花一样，都是我们李庄人虽然听得懂但听着有点别扭的口音，他的长相和樊梨花可谓有天壤之别，也不太好说，我真不知道怎样形容才好。他的头颅虽然小得像只梨子，好似被扇肿了一样，又有鼻子眼睛，还有嘴巴和两只几乎看不见的耳朵，这么着，他的整个头脸就像去年我在印度游玩时见过的猪鼻蛙——岁月交叠，时代进步发展很快，用手机百度一下猪鼻蛙就知道樊梨花她爹长相有多神奇了。而且，这个糟老头也看不出有多大年纪，说他四十岁也可以，说他六十岁也可以，这一点给我们李庄大人小孩留下了不好的印象，因为我们李庄人向来认为，只有狡猾的拐子才让人看不出多大岁数来。他穿着一件白粗布长袖褂子，他妈的，前襟子上居然缀着六个直放光的铜扣子——就这么一下子，我们李庄的大人小孩都觉得这个糟老头与众不同了。因为我们李庄人老几辈子也没有人在褂子上缀过铜扣子。不过，这六个铜扣子也没能唤醒我对那个糟老头的更多记忆，现在不管我如何努力回忆樊梨花她爹相貌如何，脑海里首先出现的就是这六个直放光的铜扣子。

本来嘛，那天快到晌午顶了，蝉声不绝于耳，燥热难挨，我们李庄的人都躲在屋里避暑气，家家都打了几盆井水放在屋里降温。可是，一听说要给寡汉条子李铁丁办喜事，谁还顾得一个热字，哪怕出门身体都热化了也要办喜事吃喜筵。这三十多年里，我一想起李铁丁的那场婚宴，还能感受到当年的那种燥热。现在天气稍微热一点，很多人就说地球变暖了怎么着的，其实现在这点热算根乌鸦毛，三十多年前的燥热才是真正的燥热，就像现在的金子没有了金子的意味，三十年前的金子才具有金子的真正意义。前年六月份我去非洲，正是热的时候吧，但是，我觉得非洲的燥热都比不上我们李庄三十多年前的燥热。不客气地说，那时候我们李庄的燥热经常创造奇迹，比如腿长臂粗身材魁梧的男劳力李瓶盖，人场里逞能夸耀自己能在烈日下光着腚站上十五分钟，结果才站上三分钟，他的大家伙就给热化了。我们眼睁睁地看着，李瓶盖那根平素骄傲自满的坏东西就像一根大蜡烛,在烈日下迅速融化了,眨眼工夫就滴没了,就像一只黄鹂冲上云霄消失了身形,就像一帘幽梦消失了。亲爱的读者朋友,这绝不是个笑话,这是我们李庄历史上活生生的典型实例。

　　现在想想,我们李庄有史以来,没有一个人的婚宴办得像李铁丁的婚宴那么仓促杂乱,甚至还带有几分荒诞的意味。因为事发突然,先前毫无准备,好多新式规矩老式礼节已经顾不得了,但按照我们李庄千百年都不能变的老习俗,总得让参加婚礼的老少爷们吃顿像样的吧!所以,在治安主任李点苍的指挥下,我们李庄老少爷们齐上阵,把李铁丁家三十多只下蛋的母鸡全杀了,还有十八九只正下蛋的鹅也杀了。李点苍和李铁丁是堂兄弟嘛,打寡汉多年的老堂兄逮住一个摆喜筵的机会,再没有比他这个老堂弟更热情的了。还有小环,就是治安主任李点苍的太太,她那会儿的肚子大得吓人,谁也说不清里边有几个豪客或者十几个贼人,反正好像随时都会淌出来一个不好惹的,饶是这样,她照样在树底下杀鸡,一刀一个,每杀一只鸡就挺着大肚子浪笑好几声,好像杀鸡这活儿让她又解骚又愉快。李铁丁家的那头黑尾巴小白猪跳起来一溜白烟逃得无影无踪,他家的老牝牛膘肥体壮在我们李庄是有名的,当时正卧在河边树下闭目反刍口吐白沫,就像喜欢闭目沉思的杜甫。老牝牛嘴里发出的响声很粗笨,像用胶鞋底揉搓粗砂子。本来李点苍跟马楼的屠夫马肠学过杀牛,幸亏考虑到一头牛我们李庄老少爷们一顿吃不完,天这么热那可就浪费了,半吊子二性头李点苍才没杀牛。所以在李铁丁的婚宴上我们既没有吃到猪肉,也没有吃到牛肉。

　　李铁丁办婚宴的锅灶是我爹垒起来的,尽管我爹垒好锅灶也就是半支烟的工夫,但他热得好似掉河里刚爬上来,浑身湿淋淋的,刚往树下一站,好像一泡磅礴的小便失禁了,片刻间脚底下汗湿了两大块。倒是我们李庄的大厨师李长腰厉害,在案子后边剔骨剁肉,脸上连一滴汗都不出,一件洗得雪白的粗布褂子上也没冒一颗汗滴子,好像他是铁做的,好像他是石头做的,好像他是外星人做出来的。李长腰身高五尺,腰长四尺,因为腰长,干脆没有了屁股。后来,我到了北京读书,但凡看到"手挥五弦目送飞鸿"这个句子,就会想起来当年李长腰在李铁丁的婚宴上大显身手的神姿,由此还能嗅到那些生肉在酷热的天气里散发着即将腐朽的淡淡的臭味儿。

　　论起来我爹算是李铁丁没出五服的六叔，平时李铁丁老是到我家串门，喜欢听我爹"鬼吹灯"，加之我爹又垒了他婚筵的锅灶，吃饭时自然坐在主桌上了。主桌上还有李点苍，我们李庄的治安主任嘛，李铁丁他娘"肺痨"和他老丈人。当然两个新人也都龇牙咧嘴地坐在主桌上了。也是因为事发突然嘛，新郎官李铁丁连胡子都没好好刮一下，就用"肺痨"针线筐里的剪子胡乱剪了几下，一嘴胡茬子长短不平，像生了盐碱的草地一样。三十三四岁的人了，留个长头发梳个偏梳发型，本意想显得年轻一点，逢此风光时刻也不知道洗一下，虽然梳了几梳子，也是油腻腻贴在头皮上，好像老母牛刚舔过的新生小牛犊。好在他换上了红洋布褂子，又是王桥集上有名的裁缝方小凤做的，让三十三四岁的李铁丁好歹也有了几分青春气息。那时候的方小凤有四五十岁了吧，一天到晚嘴里生长着一根香烟，一丝烟雾一直在她脸上袅袅上升，烟灰无论多长她不弹就永远不会掉下来。她十四岁那年被一只混蛋公羊牴坏了左眼，所以到后来得了个诨名叫作方疤瘌眼。她手艺好，敢于追逐时尚，给李铁丁做的这件褂子就是最洋气的大闪领款式。李铁丁高兴得不会说话了，一个劲儿地扭着脸弯着眼看樊梨花，好像他能琢磨出好办法把樊梨花吃到肚子里。

　　我现在想起来了，樊梨花当年好像也就是二十岁上下的样子，拜天地也没再换衣服，当时的各方面条件都不允许嘛，还是那件粉底碎枣花短袖褂子。倒是李点苍家太太小环点子多，找了两根红头绳，重新给樊梨花扎了两根羊角辫，扎得像尿憋的鸡鸡一样昂扬，又缠了几缕子红头绳，也还是很有喜气的。樊梨花脸蛋上脖颈上都是汗，湿漉漉的，水淋淋的，看得很多人都想摸一摸，摸脖子摸脸都可以。她好像也不生分，架起筷子吃鸡吃鹅。我记得她好像没有吃一筷子黄瓜茄子豆角子，还有梅豆子。那时候我们李庄最喜欢种梅豆子，地边墙角，点上几颗活几颗，顺着墙头爬满院子，结梅豆子之前先开一院子花朵，有白的有粉的，好似家家都在做一场绚烂的春梦。

　　哦，我现在想起来李铁丁家老丈人的几分模样了。请允许我再说一遍：这个人长相有点奇特，他身材过于矮小，头没有蒜臼子大，脸没有巴掌大，鼻子眼睛都是直勾勾的，好像锈在脸上了一样。以前我还在我们李庄时，给别人说这件事说过好几次，总是形容不好他，无法说准确他的走相和神情，后来我到了上海，到了北京，尤其是到了非洲，到了澳洲和南美洲，现在我终于可以说了：一条老鬣狗酒足饭饱之后在草丛里踱步的样子，就是当年李铁丁家老丈人在田间小路上走动的样子，酷肖酷肖的。

  这个老丈人当天下午就走了。我说过他穿着白粗布长袖褂子，前襟子上六个直放光的铜扣子。李铁丁硬是塞给他的一盒玉簪牌香烟，就那么托在手里，他妈的，好像托块玉玺一样。他的裤子屁股上说不好是啥污渍，好像坐过七八个坏鸡蛋。他胳肢窝里夹着一个蒲扇大的黑色皮包，我们李庄大人小孩都知道是人造革的。他好像喝多了，走路就像过河不得底一样，上半截身子左右晃，下半截身子前后晃，好像随时都会倒地不起。他嘴里一直叼着半截香烟，香气扑鼻，但遮掩不住他身上散发的那种外乡人才有的气味。夏天汗流浃背的，我们李庄人的鼻子尖，一下子就闻出了他的体味，就闻出樊梨花的体味，都和我们李庄人的体味不一样，就像家狗嗅出野狗的体味和自己不一样。反正当时我们李庄的大人小孩都觉得他们的体味只有五百里之外的外乡人才能散发出来。不过当时不管真假反正是喜气洋洋的，我们李庄的大人小孩都忽略了这个，包括他们奇怪的口音。

  李铁丁家这个老丈人只管沿着流粉河西岸往南走，我们李庄大人小孩都跟在后边看他的走相。到了秫秫地头我们就止住了脚步，眼看着这个老丈人在河堤和秫秫地之间的小路上摇摇晃晃越走越远。当时太阳已经落山，大群的蜻蜓从秫秫地里飞进飞出，在田间小路上和在流粉河西岸河堤上杨树行子里蔓延飞徊。这个老丈人一会儿就不见了人影，好像被气势磅礴的秫秫地吸收了，又好像已经化入漫天飞舞的蜻蜓群里。

  李铁丁家在我们李庄东头，三间堂屋两间西厢房，都是土趴趴房子。那时候我们李庄还没有一间瓦房，都是类似的土趴趴房子。但李铁丁很能干，他用自己研制的细麦糠泥把几间房子里里外外泥了一遍。他的研制成果很神奇，泥过的墙面干了以后不裂纹，光滑得就像北宋的金銮殿。我们李庄的农学家李得印说过，历朝历代的金銮殿都比不过北宋的金銮殿。于是，全庄人都想跟李铁丁学泥墙，都想把自家变成北宋的金銮殿，包括农学家李得印。但是，李铁丁这个丢人的寡汉条子不告诉大家秘方，气得好几个人见面都不给他搭腔了。李铁丁还拉了一圈高高的院墙，院墙上还安装了碎碗碴子碎瓶碴子，防奸防盗，防夜牲灵跳到院子里勾他的魂。李铁丁家两扇大门也是好椿木的，每年过年都是请我们李庄的书法家大羔子写门对子。是的，那时候，大羔子七八十岁了吧，也好像是一百二十多岁了，不管春夏秋冬，没有一天不把裤裆尿淌水的。别看他耳聋眼花，两只手抖得筛糠一样，但他右手一拿毛笔，全身马上坚定不移，神情顿时一丝不抖。大羔子毛笔字写得好，到年节我们李庄都找他写门对子，家家户户的门对子写的都是这两句：春风杨柳万千条，六亿神州尽舜尧。

那时候，像李铁丁家这样有形有款的院落在我们李庄仅此一家，也就是说，在我们李庄只有李铁丁这个人最能干。每年春天，李铁丁都会和后周庄他表哥周霸王一块儿炕小鸡，就是孵小鸡嘛；同时还开染坊，把一匹匹白色生粗布染成靛青色或黑色的熟粗布。后周庄在我们李庄北面三里地。周霸王和李铁丁是姑表兄弟。周霸王是个撒拉腿，用普通话说就是个瘸子，走起路来左腿一瘸一拐的。我以前给人家讲说周霸王的事情，都会走几步模仿他的撒拉腿。等小鸡孵出来，李铁丁和周霸王两个表兄弟就各自挑着两竹筐小鸡娃下乡赊销，顺便收些白生布回去染。他们表兄弟担着挑子开步走，长着一双好腿的李铁丁走得很慢，撒拉腿的周霸王走得很快，因此他们之间从来没拉开过距离。那时候我经常呆立在路边长时间望着他们走路的架势，那样子真是让我入迷死了。

当年，我们李庄人知道炕小鸡和染布匹这两宗生意很赚钱，但没人知道有多么赚钱，只是见李铁丁家老是添东西，这个月添个新方桌，下个月添个新衣柜，连大门上那把绣成一撮干屎状的妖精锁都换成了四棱子日本大洋锁。日本大洋锁金光闪闪，高级得很，钥匙往锁屁眼里一插一拧，当啷一声，锁鼻子和锁身顿时分成两下里，根本不像妖精锁那样，插上钥匙拧半天，还得扭半天锁鼻子才能打开门。当然了，从李铁丁他娘"肺痨"身上也可以看出他家里经济条件不一般，从穿着打扮到表情眼神——不说这个复杂而且虚无的了，单单看"肺痨"脚上那双高靿白球鞋，就可以很轻易地把她从我们李庄一群骚老婆子队伍里区别出来。外庄的人一看"肺痨"这等骚老婆子穿的那双白球鞋，就知道她家里财产情况了。骚老婆子"肺痨"啥时候买的以及她为啥要买这双高靿白球鞋，大家可以乘便到我们李庄去打听一下。说到这儿你不禁又要问了，李铁丁家里条件这么好，他三十三四岁了咋还是个寡汉条子呢？这个问题，你去我们李庄打听"肺痨"买鞋的事情时，顺便也找李铁丁问问吧，你要能找到他，也许他会给你讲上一段岁月蹉跎的故事。

哦，对了，李铁丁和樊梨花大办喜筵这一年，我忘了"肺痨"高龄几许了。我估计我们李庄没人知道"肺痨"的真实年龄，就像谁都不知道这个骚老婆子做过什么样的迷梦。但我们都知道，自从樊梨花进门之后，"肺痨"的咳嗽一下子也好利索了，不管是说话还是做事情，都是无声无息无形无影的，就像一骨节勤劳的空气。她天天早上都给樊梨花做好吃的。那时候我们李庄也没有山珍海味猴头燕窝，她也就是捏一小撮白面，最多两小撮，拌成大半碗面糊，就是那种粗砂子半吊子大碗，再打上一个鸡蛋，切一节子葱白末，用她家那口祖传五代的四寸小铁锅煎了三五片煎饼，上贡一样用细瓷盘子端到樊梨花床前，尽量用甜蜜的口吻低低地说："小樊，小樊，起来吃早餐了。"我们李庄的人在这种情境下，应该这么说："你这个扒灰头骚妮子，日头都晒上猪屁股了，还不起来肏攮饭！""肏攮"这两个字，我原以为只是我们李庄的方言，过了三十多年才发现曹雪芹笔下的刘姥姥早就这样说过了。"肺痨"当然也会说我们李庄人的话，但她没有这样说，她说"小樊，小樊，起来吃早餐了"。那般腔调，那般用词，就像城里有文化有工作的人说话一样。我敢说，尽管"肺痨"年龄到了无限领域了，但她从没有去过县城里，真不知道这个骚老婆子从哪里学来的这般洋腔洋调。当时我们就像听见鬼说话一样，吓得魂不附体，目瞪口呆，面面相觑，农学家李得印像受伤的牤牛一样哞的一声哭了出来，接着屎尿齐流，鼻涕眼泪地跑走了。

我现在想想，三十多年前我们李庄真是奇怪。那一阵子，李铁丁娶个新媳妇，就等于我们李庄的男女老少晚上有了娱乐节目。每天晚饭后，几乎全庄的人都鬼鬼祟祟悄没声儿地坐在李铁丁家高高的院墙下听动静，人人脸上都是皮笑肉不笑的。天气还是那个鬼天气，晚上也热得男人女人像水淋的公兔子和母兔子一样，但没有一个嫌热的。经常是湿漉漉地等了半夜，才听到里边的一点点动静。好像两人发生了冲突。就像我们李庄人一样，一发生冲突，先是推推搡搡几下子，很快就是拳脚搏击，继而有人失声尖叫。突然，冷不丁的樊梨花尖叫了几声救命，尖叫了几声"杀人了"。她的腔调绵软纤细，就像好听的黄梅戏。院墙外的大人小孩没有去救人的，因为都知道李铁丁偶尔杀只鸡手都哆嗦，都会把自己的手指头割淌血，他咋会拿把刀杀掉那么粉嫩好看的樊梨花呢？要是杀，也是用裤裆里那把小攮子，而那把小攮子是杀不死人的，这一点全世界都知道。大家一起屏住气，侧耳聆听李铁丁痛杀樊梨花的声音。可是，总也听不到这种杀声，到了最后总是听到李铁丁歇斯底里地呼喊救命："哎哟喂，哎哟喂，快来救命呀！"接二连三，腔调不是个好腔调，连我这样十二三岁的鸟孩子都听出了焦急万分的味道来。可是，坐在院墙下的男女老少没一个动窝的，都是憋着气压着嗓子疯狂地笑个不停。那种憋着气压着嗓子的狂笑给我留下了深刻的凶残印象，让我这么多年一想起来心里边就会惴惴不安，继而恐惧就像烟雾一样弥漫了全身。这时候，"肺痨"出来了，她像个鬼影一样刚到门外，大家顿时跟跟跄跄朝黑影里遁去。"肺痨"打着手电筒，一边胡乱照人，一边扯着苍老的嗓门就像鬼叫一样瘆人："点苍大主任呀，老少爷们啊，快救救俺家丁吧！小樊啊，那个小樊啊，揪住俺家丁的人参不丢手，揪多长，快揪掉了呀！"

　　第二天还是第三天，也许应该是第四天或者第五天——毕竟三十多年过去了，我实在记不住那个准确日子了，就算是第六天吧，我亲眼看见了李铁丁的人参被樊梨花揪后的可怜样子，如今想起来那个悲惨的鸟模样还是心有余悸。

　　那天我爹领着我到秫秫地里打秫叶——那一年，好像刚包产到户第二年还是第三年，我们李庄各家各户在流粉河西岸的地里都种了秫秫。流粉河是我们李庄村东头一条南北向的河流，除了有一个叫人想入非非的名字，其实就是一条稀松平常的乡村河流，夏天雨水多，河水丰盈，鱼鳖虾蟹泥鳅黄鳝横行霸道，秋末以后雨水少，水里各种生灵逐渐消失了，刚入冬天就近似干涸。流粉河西岸大约有七八百亩田地，因为上一年种的都是烟叶，庄稼人都知道，经济作物嘛，榨油似的吸肥，一季子烟叶把地力都拔尽了，下一年不管上多少化肥，再种小麦芝麻类的细粮也长不好了。土地就是这么有规律的，就是这么神奇的，头一年你搞得太狠了，第二年就不好好给你搞了。所以，我们李庄的人根据丰富的种田经验，一律种上了秫秫。秫秫这种糙粮好伺候，有那么两袋子磷肥加上几泡屎尿撒地里就行了。秫秫到了抽穗季节，得把下部和中部的叶子逐步采掉，以保证通风，以保证足够的养分供秫秫吸收，成长为红彤彤沉甸甸的秫穗子，就像电影里的那样好看。我们李庄把这个工作叫作打秫叶。

这一大块田地有我家七亩七分地，那一年种的也是秫秫，和李铁丁家的三亩六分地挨边——我得发个毒誓，这个不是我为了讲故事才这样安排的，真的是当年包产到户分地时就这样分的。后来我看到有很多人写文章，把打秫叶说成是很浪漫的劳动，那都是知识分子抒情说漂亮话的，我们李庄人不说漂亮话，我们说真话：所有农活里再没有比打秫叶更难受的了。你要是种过庄稼的话，当然，现在种过庄稼的人成了稀有动物，他妈的，差不多都到城里打工了。我的意思是说，要是你种过秫秫的话，就一定知道秫秫都是密植的，两亩秫秫地就可以遮天蔽日，几百亩秫秫地是个啥阵势你肯定没见过。打秫叶又是暑天最热的时候，又是秫秫病虫发作的高峰期，每一棵秫秫上都布满了肉眼看得见和肉眼看不见的各种病虫，你在秫秫地里打秫叶，这些孬种病虫就会密密麻麻地落在你身上头上，落在你脖颈子里和胳膊上，就像糊了一层稀屎，黏糊糊的你也不知道都是啥生灵。我们李庄的农学家李得印说，这些病虫有的叫麦二叉蚜，有的叫麦长管蚜，有的叫玉米蚜，有的叫禾谷缢管蚜，有的叫榆四条蚜。他见大家听不懂，先是傲慢地咳一声吐口痰，接着蔑视地说："总之，这些病虫统统叫作高粱蚜。"农学家李得印是我们李庄的大能人，尽管他家的庄稼也不是长得最好的，但他照样啥都得比别人洋气点，秫秫他叫作高粱，玉蜀黍他叫作玉米，黄豆他不叫作黄豆，也不像我们李庄所有人那样叫作豆子，他叫作大豆。论说我爹在我们李庄也算是个大能人，但只要李得印在场，他只好自愧弗如，接二连三地赞扬人家："哎呀呀，你这个歪屌日的邪性货，咋就懂那么多呀？"……我真恨不得把你变成个庄稼人，让你尝尝打秫叶是个啥滋味。尤其是，这么七八百亩秫秫，遮天蔽日阵势磅礴，你到了秫地里就跟进入了迷宫差不多，你进了这几百亩秫秫地里，干好事干坏事都没人知道，就是被鬼吃了都没人知道。我们李庄一些骚男人都厚颜无耻地说过，一进了这块秫秫地里，就想和娘们压摞摞。

那一天李铁丁也到地里打秫叶了。

我说过我家的秫秫地和李铁丁家的秫秫地挨着嘛，打秫叶也是碰上过好几次的。我见过李铁丁打秫叶，很麻利，像个加足了马力的机器人一样快。这一天李铁丁有点慢了，好像手腕和脚脖上都坠了十斤重的秤砣，好像他的胳膊腿关节都生锈了。我爹是个明白人嘛，当时他皮笑肉不笑的样子今天依然如在眼前，他眯着眼看李铁丁打了几片秫叶，然后就哧哧地笑着教训李铁丁："歪屌日的，看着是个蜜蜜罐，实际上是个毁人炉！这大热的天，农活正上手，你他娘的也天天弄她呀！"

我爹说了两遍，李铁丁都没应声，好像有点开不起玩笑似的，眉宇间都是恼怒的意思，而且胳膊上脖子里头脸上落了一层高粱蚜，就像糊了一层黏糊糊的稀屎。我爹总是喜欢一鼓作气把别人的邪火脾气惹出来才算甘心，他又说了一句："你弄得也对，弄大她肚子就稳当了。"

这下子，李铁丁气得浑身直发抖，他愣怔了足足有三秒钟，然后跟跟跄跄地穿过稠密的秫秸秆，在我爹面前站住了。我以为他要给我爹一记响亮的耳光，结果他一下子把自己的裤子脱掉了，他妈的这个粗鲁货连裤衩都没穿。我爹尖锐地哎呀一声，又尖锐地哎呀一声："个歪屌日的！大肠头子都拽出来了！"

我不免也看了一眼。李铁丁那个东西像个伤痕累累的大棒槌，充满了悲伤的诗意。尤其让我不解的是，他的两个蛋也就是睾丸活像紫茄子一样大，简直比我们李庄的著名大气蛋李更新的蛋还要大！李更新五十多岁了，他的阴囊疝是闻名方圆二十多里的，天天裤裆里就像骑着一个大茄子一样走来走去，走了一辈子茄子也没变小。讲真的，李铁丁裤裆里的红肿景象十分悲惨，几乎成了我青少年时期的一个噩梦，让我的青春期变得单调乏味没有了乐趣，也避免了犯很多错误，因为每当我单独和女同学在一起时，我就会想起李铁丁裤裆里那一堆物件的可怜样子。

那一天，李铁丁不但给我爹看了他裤裆里的惨事，还给我爹说了别的事，也就是前几天他在地里打秫叶，快晌午顶时他到地头喝水就看见了樊梨花和她爹这件事。说到这儿，李铁丁脏兮兮地瞄了我一眼，我爹一见李铁丁这个举动，马上严肃地给我使了个"滚远点"的眼色。这是我们李庄的规矩，因为你是个十二三岁的鸟孩子，在人场里，大人们可以随意把他们丑陋的人参掏出来给你看，不管他们的人参是大得吓人还是小得吓人，或者被弄成李铁丁这副惨样子，他们都毫不羞耻略带几分淫荡意味地掏出来给人参观。哦，我们李庄的大人小孩都把男人这东西叫作人参。娘们也是这样。嫂子辈的女人们要是和淘气的鸟孩子闹将起来，基本上都会当众掏出垂了三尺长、形象令人呕吐的瞎奶子喂你奶喝。我们李庄的大人小孩都把灰渍斑斑没有奶水的奶子叫作瞎奶子。但是，他们大人一旦说点鸟事情，气氛顿时变得肃穆起来，一准儿会把你赶得远远的，仿佛他们要交流一下彼此的心脏或者灵魂是啥颜色的，是方形的还是圆形的，是香喷喷的还是臭烘烘的。我对大人们的心脏或者灵魂之类的鸟玩意儿素无志向，就像对他们的人参和瞎奶子没有任何兴趣，所以恨不得一步就迈到地头，捧起罐子爽爽地喝一气凉白开。

　　当年我们李庄人下地干活都要带一罐子凉白开。就是那种瓦罐，从罐口到里边有一层锃亮的红釉子，就像新杀的猪血一样红艳艳的，罐口以下的外边就是粗糙的原土色了，脏兮兮的，就跟我们李庄老少爷们的脸色差不了多少。三十多年前，这种瓦罐对我们李庄人作用很大，夏天下地干活用它盛凉白开，百年不遇买了斤把肥猪肉炼了油也用这种罐子盛起来。夏天里熟猪油散发的香味勾人魂魄，冬天里它凝固成那种白色——白得就像小环的奶子。我说过了小环是我们李庄治安主任李点苍的媳妇，我们李庄人都知道她的脸黑蛋一样，哪里料到她别的地方会白。冬天李点苍召开全村冬季安全会，说起了罐子里的熟猪油也是易燃物，他说熟猪油看着白莹莹的很喜人，要是着起火来比劈柴还凶猛，就像小环的奶子，一着火就把他烧成了死牛一般，两只脚僵翘翘。于是，我们李庄的大人小孩都知道了，小环脸虽黑，但她的奶子就像熟猪油那样白。那时候我只是个十二三岁的鸟孩子，一个乡下的鸟孩子，一听说这么白的奶子把李点苍这个粗糙壮货的两只脚烧成僵翘翘了，就觉得也不是啥好东西。日月经年，到了现在我才知道，那个时候，我们李庄不仅用这种罐子盛水盛油，还盛满了性的想象。后来，随着时代的发展，生活条件好了，这种罐子逐渐演变成尿罐子或者屎罐子。但是，如果它继续存在下去的话，总有一天会变成值钱的罐子，就像那些珍贵的青花瓷。因为时间是很厉害的，它能够不动声色地改变事物的方圆和内涵。

　　我之所以在这里牵古扯今说罐子，是因为李铁丁下地干活也拎了这么一罐子凉白开。我们李庄的大人小孩都知道，李铁丁的这罐子凉白开不一般，别人一罐子凉白开就是一罐子凉白开，但李铁丁这罐子凉白开是放了糖精的凉白开。三十多年后的我们都知道糖精不是啥好东西，但在当年，一罐子凉白开里放上几粒糖精，就变成甜的了，那么，即便这几粒糖精是有剧毒的，喝了就会死翘翘，我们李庄的大人小孩也会欢天喜地争着抢着把这罐子甜水喝光光。自然了，那时候的糖精水至多有毒，喝了至多是个死，现在的甜水里你说不上来都有啥东西，喝了你能不能死得了都成问题，你有可能变成连你自己也认不得的怪物。李铁丁打秫叶一口气快干到晌午顶了，口渴难挨，他回到自家地头水罐子跟前正准备喝甜水，一抬眼，天注定，他就看到了樊梨花和她爹。他们过来把李铁丁的一罐子甜水喝了，然后就跟着他回家了，然后李点苍这混蛋就张罗着把喜筵办了。

　　说到底，我爹和李铁丁在诗人们称之为青纱帐的秫秫地里，所谈的秘密我就听到这些，因为我当时心不在焉，因为我急着走到地头偷喝几口李铁丁那罐子放了糖精的凉白开。

　　晌午顶回家吃饭，我爹还没端上碗就喜笑颜开地把他知道的说给我娘听，我娘还没听完就端着碗赶紧到胡同口吃饭了。在我们李庄，当爹当娘的说啥事都是这样的，一个说一个听，听完听不完都是赶紧往胡同口跑。当然了，我暂时还不知道他们说的都是啥，因为我们李庄的爹娘说事情时就会用独特的方式把小孩子赶得远远的，比如瞪眼，比如敲几下碗筷，比如干咳几声或者一声叹息，或者嗓子里发出几声怪怪的声音，就像老斑鸠发情的叫声。不管他们用多么暧昧的方式，我们这些小孩们总能及时准确地明白他们的意思，赶紧滚到院墙外边或者滚到天边去。

　　一顿饭还没吃完，我们李庄三岁的小孩都知道了，樊梨花和她爹都是四川达县人，后来传成了是福建三明人，到了我耳朵里就变成了陕西凤翔人。我现在暂且称之为外乡人。他们远来投亲不着，路过流粉河西岸秫秫地头时，差点渴晕了，李铁丁这骚货就趁机用一罐子糖精水把他们哄回来了。讲真的，三十多年前我们李庄闲言碎语的传播速度几乎是6G的。过两天我们还知道了那个头脸像印度猪鼻蛙走路像非洲鬣狗的老丈人走的那天，胳肢窝夹着的那个黑色人造革皮包里装着李铁丁给他的三千块钱。他妈的，三千块钱！三千块钱，真他妈的！三十多年后我依然认为，三十多年前三千块钱对我们李庄的大人小孩都是天文数字。当时我们李庄的人又惊又恨又后悔，要是早知道这个老龟孙包里装了三千块钱，至少有八十人会藏在秫秫地里，就像当年游击队埋伏在青纱帐里袭击日本鬼子一样，把那个癞蛤蟆日的三千块给抢下来。

　　那几天，李铁丁受伤了嘛，我们李庄的大人小孩都知道伤在哪儿以及伤成啥样了——这个主要是我和我爹的功劳。但是没有人关心这个，根本就没有人把这个当回事，因为我们李庄的大人小孩都懂得，瓦罐不离井口破，大将难免阵前亡，一个天天使用小攮子的人，要是弄不伤别人，再不把自己弄伤了，那还玩啥小攮子嘛。只有李铁丁他娘"肺痨"在人场里装模作样地说，她家丁的腰闪住了。这个骚老婆子说了好几回，好像人人都相信她的话，好像我们李庄的大人小孩得了集体健忘症，忘掉了几天前他在深夜里像钟馗抓住的小鬼一样惨叫不已。

　　于是，那几天我们看到樊梨花担着柳木筲到官井里打水。

　　三十多年前，我们李庄还没有自来水，吃水都是到村中央那口官井里打水，就是担水嘛。有的人家使用的是白铁桶，有的是柳木筲。白铁桶大家都见过啥样子，就那种轻浮样子；柳木筲估计没几个人知道是啥样子的了。想当年，我们李庄只有三家使用白铁皮水桶，绝大多数人家使用的都是柳木筲，李点苍家使用的是柳木筲，农学家李得印家使用的是柳木筲，我家使用的是柳木筲，李铁丁家使用的也是柳木筲。我曾经是这样理解的，柳木筲打的水干净，有植物的信息在里边，有唐诗宋词的遗韵在里边。白铁皮水桶不管是打了水还是空着桶，担在肩上走动起来总会发出轻佻的铁皮响声，柳木筲就不同了，不管是空着桶还是打满了水，担在肩上走动起来它发出的声音怎么说好呢，就像一对好男女在沉重的木床上发出的那种美妙的不可言传的响声。我说这话的意思，就是想说一下樊梨花担着柳木筲到官井里打水的情景。

　　论说女人挑担子水在我们李庄算个啥，治安主任李点苍的太太小环肚子大得快要砰一声了，照样天天挑着柳木筲去官井里打水！哦，我说的不是打水这个活儿轻重的问题，也不是说我们李庄的娘们多能吃苦耐劳，我是说看到樊梨花挑水时我们李庄的大人小孩才发现原来女人挑水这么好看。

故事发生在夏天嘛，樊梨花又穿着那件引人想象的粉底碎枣花的短袖小褂子，她挑着一担水走起来，她的奶子她的腰，她的大腿还有小腿，尤其那两瓣凉粉般颤颤巍巍的屁股，都显得格外生动。一直让我们李庄大人小孩刮目相看的是那两条白生生的胳膊，一条搭在扁担上掌握着方向，一条随着步伐前后甩动，就像两条温顺的美女蛇一样叫人颠来叫人狂。伴随着柳木筲发出的那种声响，樊梨花从谁面前一走过去这个人马上就会凝固了，包括治安主任李点苍的太太小环。小环曾经是我们李庄的美人尖子，虽然生活作风我不敢说牢靠不牢靠，但平时她都是走在路当中的，那天一看樊梨花挑着水迎面过来了，她赶紧麻利地移到路边，那么大的肚子，那一下麻利，令人惊叹，然后双脚像焊住了一样，还一个劲地吸肚子，生怕挡了樊梨花的路一样，恨不得把自己的大肚子吸没了。

到现在我还记得，那一天樊梨花挑水时脚上穿着一双奶白色塑料凉鞋，还穿一双粉红色玻璃丝袜子。当时我们李庄老少爷们又眼红又激动，纷纷猜测樊梨花既然能穿这么好看的玻璃丝袜子，那她的小脚恐怕得是金子做成的。说实话，三十多年前我们李庄一年四季没有人穿过袜子，更别说夏天穿凉鞋了。农学家李得印用车子轮胎剪制了一双黑胶皮鞋子，算不上是凉鞋，他赤着脚趿拉着，脚底下像是踩了两只癞蛤蟆。李得印的脚后跟又糙又厚又裂纹，槽树根一样都快烂掉了，喂狗狗都不吃……樊梨花挑着水在村当央走动，我们李庄的男女老少不管干啥，哪怕也是打水，甚至和她迎面而来，也都会像小环那样麻利地移到路边，止住步子，满脸带着含义复杂的笑容，看着她从自己身边过去了。我那天也是挑着柳木筲去官井里打水嘛，哪里想到会和樊梨花迎面相逢，我赶紧闪在路边，焊住双脚，等她担着柳木筲忽闪闪过去后，我感到一股气味落到我脸上，我说不清是啥气味，那感觉就像脸上落了一股子马叽嘹子尿。我们李庄人所说的马叽嘹子，在北京、上海包括香港这样的大城市里好像叫作蝉。马叽嘹子交配后就会迅速飞翔，并在飞翔时撒下一泡大尿。

一开始说这件事，我就声明了时间是一把杀猪刀，把人的记忆力也割掉了不少——又差一点忘了，我当时还仔细地观察了一下樊梨花的那双手，白白净净的，圆圆胖胖的，就像刚出壳的小鸡娃。真是人不可貌相，海水不可斗量，这么好看的一双小手，肯定没有多大的力气，但想必一定具有神奇的魔法，否则不可能把李铁丁的人参变成大棒槌，也不可能把李铁丁的睾丸变成紫茄子。而那位先生——就是骑着大棒槌和紫茄子的李铁丁，当时就倚在胡同口一棵两搂粗的大槐树下，眯着眼张望着挑水的樊梨花，他还穿着那件大闪领款式的红洋布褂子。他娘"肺痨"穿着布满鹅鸭屎渍的高靿白球鞋，就站在他旁边，这个骚老婆子也眯着眼张望挑水的樊梨花。那棵大槐树枝叶繁茂，洒下浓厚的荫翳，罩在李铁丁和他娘"肺痨"差不多同样苍老的脸上，真让我辨不清他们脸上的表情是悲伤还是喜悦抑或是发呆或者陶醉。

　　樊梨花在我们李庄那一阵子，她担着柳木筲到官井里打过几次水，可以说，这几乎就是她在这件事情中最灿烂的部分，给我们李庄老少留下了难以磨灭的记忆。后来一旦说起这个来，还有好几个娘们学樊梨花挑着一担子水走路的样子，包括治安主任李点苍的太太小环，尽管她的肚子已经瘪了，原先凹进去的屁股又像个大肿疮一样鼓起来，但是，除了冲天的骚劲头，她根本学不出樊梨花担着柳木筲走动的那种风致来。

　　眨眼之间，流粉河西岸的七八百亩秫秫成熟了。成熟的秫穗子就像一簇簇浴血的红珍珠，一坨坨红彤彤沉甸甸地低着头，尤其在夕阳下，七八百亩秫穗子恍若血海，很有一种悲壮而深远的感觉。成熟的秫穗子在夕阳下开始呈现它的性能，直接地，没有来由地，一下子就把人的情绪全部呼唤出来了。干过庄稼活的人都知道，秫秫成熟了，就得用钐刀子把秫穗子扦下来，送到场里彻底晾晒了再脱粒。我们李庄人嘴里的钐刀子，绝不是词典上解释的那种，它只是一拃长三指宽的单刃刀片，秫秫成熟的时候，就用这种刀片把秫穗子扦下来。从这个意义上讲，"钐刀子"这三个字我也不知道写得对不对，但我敢肯定的是，它的锋利天下无敌，熟手老农只用一只手操着钐刀子就把秫穗子扦下来了。顺便说一下，我们李庄把这种劳动叫作扦秫头，具体操作就是左手把高高的秫秸秆拉弯腰，右手握着钐刀子把秫穗子扦下来。

　　七八百亩秫秫不是一家的，不是同一天播种的，所以不可能同时成熟。

刚开始那天，下地扦秫头的也没有几家，这么阵势磅礴的秫秫地里，只有几家人在干活，几乎等于没有人在地里干活。我亲眼所见，我家秫秫地和左右邻地是同一天播种的，所以那一天我们三家都到地里扦秫头。我说过李铁丁家的秫秫地在我家的左边，我家右边是农学家李得印家的八亩七分秫秫地。李得印家的秫秫自从抽穗，他就用好几种颜色的钢笔在很多秫秸秆上画上各种神秘的符号。他的几支钢笔品牌不一，都是残缺不全的，每支钢笔都用线绳和布条缠头裹脑弄得像个伤员。现在我猜测他应该是记录秫秫生长发育的过程，当年真的以为李得印这个魔鬼给他家的秫秫施魔法，将来他家的秫秫颗粒会长得就像枣子那样大。结果，到扦秫头了才发现他家的秫秫穗子和我家的没啥两样。但是，李得印在扦秫头时，那副得意样子好像他家的秫秫比我家的长得好几倍。我爹皮笑肉不笑，一个劲儿赞扬李得印家秫秫长得好，真不愧是庄稼行里的状元，"哎呀，你这个歪屌日的，赶紧去北京农业科学院当教授吧"。农学家李得印没搭腔，他很神秘，干活时从不和人说话，只喜欢自言自语，他那瘦得刀刃似的屁股扭来扭去，好像皮影戏里的毛驴屁股。

我砍下几根扦了秫头的秸秆，踩成麻披子状，把我爹扦下的秫头打成捆，然后扛到地头小路上的架车子上——请不要拿上海呀北京呀香港呀那些大城市里十二三岁的小孩来想事情，我们李庄十二三岁的小孩不像他们那样吃了数不清的糖果，这个年龄，不管在家里还是在地里我们已经像头成年骡子一样扛活了。我前边说像我这样十二三岁的鸟孩子是半个劳力，那只是谦虚，深知劳动艰辛的人都具备这种美德。所以前边我说自己担着柳木筲到官井里打水，那不是凑趣，绝不是为了点缀樊梨花打水而信口开河。

就这样，我扛着一个个秫头捆子在茂密的秫秫地里一趟趟穿行着，几乎每趟都会听到农学家李得印放一个又响又长的屁，一听响就知道他这两天没少吃大豆。每次李得印放屁之后，他儿子李光仁就会大声嚷嚷一句："真是个好爹！"李光仁那时才二十岁出头，整天干些劁猫骟狗的勾当，并以善于嘲讽他人而闻名于我们李庄。每次李得印放屁之后，我爹也会大声提意见，他请农学家不要说英国话也不要说美国话。可见那时候我爹根本就不知道美国人和英国人基本上说的都是一个语种。

我家秫秫地左边的李铁丁干活时总是闲不住嘴，他也是个说话声高大喉咙的人。他一边扦秫头，一边讲说他春季里下乡赊小鸡和染生布的事。他大声地讲炕小鸡和挑选小鸡娃需要注意的技巧，以及染生布要掌握火候和煮染的时间。他很有耐心，说话叫人听得好似吃蜜蘸糖，腔调口吻可见他心情美如画，好像他的大棒槌和紫茄子消失了。我那时候对这些农村谋生技能不感兴趣，只是支棱着耳朵聆听樊梨花偶尔向李铁丁咨询几句染布问题。樊梨花低声细语，说话腔调软软的，叫人听了心尖就想化了淌掉。三十多年前我虽然只是个十二三岁的鸟孩子，但我们李庄的小孩对这个事情还是相当明白的，所以当时我就知道樊梨花这块面团被李铁丁揉到劲了。我还盼着我爹或者农学家李得印或者他儿子李广义能接上李铁丁和樊梨花的话把儿说几句，把我心里的这点判断说出来，可是他们三个粗人只管在那儿说李得印放的屁，根本就不接话把儿。李铁丁说完染布又说小鸡娃，把一件事说得就像解娘们身上的啥带子，又详细又琐碎又有趣。他说有一回在马楼那庄赊小鸡娃，马如龙他娘偷了三个小鸡娃藏在布衫子里。马如龙是个有名的赤脚医生，方圆十几里都到他家瞧病，他娘真给他丢人，当时就被抓住了。"小樊，你不知道，那个骚老婆子多不讲理，偷了我的小鸡娃，还把我的脸抓了几把，小樊，我左腮帮子给她抓得跟鹰搂的一样，小樊，我右腮帮子给她抓得也跟鹰搂的一样。"李铁丁左一个小樊，右一个小樊，腔调和"肺痨"酷肖酷肖的。李铁丁说："小樊，你评一下马如龙他娘讲不讲理嘛，小樊，小樊，喂，小樊，小樊！你在尿尿吗？樊梨花，樊梨花，你在哪儿尿尿呀？喂，樊梨花，喂喂，樊梨花啊啊啊啊。"

樊梨花就是这样从秫秫地里消失的。

当时农学家李得印的儿子李广义飞回庄里叫人，我们李庄的大人小孩都到秫秫地里来了，全庄人在稠密的秫秫地里窜来窜去，好像逮鹌鹑一样，低声传说，相互询问，手拉手压着嗓子呼喊着樊梨花，在七八百亩秫秫地里耙地一样走了两三遍。樊梨花好像已经幻化为一株秫秫，消失在气势磅礴的秫秫地里。

三十多年来，我一想起这个事就觉得蹊跷之至，但根本无解。我印象里那天下午变得有点短暂，好像很快就到了夕阳西下时分。全庄的大人小孩无不张皇失措，聚集在流粉河西岸和秫秫地之间的田间小路上，纷纷议论着这件事的来龙去脉。都说从那天樊梨花和她爹一进我们李庄就看出来两个狗男女就是放鸽子的拐子，人家单单在秫秫地头的小路上遇到李铁丁，那准是早就打听好的买卖，摸准了李铁丁是个寡汉条子，家里有钱得很，百万军中取上将首级，轻而易举骗走了三千块钱。那时候我还不懂啥叫放鸽子的，也没见过三千块钱，估计得十天半月才能数得清。当时我脑海里还浮现出那个老丈人在这条田间小路上行走的情景，他胳肢窝里夹着一只黑色的人造革皮包。李铁丁坐在秫秫地头哇哇叫地哭泣着，他手里还拿着钐刀子。天色晚了嘛，那柄钐刀子也没有光亮了，就好像一块古时候的刀币那么灰头土脸的。李铁丁的胡子好像一下子长出来半拃长，东倒西歪，他那样子更像一只因捕猎苍狼受了重伤而奄奄一息的秃鹫。过了这么三十多年我还忘不掉这个印象。当时大家怕他想不开半夜里上吊了，因为我们李庄有几个吊死鬼在上吊前情况就和李铁丁目前的情况一模一样。

我们李庄的人，一旦反对什么或者吃了亏上了当受了损失，就会发狠发傻发毒誓，就会不计后果眼也不眨地拿起剪刀剪掉自己的一只耳朵，或者拿斧子砍掉自己一只脚。我说这话绝不是耸人听闻，更不是故弄玄虚，袁世凯称帝那年，我们李庄有一个人反对帝制，气愤得割掉了自己的头颅，被挂在村当街的那棵老枣树上，吊了好几年。最后，那个骷髅头也不知道是被人偷去当装饰品了还是给黄鼠狼拉走了。我说这个的意思就是想告诉你，我们李庄人发毒誓下毒手惩罚自己这档子事是有渊源的。

就像我爹一样，我也没能看到李铁丁剁掉大拇指的精彩时刻，因为那天一大早我去我舅舅家取好吃的了。我舅舅是个手艺人，就是劁猪骟狗那种行当嘛。那天下午，我拎着一大兜子用大粒子盐腌好的猪腰子狗蛋一回到庄里就听说了这件事。我赶紧跑到李铁丁家里。真庆幸，我看到了李铁丁的那根大拇指。当时他家院子里来了好多人参观，骚老婆子"肺痨"穿着白色高靿运动鞋，两只鞋上的鞋带提溜耷拉的，她把那根大拇指捧在手心里给人看，仿佛她儿子有骨气她脸上很有光一样，她满脸又自豪又矜持的神情，两个眼角里满是眼屎，眼睛里闪动的光芒也比较模糊。我觉得"肺痨"手心的那一根大拇指没啥了不起的，就像一个污秽的死黄鳝头，又像一截快要干透的屎橛子，在傍晚的天色下微微闪烁着黯淡而深沉的光点，就像一个暧昧的法器，包含着神秘的元素，散发着天地开始和宇宙结束的强烈意味。李铁丁萎缩着身子蹲在院子里的那棵枣树下，他把缠着一团灰布的左手揣在怀里，那架势好像抱着一件恶毒的杀器。在人们既惊诧又幸灾乐祸的低声细语中，李铁丁猛一抽身子蹿了起来，好像要发火，好像要歇斯底里地喊叫一嗓子，结果，他只是咽下一口吐沫，就像咽下一声呜咽一样，然后，神情颓唐地出了院门。他走过我面前时我不敢看他的脸色，只是听到他肚子里或者胸腔里咕咕咚咚的，一阵子乱响，就像旷野里牛车行走在凸凹不平的砂礓路上。

刚刚吃完晚饭，村当街传来一连串"肺痨"鬼一样的惨叫声，于是，我们李庄的大人小孩都知道了李铁丁跑没影了。这时候，天早就黑透了，壁虎们趴在房檐下高昂着脑袋准备扑食飞舞的蚊虫。我们李庄的人议论纷纷，都说李铁丁准又是到秫秫地里找樊梨花了，这两天他天天在秫秫地里游荡，失了魂一样。于是，治安主任李点苍就带领着全庄的男女老少提着马灯打着手电，乱嚷嚷着涌向了流粉河西岸的秫秫地，就像那天寻找樊梨花一样，手拉着手又把七八百亩秫秫地梳理了三四遍。一直找到后半夜，找到黎明时分，我们没有找到活的李铁丁，也没有找到死的李铁丁，即便找到他的一根手指头也好啊，但是，没有。三十多年过去了，我们李庄的大人小孩再没见过李铁丁，也没有人听说过李铁丁的任何讯息。对于善于制造谣言和传奇的我们李庄人来说，这个状况简直是不可思议的。所以，到现在也没有人相信李铁丁死了，人人都认为他是去远方寻找樊梨花了，每一个人都相信，有一天李铁丁会突然回到我们李庄，右手牵着大腹便便的樊梨花，缺了拇指的左手牵着一个半拉橛子或者一个骚妮子。可是，三十多年过去了，眼看着我们李庄人的愿望变成了叭叭狗吃月姥娘——月姥娘是我们李庄的方言，用普通话说就是月亮的意思。

三十多年过去了，我依旧记得那天夜里我们李庄的大人小孩在稠密的秫秫地里寻找李铁丁的情景。呼喊声夹杂着嬉笑声，像一股愤怒与喜悦交织在一起的浑浊河水，毫无规则地在秫秫地里流淌着。马灯活像幽灵似的四下飘移着，手电光到处乱晃，弄得整个秫秫地里光影斑驳陆离。虽然秫穗子已经扦完了，没有了秫穗子的秫秸秆更加挺拔，更加突兀，更加森然，更像诗人们赞美过的青纱帐。尤其是手电光胡乱闪动着，胡乱割碎了黑暗，使深夜里的秫秫地十分瘆人，叫人感到宽大无比的秫秫地深处隐藏着形形色色的厉鬼。大家有些胆怯，声音逐渐脆弱地相互呼喊着，缓缓从秫秫地里钻出来，大人孩子无不长长地呼吸了几口气，望着逐渐稀少的满天星星，那感觉就像从狼群里归来，就像从虎口里逃生，就像刚刚冲出地狱，就像终于脱离了苦海。

原载《芙蓉》2020年第5期

评鉴与感悟

李亚的此类小说很难定义，倘若以"乡土小说"来命名，便会发现李亚根本不在乎故事的社会、历史维度；倘若将其当作"魔幻现实主义"来谈论，又会发现这对于李亚来说只是技术问题。如果注意到李亚在讲述此类故事时，使用的是在中国语言体系中辨识度不那么鲜明的皖北方言的话，那么不妨把《鸽子》视为李亚处理自身童年记忆的典型范本。"骗婚"的悲惨故事所引发的喧闹，在既是旁观者同时又是价值观尚未成型的孩子心中，无疑是带有喜感的；而时隔久远、时过境迁后的成人记忆亦强化了童年记忆中事件的趣味性。所以，当类似的故事被重新讲述时，几乎所有的人物的言行都是夸张、变形的，连带风景等环境因素都带上了梦幻的色彩，所谓梦幻其实亦是时间造就的距离感和失真感。当这一切都被方言包裹时，这便意味着那种多年以后才能成型的道德、社会、历史等判断都被阻挡于故事之外，或者说，这样的梦幻般的人世悲欢故事以何种方式被接受，其实是读者自己的事情，讲故事的李亚并没有提前预设。（方岩）

浪的景观

/周嘉宁

我曾不知道天高地厚地以为，2003年是我青年时代最倒霉的一年。按照计划，我本应顺利度过大专最后一学期。但是四月"非典"疫情变得严峻，我就读的野鸡学校封校的同时，提前解散了应届生。没有对我造成具体影响，我当时已经在一所广告公司实习了整整三年，这份工作是群青跟着彬彬去日本前留给我的，他走了，我多少有点顶替的意思。和群青相比，我缺乏野心，这个行业不适合我，而我也没有其他想去的地方，于是老老实实地学习软件。被学校解散以后，反而多出来很多时间可以每天都去办公室学习。结果到了五月中旬，业务受到疫情影响严重，将上海分部遣散了。

我稀里糊涂地接受了这个消息，只想着接下来既不用去学校，也不用去上班，不知道该做什么。为了回避父母的担忧和责难，我依旧像平常一样每天按时出门，甚至更早。网吧里空荡荡的，只有一些不怕死的衰人，我也不怕死，但受不了那种极度警惕和绝望的气氛，不愿待在那种地方，于是便沿着黄浦江畔，一片区域一片区域地寻找露天篮球场，那里有大量和我一样，不分昼夜闲逛的人，我们每日流动，与不同的陌生人打球。我还去了多年没有去过的植物园和动物园，去了旧机场的停机坪，去了崇明岛，看见不少平常想象不到的风景。搭最晚一班船渡过东海回家时，二楼甲板只坐着我一个人，外面的黑暗中也看不到别的船，我在春日温暖的海风中玩手机上的俄罗斯方块，几乎忘记了被打断的未来。

之后的就业市场极其不景气，而我无心投放的简历竟然收到一份回复，甚至不需要面试，于是酷暑来临之前我成为一间画廊的临时工。去了才知道负责人口口声声所谓的布展全部都是工地上的体力活。我和几位真正的工人一起搭脚手架、搬运、测量、砌墙和粉刷。几年前在美校没有学好的东西在这里又跟着师傅从头学了一遍。每天傍晚我爬下脚手架，心想目前的局面就是这样了，我毫无未来可言，此刻却在做着自己能够胜任的事情。

九月开学以后，社会秩序已经慢慢恢复，我一再拖延，终于还是回到学校正式办理毕业手续。学校竟然又缩小了一圈，不是心理错觉，学校原本借用了闹市区背面一栋机关建筑，一再缩水，那年一楼和二楼被收回，成为知青联谊会。我往上爬了两层，在办公室里遇见两位同样来办理手续的同学，但大家都埋头核对材料，一心只想和这里告别，谁都不愿和谁打招呼，也不关心彼此的去向。办完手续以后我与社会上的一切正式脱离了关系。本应该给家里打个电话，却第一时间打给了群青。他上个星期回国了。

"你在哪里？我去找你。"群青接起电话说。

"你说个地方吧。"我回答。

"那去外滩看灯啊。"群青说。

我这才想起来，这原本是一年里我最喜欢的日子，国庆假期前一天。夏季一事无成，然而空气干燥，气温适宜，高架一半在阴影里，一半是金色的。真正的假期甚至连第一天都还没有开始。

群青是我在美校关系班的同学，不是高中，是中专。这个班上的大部分人都和我一样，学习不行，没有特长，父母有一些人脉关系，但人脉关系不过硬，没多大用处，只能把我们安排在这里作为过渡，希望我们在流落社会之前能够开窍，或者至少，学会一些谋生的技能。学校在吴淞郊区，靠近海，与世隔绝，曾经是海军训练基地的营房，所以操场上仍然留有很多身体训练设备，我们在这里像法外之徒一样度过了成年前最自由的三年。群青是班里唯一有美术基础的，他能调配出差别细微的颜色，使用工具得心应手，了解各种材料的特征和形态的变化。他的父母都是贵州一所工厂技术学校的美术老师，上海过去的知青。群青原本可以考上当地最好的重点高中，但他只想往外面跑，于是坚持独自回到上海参加中考。回来以后才知道两地使用的教材不同，这样稀里糊涂准备了一个多月，自然一所像样的学校都没有考上。群青这个人在学校里没什么朋友，一来他专业成绩太好，和我们班甚至整个学校的整体氛围不符合，二来他性格内向，心事重重，不好接近。

开学第一个星期，我在宿舍打赌输了以后连做五十个俯地挺身跳，还没做到二十个，就晕头转向撞到床架，撞得满口血。我在医务室里面遇见群青，他因为擅自使用工作间的车床，削掉半个手指尖，血染半边衣袖。我们两个人哼哼着一同被校车送往市区的医院，路上相互展示牙齿的缺口和指尖露出的骨头。回来的时候，群青的手指包扎完毕，我则永远失去了半颗门牙。我俩因此成为患难之交。

之后我和群青都选了标本处理课，因为无法满足于课堂上只能摆弄死鱼和飞蛾，便一起去学校后山碰运气，希望能捉到鸟或者其他小动物。大部分时候一无所获，但最终在冬天结束前撞了大运，我们捡到一只刚刚死去的黄鼠狼，遵循物尽其用的自然法则，将腐烂的肉留给后山的昆虫食用，取下头部带回学校，去腐清洁，再经过一个星期双氧水的浸泡之后，获得一枚洁白坚固的纪念物。群青去日本的前夜，我们买了两支红星小二，学习古惑仔那一套，以黄鼠狼的头骨为证，一饮而尽，约定了永恒的友谊。

转眼几年没见，我们约定在英雄纪念碑底下见面。横穿过中山东路以后，我不由自主朝防波堤飞奔，直到在人群中一眼看见群青。他长得普普通通，但向来都极其好认，穿着一件迷彩冲锋衣，走的时候是寸头，现在留成了长发。我一边跑一边大声喊他，他也大力朝我挥手。

"你的牙怎么还没修好？"群青见到我就大笑。

"不重要！"我也大笑，知道自己非凡的心情绝非幻觉。

我和群青上次来外滩还是五年前的国庆前夜，全市市民都涌向黄浦江看焰火，无论从哪个方向进入外滩都寸步难移。人群像层层巨浪一样往防波堤倾轧，警察手挽手站成人墙，目不斜视，并且有卡车不断运来一车又一车公安学校在校生。所幸我们逆着人流在开始焰火表演前爬上了福州大楼楼顶。很多居民带着躺椅和板凳，旁边鸽棚里的鸽子在黑暗中休息，轻轻发出咕咕声。天空中升起第一朵烟花时，美得好像夜空本身的产物，是和闪电或者雨水一样的大自然。人们内心的赞叹也成为共振。但是那天没有一丝风，江面上燃烧以后的硫黄烟雾无法消散，反而在空中凝聚，很快我们便什么都看不见了。

焰火表演结束以后，人群渐渐松动，公安学校的学生先行撤离，接着是警察，到了后半夜，整片外滩只剩下巡逻队和成群结队不肯离去的中学生。每个人手里都握着巨大的充气塑料玩具，从任意两个方向迎面遇见的队伍，瞬间汇拢开始战斗，又瞬间结束各自继续向前，直到遇见下一群对手。我们买了大号充气榔头，但不属于任何一支队伍，我们跟着胜利的队伍跑，也跟着失败的队伍跑。直到马路彻底空了，公交车都已经停运，我和群青回到防波堤，和剩下的人一起，围成一小堆一小堆坐着，在郊游的气氛中，等待清晨的到来。

那之后不久彬彬家里突然出事，临时决定举家搬去日本投靠亲戚，避过风头。学校里的人都以为群青和彬彬的恋爱就此到头了，出人意料的是，群青花了大半年时间就考出了日语三级资格证书。第二年春天，他放弃了美术类大学的专业考试，通过留学中介找到一所位于横滨的语言学校。当年出国留学在我们这样的破学校里并不常见，几位老师虽想挽留，却立场不定，于是不知怎么的便木已成舟。高考前夕我到机场和群青告别，之后独自坐大巴回到学校，跑去网吧打了一宿游戏。

高考失利以后我不想出去混社会，鼓起勇气回到补习学校复读，第二年春季招生勉强考上一所大专。报到第一天我就后悔了，学校里死气沉沉，没有住宿，我不得不搬回家里，和父母住在一起，这让我觉得自己是社会的蟑螂。但群青的情况比我糟一百倍。他刚到日本便发现学校的注册地在横滨，就读的学区却在偏远乡郊，不通新干线，每天从火车站发两班巴士，四周皆是荒野。而且按照规定，在校期间不允许打工，他相当于是被中介骗了。由于父母为他出国而背了债，他只能离开学校，回东京打黑工，到日本的第一个月就成为黑户。然而群青在电话里和我讲得惊心动魄，一点没有沮丧的意思。我问过好几次彬彬家里到底是不是真的有问题，我看新闻里很多人去了日本以后打一辈子黑工，和家人十年没有相见。我的意思是他别把自己整个搭进去。但群青保证说彬彬家里只是被牵连，事情会过去的，他们每一个人都会重新获得自由。在此之前，他有他的计划。他要先还清父母的债，如果政策允许的话，也想继续在东京找个学校念书，走一步看一步。

结果几年里平平静静的，群青打工的餐厅却遭遇同行举报，几个黑户都被遣返。他告知我的时候，已经坐上了虹桥机场的巴士。这对他来说是重创还是解脱，我也说不好。

我们逆着人流离开防波堤，提着一袋零食，回到楼顶的天台。鸽子已经回到棚里，天台上没有其他人，刮着秋季罕见的大风。晚上不会再有焰火表演，现在都改成灯光秀了，激光在对面的楼群上打出虚拟的浪，还有海豚跃出浪尖。但我们在楼顶看不到，前面的楼群遮住了视线，爬到水塔上面，还是不行，只能听见时断时续的音乐里，低音的轰鸣。群青费很大劲才在大风里点上一根烟。

"你接下来有什么打算？"他问我。我没想过，我没有什么打算。

"喂。那我和你说件事情，你考虑考虑。"他语气变得严肃。

"你说啊。我听着。"我回过神来。

"我和你提过我有一个朋友吧，之前往来东京和上海做二手衣物和古董买卖的。他要移民去加拿大，所以在人民广场的服装档口着急找人接盘。我昨天去见了他，也去档口看过，和以前老谢那里肯定不能比，但是气氛不错，都是同龄人。我在日本没少帮他忙，他答应前两个月不收我们租金，相当于送给我们练手。之后的合同我们直接跟台主签。我问了老谢的意见——"

"赶紧接下来啊。这么好的条件，别拱手让人了。"我有点着急。

"你听我把话讲完行不行。我现在的情况是，彬彬一时回不来，我五年之内签证受限也别想再回日本，从前的计划都泡汤了。但我得赚钱，遣返的罚款，外加父母那里欠的债也都还没有还清。所以现在我没有回头路，也没有自由。你也得先考虑考虑清楚，可能会很苦，也可能会失败。过两天再告诉我就行。"

"别过两天了，过了这村没这店。"我心里泛起一些热浪，是很久没有过的感觉。

"有你这句话就行了。"群青也站了起来，把烟头弹开很远。我们靠在水塔的栏杆上，能看到对岸巨大的白色光柱打向天空。

服装档口的事情不是空穴来风。念书时，我和群青在学校里几个青年老师的影响下迷上摇滚乐。傍晚他们在学校广播室里一边喝啤酒一边用高音喇叭放平克乐队的歌，我们在操场上一边跑一边听得热泪盈眶。当时能够找到的资讯极其稀少，书店里的音像制品柜台翻来覆去只有两排摇滚磁带。还有一档电台节目，但每周只有一次，而且主持人疯疯癫癫的，有时候整整半个小时听众们都迷失在失真的噪音中，不知如何是好。我后来从这档节目里了解到一则歌友会的信息，便叫上群青一起怀着朝圣的心情去参加过几次活动。活动多半在五角场附近几所大学的学生活动室里，组织者放一晚上演唱会的录像带，介绍欧洲和美国的摇滚新浪潮。大家七倒八歪坐在地上看，可能因为心情过分沉重，都看得疲惫万分，结束以后全体像梦游一样涌到门口大口大口呼吸和抽烟。来的人大多是附近大学里诗社和剧团的成员，都在练吉他，都在找排练场地，都说自己的乐队在招募乐手，人也都挺好的，又忧郁，又懂礼貌。

起初我以为老谢是歌友会的组织者。他年龄最大，体格如劳动者一样强壮，因为极度热情而显得笨拙，说一口滔滔不绝的脏话，与知识分子大学生们内向拘谨的气氛格格不入，却几乎每次活动都到场。我一开始以为老谢就是那位疯狂的主持人，打听下来才知道他是华亭路服装市场的个体户。他这个人夸夸其谈，特别容易动情，有时候让人受不了。有几次他讲述他亲眼见证的伟大演出几乎要泛起泪花。但老谢因为搞服装的关系，交际甚广，常常能带来稀缺珍贵的演出录像带，所以大部分人虽然看不上他，歌友会却没他不行。

不过老谢不知为何却对我和群青刮目相看。他说群青是年轻版的窦唯，而我是年轻版的——他想了半天说出一个我从没听说过的外国人名字，他解释说反正也是传奇级别的朋克。他这个人夸起人来没谱到了不真诚的地步，不太能信，但我心里还是挺高兴的。有一次活动上放的是平克乐队的迷墙现场录像带，结束以后大家的情绪格外激动，迟迟不甘心散去，于是我和群青又跟着他们去了大学附近的一间酒吧。这是我第一次去酒吧，没有带够钱，就只要了一杯啤酒，从头喝到尾。虽然我当时对柏林墙的事情一无所知，但其他人一路聊到布拉格之春，我昏头昏脑地听着，被感动得一塌糊涂，结果出来的时候回吴淞的末班车已经没有了。我和群青也没有太担心，和其他人一起走在路上，陆续握手告别，最后只剩下我们和老谢，老谢的热情没有消散，还在说个没完。郑重其事的气氛随着夜晚的流逝而变得更为深邃，我感觉自己被当作真正的成年人一样平等地对待着。我们又在路灯底下站了很久，最后老谢借给我们一百块钱打车回宿舍，我们留了他联络地址。过了一个星期再去歌友会的时候却没有遇见他，于是我和群青按照地址去还钱给他。

当时的华亭路服装市场还在鼎盛时期，层层叠叠的露天档口罩着铁皮或者遮雨布。我和群青一头钻进迷宫般的通道，顿时蒙了。原本只在音乐录像带里见过的事物突然变得触手可及。美军风衣、里维斯牛仔裤、阿迪达斯复古运动衫可以随意挑选。仿佛档口的世界不遵循外面的物质流通法则，专将幻梦变为现实。

老谢的档口是从自己家的天井延伸出来的违章搭建，具有得天独厚的优势。他没想到我和群青会去找他，很高兴，提早收摊，领着我们去了他的仓库。他的仓库就是身后自己家的阁楼，也是违章搭建，楼梯又窄又陡，我的头几乎顶着前面群青的屁股。但是仓库里面整洁干燥，一股迷人的牛仔布料味道。挪开货物之后，是一块两米见方的狭窄空间，按照年代分类排列着各个国家的军队防寒大衣、战地迷彩、工作服和海军毛衣，墙上贴着海报和唱片封套。老谢说上面有的大明星都在他这里买过牛仔裤。群青指着一张窦唯的海报问："窦唯也在你这里买过裤子？"

"魔岩三杰都来过。"老谢得意地回答。

"什么时候的事情啊？"群青将信将疑。

"也就是香港红磡之后那两年吧。他们从南京一路演到上海。"老谢说。

"真的假的，都没听说过。"我说。

"你们知道什么，那时候还在听小虎队呢。"老谢说。

"窦唯在现实中是什么样？"群青问。

"特别牛逼，特别时髦，穿美军风衣和鬼冢虎球鞋。当时没人这么穿。"老谢说。

"那他在你这里买了什么？"群青问。

"你们等等。"老谢说着在身后的书架上翻找，抽出来一本杂志来，指着里面的一张照片说就是这条裤子。结果是一本日本杂志，通篇采访也不知道讲了什么，但照片配的确实是极其年轻的窦唯，而且有好几张，是他和朋友们在北京郊区的水库玩耍。我和群青拿在手上看了半天，没有任何一张照片里能看清他到底穿的是什么裤子。但是群青立刻对老谢说，他要买这条裤子，就要窦唯穿着的这条裤子。

　　群青当时是同学里最有钱的，因为他自学网页设计，轻松找到好几份兼职，赚到的钱都花在老谢那里。升旗仪式的时候，他穿着从老谢那里买来的紧身里维斯牛仔裤和牛仔衬衫，大摇大摆地横穿操场，看得其他同学目瞪口呆。

　　渐渐地，学校里那几个青年老师都专门来向他打听裤子是哪里买的。于是群青找我商量，从老谢那里进一些裤子到学校里卖。起初我们小心谨慎，每周末只带两三条回学校。等现金流滚动起来以后，胆子也敞开了。直至生意被学校教导处出面取缔之前，我们陆陆续续卖出四十多条裤子，都是紧身到绷着蛋的款式。于是在接下来的两年里，每周一全校升旗仪式的时候，操场上有四十多个人穿着我们卖出去的牛仔裤，不时扯着裆部调整蛋的位置——我觉得这几乎算是一场革命了。

　　群青要分给我卖裤子的钱，我没要，他想尽办法给我，我又想尽办法还给他。最开始用来进货的钱都是他做网页赚来的，而且他在上海寄住亲戚家里，各方面都需要钱。但是过了一个星期，群青送给我一双匡威球鞋，最正统的高帮系带，白底红边，整条华亭路都没有卖。我吃惊地问他是从哪里弄来的，他说他横扫了整个上海，最后在第一百货商店的运动专柜找到，仅此一双，英国制造，我至今都记得价格是375元，一笔巨款。这是我得到过的最珍贵的礼物。

　　我和群青一起去签档口合同的那天，我穿着他送给我的匡威鞋，他穿着从老谢那里买来的窦唯同款牛仔裤，这两样东西都不可避免地磨损和褪色，但在我们心中永远代表着尊严和好运。路上我不时去摸左侧肋下，那里的衣服内兜里插着一只牛皮信封，装着我的全部存款。我们签下的档口在人民广场迪美地下城，转来的租约又续签五年。我对五年没有什么概念，我生命中还不曾出现任何一件事情是以五年作为计数单位的。

我们入场的时候外贸市场已经发生过一次大震荡。华亭路市场2000年拆迁以后，有资本和人脉的老板在淮海路区域开设独立商铺，剩下的汇入襄阳路。老谢的档口和家里的违章搭建在拆迁中被全部移除。他这个人善于一蹶不振，无法适应时代的震荡，于是没有参与襄阳路市场抢占地盘的腥风血雨，在家里炒股票，荒度时日，一年之后才重出江湖，盘下两个小仓库，退居到七浦路市场，自此只做批发买卖。市场的大生意都在一楼二楼交易，三楼是废物们的荒漠。老谢盘踞三楼一角，手机信号若有若无，用电子设备联络不上，要找到他就得转两趟公交车亲自相见。整片批发市场以天桥为起点，乌烟瘴气，小偷成群。全国各地货源汇集，因为抢货和帮派斗争，巷子里的械斗时有发生。老谢的境遇表面看起来一落千丈，实际却因为陆续接了好几笔贸易公司的大单而交了好运。但他无动于衷，大声哀叹，坚持认为自己被流放了，从二十世纪的幻梦中被流放。所幸，我们的友谊从那个幻梦中被保存下来。

当时的迪美地下城与其他地方垄断货源和势力割据的状况完全不同，进驻的多半是我和群青这样刚刚入场的同龄人。地下城是90年代中期建造的新型防空洞，面积等同于半个人民广场，分区域招商，缓慢拓展。一半已成规模，另外一半还无人管理。我们的档口位于边界，编号A37。虽然与期待中的一切相距甚远，但这里的气氛极其地下，男孩女孩都没钱没背景，美院和服装学院的学生居多，也不着急赚钱，因此有一种不成气候的学校社团感觉。大家每天交换来自批发市场和服装厂各种无用的小道消息，使尽浑身解数打扮，只为了让自己看起来不同于外面的普通人。

我和群青虽然干劲十足，却毫无头绪。头一个月我们搭乘地铁和轻轨，纵向和横向扫荡了上海市区和近郊的纺织批发市场，却始终无法在货源上达成一致，而且过多的垃圾货源像污染物一样伤害我们的意志力。之后随着气温断崖下跌，我们渐渐乱了阵脚。到了十一月底，无论什么样的货源消息都会追踪，孤注一掷的念头变得非常强烈，有好几次追进居民小区单元房里传销组织的老窝。我心里很清楚，再进不到合适的货就等着完蛋吧。这是我记忆中最冷的冬天，夜以继日刮着北风，我和群青沿着苏州河，从一个仓库摸到下一个仓库，像冰天雪地里迁徙的动物。

十二月的第一个星期，我们得到消息说虹口那边鬼市有批冬天的货天亮进仓，得赶早去抢。我和群青第二天凌晨三点按地址找到仓库，空无一人。我们在避风处等待，太冷了，只能不停聊天分散注意力和保持清醒。熬到破晓时，薄雾里出现一辆货车，远光灯照在我们身上。不等司机师傅卸货我们就跑过去看，是从山东运来的一批贴标羽绒服，日单户外功能性品牌。我和群青交换了一个眼神，就已经确定这批货无论如何都要拿下。只是我们热情过头，失去讲价的先机，全部的钱只够支付订金。死皮赖脸与司机师傅交涉下来的结果是，先交订金，晚上九点取货并交付全款，过时不候，订金不退。

　　我和群青离开仓库以后，双手插兜往轻轨站的方向走，外面是一片拆迁中的棚户区，气温甚至比夜晚更低。第一班轻轨还没出站，我们站在露天站台上，刚刚失去了全部的钱，是真正意义上的一无所有。我问群青：

　　"我们去哪里？"

　　"去找老谢想想办法。"

　　"不是说好不找老谢吗？"

　　"我们说好了不从他那里进货，没说不能借钱。"

　　"这有区别？"

　　"从他那里进货是不思进取，从他那里借钱是走投无路。"群青的语气不如平时确定，但我心里清楚他说得没错，我们走投无路。到批发市场的时候，老谢刚刚发完一车皮的货打算回家睡觉，见我和群青披着一身晨雾，几句话就问清楚了我们的处境。他先领着我们去楼下出租车司机面馆里吃了一大碗面，然后叫我们等着，他自己去银行跑了一趟，回来的时候手上多出一只塑料袋，大大咧咧从里面掏出来几叠现金递给我们。数目远远超过我们实际需要的。我心里狠狠一暖。

　　"你们搞到车了？"老谢问我们。

　　"什么车？"我和群青都一头雾水。

　　"你们拿什么去运货？"老谢说。

　　"助动车行吗？"群青问。

　　"我爸也有一辆。"我说。

　　"我操。你们闹着玩吧。"老谢拍掌大笑。

我和群青面面相觑，不明白他是什么意思。

"几百件羽绒服你们搞辆金杯车都得跑几趟。"老谢说。

"你有金杯车吗？"群青问。

"我不会开车，我骑三轮。"老谢说。

"三轮摩托？"群青问。

"三轮板车啊。"老谢回答。

"你骑板车送货？"群青问。

"操。你不是百万富翁吗？"我问。

"你们这话说的，一副没见过世面的样子。板车比金杯车能装啊，能和公交车抢道。"

"怎么样，你会骑三轮吗？"我问群青。

"这有什么难的。"群青说。

晚上我和群青在老谢的仓库碰头，骑着他的板车回到清晨的仓库，担心过的事情一件都没有发生。货已经全部清点好了，一捆捆码得整整齐齐，司机师傅开着取暖器，一边吃盒饭，一边听相声。我被暖烘烘的空气里飘浮着的羽毛茸茸刺激得鼻涕眼泪横流。

"你哭什么？"群青问我。

"我没哭。你他妈才哭。"我一说话却呼呼流出更多眼泪。

这批货我们分两车拉完。第一车直接拉到地下城，但地下城那段时间消防检查，晚上十点以后不允许进出，所以第二车只能拉到群青家里。群青回到上海以后没再寄人篱下，自己在浦东轮渡码头附近租了便宜的屋子居住，那屋子破得惊人，没有空调，没有热水，不通煤气，住在那里像是每天都在军训。我俩轮流蹬车，轮流坐在车板上护货，碰到上坡就一起下车推，连滚带爬地赶上最后一班轮渡。那天的黄浦江上大风大浪，整艘船都往一边倾斜，我和群青费了很大功夫才把板车固定好。然后我们拆开两件羽绒服自己穿上，爬上甲板。没有云，空气冰冷干净，能看见明亮的冬季大三角。

"你闻闻，是不是有鸭子的味道？"群青突然把头埋进衣服里。

"废话，说明这是货真价实的鸭绒。"我说。

群青咔嗒咔嗒地点烟，我们被鸭子的味道围绕，暖暖和和，自由自在。

春节里我和群青高高兴兴地去给老谢拜年，正巧碰上老谢过生日，一定要留我们去乍浦路的大饭店吃饭。年初四的夜晚，整条乍浦路灯红酒绿，空气里浸着白酒芬芳，每间酒楼门口的大水缸里都游着红彤彤圆鼓鼓的发财鱼，齐齐朝着一个方向挤，撞到玻璃再折返。酒楼里面金碧辉煌，桌面大小的枝形吊灯下面坐满人，食物被放在干冰里冒着烟端上来。蟠桃大会也不过如此。

"没想到你平时挺摇滚的一个人，这种做寿风格怎么和我爷爷一样。"我讽刺老谢。

"你们懂个屁。今晚迎财神，明年走大运。"老谢回答。

老谢大宴宾客，渠道上的合伙人、报纸和时尚杂志的编辑、电视台刚刚露面的年轻主持人，还不断有新的朋友从其他地方转场过来，热情洋溢，都已经喝多了。老谢挨个给大家互相介绍。说到我和群青的时候，他说我们是他来自上世纪的老朋友。我挺感动的，我不知道老谢原来有那么多的朋友，而我们是里面年纪最小的。大家互相握手，拍打彼此的肩膀，坐下来喝酒。他们聊娱乐圈消息、股票、夜总会和世界局势。大部分事情我都没有经验，却听得津津有味。我觉得老谢的朋友们普遍过着既浪漫又务实的生活，在金钱的热浪里翻滚，却愿意为一些特别抽象的事物一掷千金。有位戏剧学院的老师问群青是不是本校学生，还是哪个剧场的演员，看着脸熟，肯定在台上见过。群青说他不是学生，没有念过大学。那位老师一定要留下群青的电话，说等开春招生的时候再联络他。之后服务生端上来一只裱花奶油蛋糕，于是那位老师带头唱起了生日快乐歌。我这才知道原来老谢三十五岁，而我一直以为他只有二十七八岁，他是那种和具体年龄数字没有关系的人，似乎从未年轻，也不会衰老，但是再一想，自我们认识起，确实已经过去好多年。吹灭蜡烛之后，歌却没有停下来。我们一起唱了罗大佑，伍佰，《Hey, Jude》——"Na, Nana, Nananana"——一首接着一首，越唱越激动，酒越喝越多。唱到《明天会更好》的时候，已经有人开始哭泣，大家都站起来，号啕大哭的人站到椅子上，还要往桌子上爬，被拉住。酒楼里其他桌上的人也加入进来，人群啊年龄啊身份啊，诸如此类的差异都短暂消失，但是在集体的合唱中，整体气氛却突然不可挽回地跌向伤感。

"哎。"坐在我旁边的女孩冒出一句轻轻的叹息，我不知道她是什么时候坐下的。不是我吹牛逼，美校也好，地下城也好，我是在漂亮女孩扎堆的地方长大的。我刚刚进美校的时候，高年级的学姐们烫着头，个个打扮得像香港大明星，傍晚在操场上练习迈克·杰克逊的舞步，我觉得自己暗恋过她们中间起码一半的人。所以也不能怪我整晚都没留意到她。她长手长脚，个子中等。自然卷发费了很大力气似的用皮筋绑住，又随时都要挣脱出来似的。穿着不协调的长裤和短风衣，有种乱七八糟的流浪儿气质。我心里琢磨着她的那句叹息是不是有点讥讽的意思。

"你也是电台的吗？"女孩转头看着我，像是留意到我的内心活动。

"什么电台？"

"那是我搞错了。你是做什么的？"

"我是个体户。和朋友一起卖衣服。"这是我第一次以这样的身份介绍自己。

"挺有意思。但你看起来一点也不时髦啊。"

"我还行吧。我可能是那种在精神上比较时髦的人。"

"哈哈哈。你是有种自暴自弃的气质。"

"那主要是因为我缺了半颗门牙。"

"你的牙怎么了？"

"你看过《古惑仔》吗？"

"哈哈哈。别闹了，你们的店在哪里？"她继续问我。

"不能算是店，没有名字。而且也没决定好到底卖什么。"

"那倒是挺酷的。"

"不是像你想的那样，我不是那种酷酷的成天无所事事的人。我勤劳勇敢。"我几乎每说一句话都在后悔，不知为什么无法自控地想要表演拙劣的幽默。

"我问个正经问题行吗？"女孩问我。

"你说。"

"我能采访你吗？你和你的朋友——"

"你是说正经的采访吗，我们有什么可采访的啊。你是记者吗？"

"是啊。"接下来她说了一个报纸的名字,我没有听说过。

"我平时不看报纸。"我非常不好意思。

"我们还在创刊的筹备阶段,而且我还是实习生,我今年夏天才正式毕业。"

"为什么要采访我们,不会有人要看的吧。"

"我在做一个叫作二十一世纪新浪潮的专题。"

"什么是新浪潮啊?"

"就是写写我们大家都是怎么瞎胡闹的。"

"哈哈哈。你叫什么?"我问她。

"消失的象。"

"什么,这是什么破名字?"

"这是笔名,我在报纸上发表文章的时候用这个名字。"

"用这样的名字能写出正经报道吗?"

"不都说了是瞎胡闹吗?"

"这个名字到底是什么意思啊。你喜欢动物还是怎么回事?"

"没什么特别的意思。就是一本书的名字。"

"是小说吗?我书读得少,但我会去找来看看的。"

"不必不必。我也就是随便起的。"

"那我应该叫你什么?"

"小象?别人叫我什么的都有,我无所谓。"

"那我就叫你小象好了。我觉得你比较像一头小象。"毕竟我从未在真实的世界中见到一头小象啊。我们交换了电话号码,我在手机通讯录里保存了"消失的象"。

接近零点的时候酒楼里的人都开始往外涌,大家合力抬出整捆整捆的满地红,手臂粗细的高升和冲天炮,桌子大小的焰火盒子,垒成一座座碉堡。我看得目瞪口呆,直到第一支焰火呼啸着蹿上了夜晚的天空,震耳欲聋的,我缩起脖子感觉自己身处战场。如果此刻财神正在巡游,他一定也会驻足观望。

"恭喜发财。"老谢拍拍我的肩膀。

"太厉害了。钱的味道应该就是黄磺味的吧。"我说。

"你还没见过前几年更厉害的时候,放焰火放到警察都要封路待命。"

"生日快乐啊。"我也拍拍老谢的肩膀。

"别提了。三十五岁,一事无成,在这里空许愿望。"

"一事无成挺好的。这不正是时代的潮流吗。"

"后来你还去过歌友会吗?"老谢突然问我。

"再也没去过了。歌友会还没解散?"

"早就解散了。我最后一次见到那群人还是千禧年的元旦,你能想象吗,都过去那么久了。我们去了好几所学校做放映,其实就是玩命玩了三天三夜。后来大家都开始使用互联网了,感觉是一夜之间,每个人都取了不同的网名,比自己的名字酷多了,从此再也不需要在现实中见面了。"老谢大声叹气,又动情了。

"我觉得那样挺好的。我其实没有特别喜欢那些人。"

"我知道,那种臭傻逼知识分子味呗。但我有时候就是会被这种东西迷住。"

"我不懂知识分子什么的。我只是不喜欢那里的一种阴郁气氛。"

"做生意不能太执着于气氛。"

"你是说我吗?我一点都没觉得自己在做生意,没那种正儿八经的感觉。"

"那你境界挺高的。"

"别笑话我了,我是说真的。我不知道做生意的感觉,你是过来人,你教教我。"

"你见过那些在海里冲浪的人吗,在明晃晃的水里长时间地等待一个完美的浪,等浪来的时候,奋力跳上板子,在浪尖上划出一道又长又美的白色弧线。"老谢这样说,好像我们正置身于虚构的海,而他奋力向前伸出手去说,"你看。"人们踩着厚厚的红色纸屑,引爆更多的引火线,站在硫黄的浓雾中许下新年愿望。我看见群青被点燃的哑炮烧着了头发,却没再见到小象的踪影。

"我们现在看到的也是浪的景观。"老谢说。操。他这句话真的太煽情了。

那批货一共三百七十五件羽绒服，开春前就几乎卖完，提前还清了欠老谢的钱。功劳主要归群青。他会说日语，模样像日本青年，每天只要坐在档口便是一种广告宣传，让人不由自主也想穿上他的衣服，成为同样的颓废派。我们为了更进一步地渲染氛围，从老谢那里要来不少九十年代的日本杂志海报贴在墙上。而且我们只卖一种衣服，特别硬核。不少人以为我们直接从日本进货，有海外关系，对此我们从来也没有否认，口碑很快便传了出去。

赚到钱的虚荣心稍稍鼓舞了我和群青，之后只要那位司机师傅从山东拉货到上海，我们便第一时间去候着。为此经常凌晨便各自出门，沿着苏州河，摸黑骑车去仓库，在冷雾中等待他的货车入库。大部分时候我们都空手而归，但其实我从心底里来说，也没有对好运的再次眷顾抱有期望，倒是师傅被我们倔强的意志力弄得挺不好意思的，建议我们说，要想找到称心货源，还是得亲自去北方沿海地带跑跑，那里遍地都是服装厂。

于是我和群青去驾校报考了B型货车驾照。自此以后每星期都有两三天清晨，我们在人民广场公交站见面，一起坐驾校班车去嘉定的练习场学车。第一次去广场集合的时候天都没亮，有霜冻，为了节省体力，我们坐上班车以后彼此都不讲话，打着瞌睡。但车厢里很冷，窗户漏风，很难真的睡着。驶出市区以后两侧是宽阔的土路。天始终不亮，像在大片的阴影里。这样的日子持续了整个春天。

这期间老谢提议我和群青去一趟北京，说那里搞服装的气氛很不一样。这趟旅行我和群青都期待已久，想从野狗一样的生活里喘口气。

到北京的第一晚我和群青在鼓楼的青年旅馆睡大通铺，都是背包客，晚上八点以后淋浴间就没有热水，拉屎得去外面的公共厕所。但附近的胡同里都是二手衣服店、乐器行和酒吧，卖各种意想不到的破烂，去小饭馆里吃刀削面，旁边坐着一群穿匡威球鞋的朋克。特别野，特别贫穷，特别嚣张，让人不由自主想要成为这个公社的一员。

接下来的四天里，我和群青每天都去世纪天乐和动物园批发市场报到，大铁皮棚底下都是满口京腔的男孩女孩，又疯狂又颓废，个个都像在演王朔的电影。我们在世纪天乐的一个档口狠狠心，拿下几件美国的二手皮夹克，价格高得离谱，但老板特别能聊，最后还给我们留了一个地址，叫我们离开之前一定要去那里看他们乐队的演出，他请我们喝啤酒。回去一查才知道他是那种教父级别的鼓手。

最后一天傍晚我们真的按照地址找了过去，却在什刹海背后的胡同里迷了路，天黑以后整片胡同都没有路灯，我们饥肠辘辘摸进一间酒馆，意外发现二楼的露台在办派对，炭盆里烧着火，很多吃的，很多酒，有个流浪汉在拉手风琴，跺着脚唱悲怆的俄罗斯歌曲。那里卖十块钱一杯的鸡尾酒，一股酒精和香料味，但我和群青喝了一杯又一杯，全部都喝多了。走出来的时候，不知道怎么地突然置身什刹海边，那里的冰还没有完全化开，湖面上停着白色的鸭子船。而我们什么都顾不上，蹲在树下，哇哇乱吐。后来我们运回来的那几件皮夹克，还没有来得及上架就被隔壁几个摊主一抢而空，早知道豁出去把那批货全包下来了，这件事情我至今想来都有些遗憾。

第二天我和群青宿醉着坐夜班快车回上海，驶出北京没有多久，我便接到小象的电话，黯淡的电子屏上闪动着"消失的象"这几个字时，火车正开进山里的隧道，周围一片黑暗，这个电话像是来自另一个地方，其他的世界，以至于我接起电话傻乎乎地问："你在哪里？"

"我在学校宿舍，站在阳台上。你呢？"小象的声音从黑暗中传来，又清晰又确凿。

"我在从北京回来的火车上。也不知道开到哪里，刚刚穿过了好几座山，现在外面是平原。"

"真好啊。你去了北京。"

"我猜你肯定忘记了我们的约定。"

"我没忘记。"

"那就是反悔了，发现我们的采访不值一做。"

"我一直在写毕业论文，废寝忘食的，刚刚写完就给你打电话了。真的很抱歉。"

"抱歉什么，我很高兴你没有消失。你的论文是关于什么的？"

"我不会告诉你的，你肯定会觉得特别枯燥。"

"你不说说怎么知道。没什么能让我感到枯燥。"

于是小象认认真真从头说起。起初我们都还有点紧张，她只想尽快说完,渐渐地却越说越远了。中间她偶尔会停下来,等等我,于是我发出一点声音,让她知道我始终在,无须担心。我握着手机蹑手蹑脚地从上铺爬下来,在过道找了一个靠窗的座位坐下,我一点都不觉得枯燥,反而入了神。中间我打断了她一次,是因为手机提示没电了,于是我拿着充电器来到车厢交接处的插座旁边,坐在地上,接缝处不断涌进来潮湿柔和的季风,我想火车已经离开了华北平原。她问我还在听吗,我说是的,我可以一直听下去。所以一直等到她讲完以后,我才告诉她,"火车已经离开华北平原了"。

"那明天我们约个时间见面好吗?我们可以开始采访。"她问我。

"明天是指醒来以后的明天吗?"我问她。

"是啊,醒来以后的明天。等你回到上海以后。"她确定地回答。

于是我们约定了见面的时间地点,照理应该道别,但我们都沉默着不想说再见。这样的时刻我应该说些什么呢,我心中有着千言万语,我可以说说美校后山的四季、吴淞码头靠岸的远洋船,还有黄鼠狼的头骨。我还可以问她,你知道吗,北京的公共厕所没有隔断,拉屎的时候正对着对面人的脸。我不记得前后的顺序,但是这些话我全部都说了。直到车厢里的人陆续从无边的梦中醒来。我站起身,窗外已经是黎明的农田和天际线的霞光。

"哎呀!"我惊呼。

"怎么了?"

"我本来想好要在火车过长江的时候告诉你的。现在已经过了。"我告诉小象。

火车到站以后我和群青告别,没有回家,却直接坐上了通往五角场方向的公交车。歌友会时代我曾去遍了那里所有的大学,没有想过几年后重返是要去见女孩。我在校门口给小象发了一条消息,然后凭记忆穿过操场,往学生活动中心的方向走。我猜想小象还在睡觉,但是她立刻回复了我。她也醒着,而且一点也没有感到意外似的,好像我们本来就说好要在学校见面一样。我却紧张起来,走进旁边的小卖部里想买些什么,口香糖或是可乐,结果只买了一小盒避孕套揣在口袋里。这不在我的计划之中,我和小象没有任何计划。

我原本还在担心是否记得小象的长相,但其实她刚刚进入我的视野范围,还只是一小片模糊晃动的光晕,我便认出她来。她的模样和冬天见面时不太一样,穿着不长不短的裙子,头发没有绑着,迎面走来像一把乌黑的小小火焰。步伐飞快,手指上挂着的一串钥匙响个不停,转瞬便来到我跟前。

我们逆流穿过去教学大楼上课的学生,来到学校后门,各自吃了一碗面条。一夜没睡,却都感觉不到疲惫。小象问我想去哪里,我没有什么想法。于是我们坐在排球场边看了好久排球队的训练,然后才穿过草地回到她的宿舍。又是一个晴朗的白天,干燥的青草轻轻擦过我的裤脚。

"当心脚下。"小象在草地上灵巧地跳跃。

"当心什么?"我跟上她的步伐。

"天热起来以后,草坪上就会有前一天晚上留下的避孕套。"小象回答。

天黑之前我和小象在她的宿舍里用完最后一枚避孕套才抱在一起沉沉睡去,再次醒来已经斗转星移。我们在一起待了两天,离开小象的时候,外面温度骤降,我再次穿过草坪,凌晨的露水降落在我的身上,我的心里怀着无限温柔和无限混乱。

三个月以后,我和群青考了驾照。从老谢朋友那里买下一台几近报废期限的桑塔纳。车是从希尔顿酒店淘汰下来的,之前跑了八年的酒店出租,虽然和梦想拥有的吉普越野相去甚远,但开价只要一万块钱,是我们所能负担的上限。而且车被维护得很好,里外看起来都干净体面,后窗遮着干净的白色纱帘。引擎自然是老化了,动不动就温度过高,车里必须常备一箱水给水箱补给降温,但老谢允诺说开上两年没有问题。我们也觉得跑短途拉货足够用了,于是验车之后当即付了款。拥有车以后的第二天,我和群青便打算开车去杭州近郊的服装工厂碰碰运气,顺便在高速公路上拉拉车速,清理引擎积碳,算是为之后去北方跑长途练练手。

我们清晨出门去接小象。她早早等在路口,背着旅行袋和水壶。这将是采访的最后一站。我原本以为所谓采访不过是聊一下午的天,结果却从春天一直持续到夏天,小象跟随我和群青跑遍了上海的批发市场。她有种热忱到奋不顾身的劲头,甚至比我们更忘情地投入我们的生活中,以至于所有让我和群青感到疲惫和重复的事情，以她的视角被重新看待之后，又再次具有了意义。

群青向来对我找女孩的审美嗤之以鼻，却意外地和小象非常合得来，毫无防备地接纳了她。我觉得这一方面是因为小象有种能令人敞开心扉的天赋，而且完全没把群青心事重重的性格当回事。另外一方面是因为我和小象并没有能够发展成真正的恋爱关系。我对小象的感情强烈且真实，但在我想要付诸真正的行动之前，她告诉我，她的男友在法国念政治学。他们相处多年，感情坚固，互相支持，约定两年后在巴黎重聚。所以她每周末都去法语培训中心上课，打算去法国念书。我想象过和她恋爱，无数次的，但能想到的场景和事情却都非常有限。我没有受到过良好的情感教育，缺乏勇气，而且目光短浅。但不管怎么说，我和小象成了朋友，是值得信赖的朋友，也是伤心万分的朋友。

我和群青第一次真正开车上路都争先恐后要握方向盘，又都很紧张，两个人不断熄火和踩急刹车，在市区磨磨蹭蹭，等开上高速公路已经烈日当头。车里的冷气修不好了，不得不开着车窗，一旦提起速来，猛烈的风灌进来把群青的烟灰吹得到处都是，而且发动机的声音与公路的噪音震耳欲聋，只有把音乐的声音也开到最大与之抗衡。而小象兴致高昂，她大声跟着唱歌，朗读高速路牌上面奇怪的美丽的地名。

到了杭州以后，我们沿着钱塘江进了山，山里大片大片的茶树令人流连忘返，我们把车停在山腰处，顺着溪流的方向走，在茶林深处遇见一个小庙。庙里的气氛平静温和，有两棵挺拔的银杏，有香火，但没有人的踪迹。我们被一种少见的心情驱使，纷纷抽了签。小象抽的是大吉，我抽的是小吉，群青抽到凶。我想看群青的签上写的是什么，但他已经把那张纸扔进香炉里烧了，说这样菩萨才会帮他解决问题。小象的签上说的是宝塔和星辰，我的签上说的是迁徙的鸟。我们也没有看懂，模棱两可，但都把签留了下来。

我和群青第一晚便已经在网吧搜索了杭州所有制衣厂的地址，在地图上做好标记，规划了路线。第二天出发前群青叫我把现金都拿出来，不要全部放在包里。

"那放在哪里？"我问。

"都分散开来，袜子里、裤腰里都塞一点。"群青回答。

"有这个必要吗，又不是在穷乡恶土。"我虽然不服气，也还是照做了，两只袜筒各塞了一卷钱，其余的钱卷在信封里塞进裤腰，有种郑重闯天下的荒唐感。

接下来的两天，我们循着地图分片扫荡，去了十间工厂，却一无所获。于是第四天，我们抛弃了地图，过复兴大桥以后，沿着钱塘江北上至萧山，眼看就要一路追踪到海边，落日前在临海工业区里找到一间工厂，打听下来有一批日本订单的惠比寿牛仔裤正在加工五金配件。我和群青汲取了之前的教训，装模作样，冷静讲价。这批货的量很小，厂里的人显然没当回事，只想随意将我们打发，给出的要价却低得惊人。我们找机会掏出藏在袜筒和裤腰里的钱，赶在对方反悔之前把货拿下。

然而刚刚返回停车场，便有三四个人大声吆喝着从两个方向走对角线朝我们靠拢。我大脑空白一片，用眼角余光看到群青和小象都朝着车的方向冲刺，于是我也拔腿要跑，却被人从侧面猛踢膝盖和肋骨，滚到地上，下意识地紧紧蜷住身体，以缓冲肩膀和后背受到的重击。好不容易挣脱起身，看见一个人仰在地上，鼻梁歪了，他正茫然地伸手去扶。而群青抡着从后备厢里取出的千斤顶，仿佛青年哪吒。其余几个人见这阵势也颓了下来，垂着手，不再逼近。于是群青举着千斤顶和我一起缓缓后撤，掩护我拾起地上的货，跃进车里。接着群青放开手刹，踩下油门，从未有过地一气呵成，车子剧烈抖动着冲出厂区。

外面暮色降临，空气湿热，群青稳稳地握着方向盘，肩膀笔直，令人平静。小象靠在我身边，手指蜷在我的手心里，像一只休息的鸽子。我们的货都在，一件没少，我们的桑塔纳在关键时刻经受住了考验，自此以后也成为忠诚可靠的老友。我捏了捏小象的手指，想说一句话，但稍稍吸一口气，胸口痛到眼前发黑。

"停车。"我突然剧烈反胃到脊背都汗湿了。

"你别瞎动，要是肋骨断了扎进肺里就完了。"群青说着靠边停车。我原想反驳两句，但打开车门便立刻吐了，吐的时候太痛，只能吐一会儿，休息一会儿，靠在座位上小心翼翼地喘气，再继续吐。群青下车抽烟，见我吐得差不多了，便点了根烟，猛抽两口以后递给我说："抽几口，会好受点，能镇痛。"我浅浅抽了一口，适应以后又抽了好几口，烟雾进入身体以后，不知是不是心理作用，痛感真的退去一点，至少又能开口说话了。

"刚刚那几个人是怎么回事？"我问。

"不像是厂里的，没准是当地黑社会。"群青说。

"黑社会来弄我们干吗，我们就拿了这么点货。黑社会那么小气啊。"我说。

"我觉得那几个人多半是搞错对象了。"小象说。

"那你说我们都心虚跑什么呢？"群青说。

"任何人碰到这种情况都会想要跑吧！"小象说。

"你在日本没少打架吧。看你刚刚那架势，不是我们美校的做派。"我问群青。

"装装样子，现在虎口还是麻的。"群青说。

"我至少为采访贡献了精彩的结尾。"我说。

"我觉得我们永远也不会知道这个结尾到底是怎么回事了。"小象回答。

"要是按照电影情节的发展，刚刚那个人被群青打死了，我们在这里抛下车告别，各自消失在荒野，永远不会再相见。"我说。

"你别胡扯。那个人不会死的。而且这里是杭州，也不是荒野。"群青说。

"别那么严肃。哪里都可以是荒野。"我说。

"那天你抽到的签到底说了什么？"小象问群青。

"你真的相信这种东西？"群青问。

"就是因为不相信所以才问你啊。"小象说。

"但我也没太看懂，就说了螳螂啊黄雀啊之类的。"群青说。

"螳螂捕蝉，黄雀在后吗？"小象问。

"原话不是这样，但差不多就是这个意思。"群青说。

"真够无聊的。"我说。

"是啊。真够无聊的。"小象说。

"你花了那么多时间在这个采访上到底值得吗？"群青问小象。

"当然值得。你们等着瞧。"小象说。

"这种虚无的事情，你怎么能那么确定。可真羡慕你。"群青说。

"再给我一根烟吧。"我问群青。

"我的烟快没了。"群青说。

"我还有薄荷糖你要吗?"小象问我。

"我们现在在哪里?"我问。

"不知道,但我们一直顺着钱塘江,再往前可能就是入海口。"群青说着拿出地图。我们凑在昏暗的顶灯底下琢磨许久,对照工厂的位置和行驶的方向判断,我们所处的位置在海宁观潮台的对岸,这时天已经彻底暗了下来,没有月亮,也没有潮水。

"我们要是在这里不走,讲不定能看到巨浪。"我说。

"哪来的巨浪?"群青分给我一根烟。

"不知道,潮水是行星之间的引力造成的。"我在胡说八道,我觉得我的脑子摔坏了。

"操,油灯亮了。"群青说。我没搭理他,找出烟盒里最后一根烟。车门全部打开着,但是车一停下来就没有风了,密密麻麻的蜻蜓在低空盘旋,仿佛近处就将有一场风暴。而小象带着她的傻瓜相机跑出很远,闪光灯在黑暗里打出的光晕在我的视网膜上停留了很长时间。

这一趟回来,我断了两根肋骨,轻度脑震荡,有阵子往右侧翻身就会头晕。因为必须在家里静养,吃喝全部依靠父母照顾,持续了一年多的谎言终于说不下去了,意志力也已经瓦解,便干脆从香港公司遣散说起,直到在杭州工厂被打,全部都告诉了家里人,中间一度说得情绪激动,却不敢停下来,怕一旦停下来,那股劲头就消失不见了。说完最后后背发凉,等着大闹一场,但好久都没动静,回过神来,发现我妈背转身去,正轻轻擦去眼泪。弄成这样我特别难受,差点也要落泪。

之后老谢不听劝阻非要来探望我。酷暑天,抱着一只西瓜从地铁站走到我家,又爬了几层楼梯,一身臭汗站在我家狭小的客厅里,像退潮以后搁浅的海豹,满身泥沙。我父母本来就怀着对个体户的偏见,不太待见我那些所谓社会上的朋友,老谢横冲直转的模样无疑印证了他们的疑虑,于是他们冷淡地打过招呼以后就回避了。老谢自己浑然不觉,放下西瓜以后,从包里掏出一套《战争与和平》说是给我解闷。之后他情绪激动,绕着沙发前言不搭后语地说了一堆，概括起来就一个意思，我和群青出名了。

"什么意思？怎么出名了？"我莫名其妙的。

"你们两个傻逼堂而皇之闯进外地黑工厂拿货。械斗之后抢了一批牛仔裤回来。"

"是不是群青跑你那里吹牛去了。械斗个屁，就是个乌龙罢了。"

"报纸上登了啊。专题大报道，厚厚一叠。"

"今天出刊了？那你给我带报纸了没？"

"哎。我把这正事给忘了！"

尽快把老谢打发走以后，我缠紧胸托去楼下溜达了一圈，第一间报刊亭说这期是创刊号，送赠品，已经卖脱销了，第二间报刊亭还剩五六份，我只买了一份，我为小象高兴，希望有更多人能买到剩下的。报纸出乎意料地厚，小象的文章是特刊头版，我站在路边迫不及待地翻到那一页，是一张占据了半个版的黑白照片，我们泊在观潮台对岸时小象跑出很远去拍的。画面里没有我和群青，只有车门全部敞开着的桑塔纳，以及我撑着车框，夹着烟的手。天将暗未暗，我们的车像一台搁浅了的飞行器。周围的风景虽然被定格，却仍然给人瞬息万变的印象。这是整篇报道里唯一的照片，而文章本身竟然占据了接下来的整整六个版面，我明白了小象说等着瞧的意思，这几乎是抗洪救灾级别的报道了吧。

回到家里，我平静了一会儿才开始读这篇文章。读完以后又回过头去，把重要段落重读了一遍，反反复复读了好几遍。里面全部的事情都是我和群青经历过的，我们不断移动，在各种交通工具上，从浦西到浦东，从长江流域到华北平原，带着一点点的钱和可有可无的决心，游荡在批发市场铁皮大棚闷热的通道间。

文章的结尾，没有人消失在观潮台对岸的荒野，小象转而描述了之前一个普普通通的凌晨，我们从浦东江边的仓库出来，珍惜春天仅剩的几个夜晚，没有着急回家，反而往纵深处越走越远。周围的一切都是新的，刚刚浇灌的道路甚至还没来得及命名，我们有一搭没一搭地讨论大陆的尽头是什么，便来到了尽头。那里是一个通宵开工的地铁工地，冷光灯像好几枚巨大的人造月亮，不见人影，但是机器全力运转，一根根直径惊人的管道将那里的泥浆源源不断地输送到卡车上，再运送出去。我们无所事事，在吞吐的轰鸣声中看得如痴如醉。直到灯光熄灭，机器一部接一部地停止运行，天快要亮了，从公共绿地里跑出来一大群觅食的猫，轻轻穿过马路。

"这里为什么会有那么多的猫？我问他们。而群青摆摆手说，不是我养的。"

文章至此结束了，最后的署名是——消失的象——就好像我和群青以及作为第一人称叙述者的小象虽然没有消失在荒野，却依然在奇异的氛围中消失在了时代的这一边。我想起在采访持续的这三个月里面，很多个夜晚，我们三个人从地下城走出来，季风潮湿柔和，我们行走在延安路高架桥底下，如同行走在沉默的鱼腹下面。我极其想念小象，回过神来，拨了她的电话。

"你写得真好。你把我们写得像堂吉诃德一样浪漫。哎。"我说。

"那你为什么还在叹气。"小象说。

"因为在所有浪漫的事实中，你还是漏掉了关键性的一项。"

"不可能。你说说。"

"我们会开手动挡，持有货车驾照。是不是大浪漫，还有比这更浪漫的吗？"

"哈哈哈。"小象的声音始终确定，无论如何都不会消失。

一个月以后，我胸侧和背后的淤青已经愈合，老谢帮我挑了一个良辰吉日返工。等我回到地下城才意识到老谢为什么说我和群青出名了，我不得不对着各种人，把事情的经过讲了一遍又一遍，渐渐地那段经历对我来说，便成了他人的冒险。正逢迪美地下城新一轮扩张，成为时髦大学生和年轻白领的乐园，周末总有记者来这里捕捉浪潮的走向。似乎想要赚钱，便总能找到捷径。这样天时地利人和，我们档口的现货第一次被彻底卖空了。我和群青因此决定把去山东跑货的计划提前。

我们不在档口的时候雇了老谢的远房表弟帮忙。他表弟十九岁，蓬勃开朗，前一年高考失利，不想复读，也没有正式去混社会的决心。家里情况不错，于是打算送他出国读书。所以他上午学英语，下午来我们这里，周末晚上去酒吧跑堂，和客人练习英语口语。

出发前我们又和那位跑长途的司机师傅见了一面，带着香烟和白酒，算是感谢和告别。师傅爽快地给我们牵了几条服装厂的线，又兴致勃勃传授了一通在路上找小姐的经验，帮我们调整了离合器，最后以昂贵的价格卖给我们一台从广州带回来的新款导航仪。

第一次去山东正是秋天最好的时候，我们计划从潍坊，到胶州，即墨，最后至崂山，于青岛返程。每到一个城市，我们都按照惯例先找网吧歇脚，吃泡面，搜索当地的服装厂和市场，标记在地图上并且规划好路线，为了省钱，轮流在招待所或者网吧或者录像厅过夜。因为汲取了之前的教训，进入厂区的时候我们都小心谨慎，避人耳目，对门卫通通谎称自己是来招工的。最终抵达青岛时，已经过去了十几天。除了导航仪不断导致的方向混乱外，其他一切顺利，约定的货都将在年底前陆续发往上海。返程前，我们去海边看了看，天冷了，海滩浴场一个人都没有，移动更衣间都锁起来了。秋天已经彻底结束。我们踩着湿滑泥泞的沙滩走出很远，死去的海藻被留在砾石里，海面起着湿冷的雾，往陆地移动，流动在植物和楼房之间。

回到上海以后我和群青晨昏颠倒，几乎每天凌晨都去地下城接货。我们和其他几十个人一起，各自等待晨雾中一辆辆来自四面八方的长途货车。天寒地冻的，我们都精神抖擞，如同置身战壕。

十二月底我和群青第二次去山东，走相反的路线，从淄博到济南再到泰安，最终在泰安耽搁了很多天。我们在当地一间小工厂觅到一批日本订单，户外冲锋衣，那个品牌当时还没有进入大陆市场，群青想要把整个厂的货全部买断。这个想法在我看来匪夷所思，我们的策略始终是小批量走货，保持更多选择的自由，也不至于被利益压垮。群青的突然冒进令我感到不安，彼此无法妥协。我认为群青利欲熏心，他认为我随波逐流。

第二天清晨群青便出门了。我醒来发现他的旅行袋不见了，手机关机，我去停车场一看，他把车开走了。操你妈，群青。我以为他已经一走了之，于是去附近的火车售票处查了一下当晚回上海的火车票，走到半路开始下雪，我冷静下来，回到招待所，意志力也随之消失殆尽。

然而接近傍晚的时候，群青推门进来。

"我去爬泰山了。"他放下旅行袋，拍去身上的雪籽，仿佛远方来客。

"泰山？"这真是他妈的出人意料。

"一上山就开始下雪，我坚持了一段，雪一直下，没有要停的意思，见势不妙赶紧折返了。"

"还在下雪吗？"我起身来到窗边。

"好大啊。"群青回答。

"我一直在想拿货的事情。"

"你怎么想的，我觉得你要是实在不同意——"

"不是这样。可以都拿下来。但是想想去年这个时候。"

"我们像野狗一样从一个仓库到下一个仓库。"

"我就问你，你没担心过眼下的一切都会消失吗？"我问他。

"当然都会消失啊，不然呢，建成一座纪念碑吗？"群青头也不回地回答。

晚上我们勉强找到一间没有打烊的饭馆，喝了不少白酒，出来的时候已经是漫天暴雪，我从没见过这样的风景，被强烈震慑，想着纪念碑的事情，又一个人在无序混乱的大寂静中走了很久，才愿意回头。两天以后雪彻底停了，空气清澈寒冷，高速公路重新开放。我们清理了车身的积雪，用热水浇灌冻住的雨刷，离开泰安之前先去了那间工厂，一路沉默，交付了全款订金，拿下整个厂里的货，然后联系老谢，问他临时租用在虹口的仓库。

回程途中，高速公路的积雪已经被清理，堆在护栏两侧，冻成连绵的灰色冰原。一路上看到好几起事故，追尾的，侧翻的，调了个头撞进护栏的，司机们缩着脖子站在外面的积雪里等待救援。我们像极地中的破冰船，筋疲力尽地龟速行驶，精神紧张到不敢打开收音机。直到驶出了积雪的区域，风景瞬间开阔，两旁是冬天的山和冻住的湖。我们的车虽然无法制冷，却能放出十足的暖气，群青突然精神起来，一脚油门踩到底，我们似乎在重力加速度中穿越到了虫洞的另外一侧，周围都是飞艇的残骸。

回到上海，圣诞节已经结束，于是我和小象说好一起跨年。市区的交通从下午起便瘫痪了，所有人都想在这一天终结旧的事物，我也一样。从一个地方缓慢地移动到下一个地方，经过高架、隧道和桥，电台里播放着冬季的热门金曲，主持人不断接听打进来的热线电话，互相高高兴兴地说着美好的愿望。马路上的年轻人都精心打扮过,穿着靴子,戴着贝雷帽,去和喜欢的人见面。我的心里也不免流动着极为温柔的物质。

到小象办公室的时候,她正挣扎着从行军床上爬起来,毯子还保留着半个人的形状,她嫌碍事地把头发全部绑在头顶,戴着眼镜,套头衫从领口到胸口都是脏的,像是已经在办公室里住了很久。我从没见过比小象和她的同事更疯狂更热爱工作的人,他们的办公室二十四小时都在运作,备着折叠躺椅、睡袋和各种生活必需品,如同夏令营地。

时间还早,小象让我稍等片刻,她要把手里的校对稿看完。她的二十一世纪浪潮项目还在继续,关于我和群青的采访文章让她在报社获得了年度奖励,也获得了更多支持和自主权,包括可以调用的摄影记者。这段时间她都在追踪一个本地乐队,我因此也跟着她看了好几场演出。乐队还在自我塑性和调整阶段,整体气质摇摆不定,既愤怒炽热,又柔软放浪。成员的数目也说不好,少的时候两个,多的时候五六个。主唱是体育学院的学生,国家一级运动员,不会乐器,但一心想做乐队,想成为帕蒂·史密斯那样的人,在台上的能量和嗓门都很大,跳起舞来像悬崖上的羚羊。小象毕业以后便和她一起合租了一间旧公房,在五角场附近的教师小区里,走路就能去排练房。大开间带阳台,窗边和门边各摆着一张床,中间用桌子和沙发隔开,装着极其吵闹的窗式空调。她俩都不收拾房间,衣服在椅子上堆成小山,地板缝里全是朋友们通宵畅谈留下的烟灰,锅碗瓢盆和唱片书籍一起摆得到处都是,硬币一旦掉在地上,就别想再找到。

但我和群青都挺爱去那里的,每次赚到钱了就从超市买一堆吃的过去找她们涮火锅。配菜都是群青弄的,要不是见他利利索索地切葱花和剁蒜泥,很难想起来他在日本待了好多年。乐队的其他成员也会带朋友过来,多的时候十几个人,都端着碗坐在地上,有的人还得合用一只碗或一双筷子。这样从头到尾吃上好几个小时,电闸跳两三次也影响不了大家的兴致。有一次散场以后,小象在电脑键盘底下找到五百块钱,我们分析下来这笔钱肯定是有人故意留下的,估计是发了笔横财,便想帮助一下这里贫穷的朋友们。

小象递给我一些过期的报纸,于是我坐在行军床上边看边等她,毯子像小动物的窝一样热烘烘的,床脚放着她的法语参考书,厚厚一叠,每本上面都是无数标签和折角。她已经完成了法语考试，我没有问她成绩，但不用说，她可以通过世界上任何一场严苛的考试。我把那些书整理好，挪到一边，胡思乱想着睡着了，被叫醒的时候是晚上九点，小象已经收拾好了东西。她穿着快要拖到地上的大衣，戴着绒线帽。走出门外，像很久没呼吸过新鲜空气的人那样，打了一个寒战。其实天气回暖了，我们开车穿过淮海路，马路上有种纸醉金迷的气氛，巨型的广告牌和霓虹灯全亮着，以至于我们关了车里的暖气，打开车窗。空气又潮湿又暖和，像是春天提前到来，小象把胳膊伸出窗外，来回摆动，轻抚着风，直到开进隧道。

"我在报社做实习生的时候，跟着我师傅做的第一个采访就在这里。"小象说。

"隧道里吗？"这里开始堵车，前面亮着无尽的尾灯。

"是啊，当时还只造到一半，正深入水下。我们戴着安全帽，跟工作人员去过水底的工地。工作人员讲解了盾构法的建造技术，但我没听进去，完全被这里深邃的气氛迷住了，感觉空气的密度和振幅都和外面不同。"

"哪里不同了？"我摇起车窗，外面都是废气。

"现在不行。现在感觉不到了。我也再没感觉到过。"

"到底是什么感觉？"

"那时觉得前方阻断的淤泥被渐渐清除之后，通往的不是江的对岸，而是其他地方。"

"其他什么样的地方？"

"你从来没有考虑过去其他地方吗？"小象问我。

"我不是刚从其他地方回来吗，还遇见了暴风雪。"我没有回答她的问题，更为专心地踩着离合和刹车，向前挪动。我们的头顶究竟是黄浦江的哪一段，我尽力想象其他的地方，想象四壁的混凝土和越来越浑浊的废气外面都是无尽的水和平静的浪。而我们的车已经缓缓沿坡道驶出了隧道，遗憾的是，外面虽然起着雾，楼群的分布一如既往，是我见过无数次的江的对岸。

我和小象去了浦东一个现场酒吧和乐队的朋友们见面，他们在那里做暖场演出。因为在路上堵了很久，到的时候他们已经演完了。那个地方是很早以前的防空洞改造的，一半沉在地下室，要走过一段楼梯和一段又长又曲折的走廊。里面空气浑浊，两面墙上贴满海报和照片，舞台跟前的方寸之地挤满了人，撞来撞去。我们在后台的休息室里找到其他人，他们正好叫了盒饭，于是我们坐下来一起吃了迎接新年的晚餐，互相祝愿新年快乐。

但我们都没能在那里坚持到零点，外面演到一半的时候，消防接到投诉，过来拉掉了电闸，于是所有人都挤在狭窄的楼梯里往外涌，几乎每个人的手里都捏着烟，确实快要烧起来了，但是井然有序，也没有人感到危险。好不容易走到外面，干净清澈的空气一下子涌进肺里，氧气饱和到头晕。门口围着很多人，都不甘心就此散去。在这种地方我总会想起歌友会的老朋友，但其实压根没有相像之处，全变了，过去那种压抑的气氛早就荡然无存，我也不知道那些在学生活动中心门口抽烟的青年后来都去了哪里，来到二十一世纪以后，他们成了什么样的人。总之我再也没有见过像他们那样郁郁寡欢又彬彬有礼的人了。

晚上主唱要去男友那里过夜，我便和小象一起回到她那里。房间里比外面更冷，我们下载了一部电影来看，但小象在办公室里住了两天，特别累，很快就睡着了。于是我把电脑调成静音，独自看完了下半部。窗外传来庆祝新年的焰火声，像来自远方的炮火。接近清晨的时候，我做了极度混乱的梦，在梦中无声地大哭，继而惊醒，伸手在真实的世界中摸索，小象仍然在我的拥抱中，我抚摸她的脸，却惊慌失措地摸到一手真正的泪水。

新年里我和群青都不打算休息，元旦第一天便去市场找老谢，看见批发大楼门口拉着警戒线，漩涡状的人群正在向外疏散。我以为又是群殴，见到老谢以后才知道，是有人爬到大楼顶上跳了下来。二楼东北帮的，我和群青也有点印象，平时穿得珠光宝气的，专卖韩国衣服，二楼连着好几个档口都是他的。去年开始不做外贸了，直接从韩国拿版过来找工厂做假货，胆子肥了，货都是用火车皮装的。结果有一批货被对手抢版先做了出来，导致他这里大批货物积压，资金链立刻断了，借了高利贷，垮掉的过程有如一场雪崩，没能撑过年底。

"我得去庙里拜拜菩萨，新年第一天怎么那么不吉利。"老谢说。

"你太迷信了啊。"群青说。

"你们完全捕捉不到风向。没听消息说襄阳路的市场要拆了吗?"老谢问我们。

"听说了。但没那么快吧。"我回答。

"事情都会有连锁反应。这里的台费已经翻了两倍不止。你们的档口签了多少年?"老谢又问。

"我们签到北京奥运会,还早着呢。谁知道到时候是什么情况。"我回答。

"是啊。说不定我们半途就发财了。"群青说。

"你说赚到多少钱算是发财?"我问他。

"一百万?"群青说。老谢嗤之以鼻。

一百万究竟是多少,我和群青心中都没有概念,然而周围的事物正在不可避免地经历一场缓慢的持续的地壳运动,塌陷,挤压,崛起,我们身处其中,不可能察觉不到。租约到期的摊主撤走一批又一批,随即便填补进来新的,从未有过断档。我们眼睁睁地看着造假体系的建立和扩张,乌泱泱的假货带来乌泱泱的人流,每到周末,长途大客车拉来四面八方的旅行团。"以前这里不是这样的"——我和群青都试图向表弟描述地下城的光辉岁月,但其实没什么可说的,那根本称不上是光辉,只是更贫穷、更混乱和更诚实。倒是表弟在这里交到了不少朋友,打烊以后他和他的朋友们一起去滑冰或者去KTV。他还确信自己见到了谢霆锋。

我和群青都不愿在地下城里待着,觉得那里乌烟瘴气,于是等北方的积雪融化得差不多的时候,又或长或短地,跑了好几趟山东。一方面为了拓展货源,寻找新的方向,免得在地下城同流合污。另外一方面的原因主要在我,我以最愚蠢的方法逃避与小象的告别。在外面待的时间最久的一回,我们在菏泽的一间小厂订下一批冬天的防寒风衣后,离开山东边境,前前后后总共游荡了将近三个星期。原本只想沿着黄河往西行驶一段,而水域逐渐开阔,大片大片的水鸟突然从栖息地起飞。我们下了国道,走地图上没有的小路,中间不时停车,撒尿,抽烟,望野。我没提回程的打算,群青便也不问,两肋插刀,一路奉陪。住招待所,找网吧,泡公共澡堂,不知不觉已经来到黄河转角。在那里的水库遇见一群游野泳的老人,送给我们一袋煮好的玉米,又指点我们去附近山里看瀑布。

进山之前，我和群青前后收到表弟发来的短信，两条短信一模一样，"老谢有事，速速回电"。但我们看到的时候手机已经没信号了。是座小山，荒蛮迷人，昆虫齐鸣，穿过几片荆棘以后已经能听见激流和岩石的碰撞声。但我们心神不定，惦记着老谢的情况，决定不再深入山脊的背阴处，转而朝平坦开阔的地方走，寻找手机信号，结果一路走到公路旁边才接通了表弟的电话，表弟在那头颠来倒去地告知，老谢被警察带走整整一个星期，档口也被查封，现在不让联络，具体情况还不清楚。

"什么叫具体情况还不清楚啊。"群青又拨了几次老谢的电话，当然不可能接通。

"别打了。现在就回去。"我打断他。

"你说老谢干什么了？"群青问我。

"他能干什么啊？"

"嫖娼还是吸毒之类的，都不像是他会干的。"

我们瞎琢磨了一阵，回到车上。按照地图和路标指示的方向开上高速公路，开始折返。因为怀着坚定的决心，一刻都没耽误。夜深以后的公路上都是跑长途的重型货车，像梦游的幽灵，彼此拉开很长的距离，远光灯的范围内都是寂静的。我和群青在休息站买了几罐红牛，轮流开车，另外一个人也不敢睡着，大声放着最吵闹的音乐，大声交谈，尽量不穿梭在那些幽灵之间。

"你知道黄河的尽头在哪里吗？"群青问我。

"在哪里？珠穆朗玛的雪峰吗？"

"我也不知道。你就没想过这个问题吗？"

"没想过。我一点也不想去那里。你呢？"

"我想过啊。但我想的是，我们的终点无论如何也不会在那里。"

十几个小时以后，我们从内环转到延安路高架，清晨，下着雨，空空荡荡，展览中心尖顶那颗黯淡的红色五角星出现时，便预示着下一个岔道口我们即将返回的现实。

我们刚出菏泽没多久的时候，老谢便出事了，被扣在拘留所审着，一审审好多天，像个要犯似的。后来弄清楚事情原委，是有个浙江帮的小子背后插刀，那段时期全市批发市场都在打假整治，那小子趁此形势举报老谢走私。老谢稀里糊涂被人盯了一个月，两车渠道不明的货栽在警察手里。警察顺着老谢的线索，端掉了一整条运输链，牵连不少人。

老谢十五天以后被放了出来，但意志消沉，不愿见人，不接电话，也不回复任何短信。从表弟那里辗转传过来的消息说，家里托了很多关系找到一个被追债的人替他顶罪。到了老谢这里已经算是运输链的最末端，轻轻判了八年。说好的价格是一年十万，但对方家里有小孩和老人，于是老谢送去了全部积蓄，我们都不清楚那一共是多少钱。我和群青去批发市场找过他几次，他的档口始终贴着封条，不出一个月再去看，便易主了。浙江帮那个小子我们都认识，是一个面容苍白、尖嘴猴腮的青年，在防火楼梯抽烟时碰见过，还聊过两句。应该也是一个棋子罢了。老谢出事以后，他在市场里也待不下去，突然间销声匿迹。

之后表弟的父母也不敢再让他晃在社会上，把他送进全日制的英语补习学校，着急送他出国。我和群青在这种形势下当然没有挽留，除了结算清楚他的工资之外，还额外给了他一个红包。之后如果他真的要出国，足够他买一张价格合适的往返机票去任何地方。这一年地下城有人一夜暴富，就有人一夜退场，金钱的味道不再是比喻和想象。我所认识的时代冲浪手都已经不知不觉地消失在了白色泡沫里，而我和群青没有被席卷而走，不是出于我们的头脑或者野心，只是因为尚存一些好运。

等到老谢终于露面，天已经凉了。这期间我和群青奔波于仓库、批发市场和地下城，一天都没休息过。所以老谢来找我们，我们决定无论如何要一醉方休。

我在延安路高架下面一路小跑，大老远便看到老谢站在涮肉店门口。寒流突袭，他穿着皮夹克，戴着帽子，面容严肃，像个保安。我想起来我从没见过他严肃的样子，但他严肃起来也一点都不威严，甚至有点可笑，还有点可怜。因为太久没有见他，我们彼此都挺不好意思的。涮肉店门口摆着烧热的炭，火星一阵一阵地无序飞舞。老谢不知怎么地伸出手来，于是我们郑重地握了握手，他的手干燥有力。我这才看到他的脸上，我以为是灰尘，其实是纹了一颗空心的小小泪珠——"操。真浪漫。牛逼啊老谢。"我说。

我们三个人都怀着没有明天的决心喝酒，喝得地上都是啤酒瓶和黄酒瓶，被炭火的热气熏得神志不清，频频举杯共饮，愿世间所有的卑鄙者，所有的白痴暴徒胆小鬼，所有的杂碎恶棍匪徒废物混蛋无赖，愿他们万劫不复，愿他们自食其果，愿他们坠入深渊。

"我要去结婚了，祝福我吧。"老谢突然像要去赴死一样地告诉我们。

"别闹了。"我说。

"说真的。我要结婚了，我要离开这里，再也不会回来。"老谢说。

"你什么时候有对象了？"群青问。

"我们在 eBay 上认识的。我把我那些宝贝都卖了。"老谢说。

"都二十一世纪了你竟然还玩网恋。"群青说。

"你把那些衣服都卖了？"我问老谢。

"卖了。阁楼里面那些衣服全都卖了，但你放心，杂志和碟片我都为你留着，全部转移到你们在用的那个仓库里。仓库那边我预付过租金，现在还剩下几个月，到时候你们可以续租，要是不想再租了，我的东西卖了也好，留着也好，随意处置就行。"老谢说着说着真的严肃起来。

"发疯了。你不打算再回来了吗？"我问。

"我做这行十几年，没有回头路。既然想好要走，就不会再回来了。"老谢说。

"你要去哪里？"群青问。

"我对象在悉尼。"老谢说。

"你会说英语？"我问。

"操。"老谢说。

"无论如何你的东西我们都会给你留着的。"我说。

"不用了。我不会再碰那些东西了。我的前半生，都在幻觉中。"老谢缓缓说。

"谁不是呢。你能确定你的后半生就能摆脱幻觉吗？"我想到那些衣服心都要碎了。

"我本来想不辞而别的，再也不见任何一个老朋友。但我还是不够酷。"老谢说。

"我们能找到那个杭州小子。"群青说。

"都到这个地步了，找不找都不重要。"老谢说。

"你这个人啊，还说什么幻觉，你真是一个大傻逼你知道吗。"群青说。

"哈哈哈。行吧，我是一个大傻逼。"老谢说。然而他前一秒还在笑，后一秒便泪流满面，"那我们在世界上的其他地方再见吧！不见也行。"

"那好。"群青说。

"不见也行。"我说，说完便转身吐了。

恢复意识以后我已经身处医院的输液室，第二袋生理盐水快滴完了。我努力回想几个小时前的事情，老谢的眼泪，我们的交谈，最后我一屁股坐在树下，不愿再站起来，留下手掌的挫伤和额头的乌青，无论如何，记忆的一小片区域已经埋入泥沼，不会再现。然而输液室里暖气十足，护士不见踪影，群青和老谢却都没有离开，在旁边的长凳上睡得四仰八叉，轻轻打呼。我找不到手机，也不清楚时间过去多久，但我一点也不想叫醒他们。我仔细想着老谢和我们告别的话，那些话啊，我一个字都不会去相信。但我知道他要去解决自己的问题了，今天过后，我再也不会见到他。

老谢具体是哪天走的没有告诉我们，之后我和群青去整理仓库，把他留下的东西都封箱保存了起来。而去年从泰安厂里订回来的那批冲锋衣原封没动在仓库里放了将近一年，终于赶上应季的销售时间。由于数量庞大，群青顺势提出，我们可以趁此机会在淘宝上试水。我对网络销售向来提不起兴致，觉得不够老派，也不够古惑仔。但是群青两年前便已经注册好了账号，早已有了跃跃欲试的启用打算。

网店的事情上，我们尽力而为，却没有怀着任何期望，然而经历了缓慢的销量爬坡之后，竟然每天最少也能卖出去三十来件，巅峰时能达到一百件，远远超过在档口的零售。我们总结下来，一是出于季节需要，二是我们前前后后在美校和广告公司学会的东西用在页面设计上绰绰有余，三是我们赶上了网络销售的第一波红利。两个月以后，账上总共多出十万块，以前摸爬滚打得到的任何一笔收入都比不上。这个数字过于不真实，以至于我和群青都感到必须庆祝一下，才能克服强烈的虚无感。

然而我们从来没有庆祝过，我和群青的人生中似乎都从未出现过任何值得庆祝的事物。在过去的三年里更是已经习惯了最低能耗的日常生活，像是一场漫长的锻炼，在物质与精神上始终保持着相对贫穷的状态。我们不知道该如何庆祝，也不知道该去哪里庆祝。

星期五晚上我们叫上了小象和主唱，一起去了外滩江畔的楼顶酒吧。谁都去没过，是从购物指南杂志上找到的。因为要去好地方，每个人都穿上了自己喜欢的衣服。置身于陌生的昂贵的事物之中，来自地下城的风格格格不入，但我们自由自在的，并没有因为自己和其他人不一样而感到拘束。酒吧有宽阔的露台，正对江面，刮着料峭的春风，很冷，但是烧着一盏盏的煤气灯，大家都围坐在蓝色的火苗底下，脸被烧得又烫又红，喝了一轮又一轮的酒。这大半年来我狼奔豕突的，忙得跟狗一样，而小象申请好了法国的学校。我们因此很少再单独见面，两个人都克服着自己的脆弱，将情感的需求奋力限制在友情范畴之内。小象剪了很短的头发，像是在做非常具体的出征前的准备。我总能被她心里常存的坚定所打动，此刻变得更为强烈。

"我们打算春天去北京。"主唱说。

"又去演出吗？"我问她。

"这次不是演出，是搬去北京。这一年里去全国各地参加了好几次音乐节，认识了不少乐队的朋友，大家都想往北京跑，都说好了，也都鼓励我过去。北京的能量场真的特别厉害，每次从那里回到上海，都像是做了一场春秋大梦。"主唱说。

"那是下了很大的决心啊。"我说。

"都打算好了吗？"群青问。

"打算好了。有朋友在通县乡下租了一个大院子，还空了两间平房。我在那里住过，他们吃住排练都在一起。我打算先在那里住一段时间。"主唱说。

"你男朋友呢，和你一起去吗？"群青问她。

"分手了。你们没看出来我很痛苦吗？但我不能被这种东西打败了。"主唱说。

"到北京了再另找，鼓楼东大街上遍地都是玩乐队的男孩。"我说。

"小象也和我一起去啊。你没告诉他们吗？"主唱拍拍小象。

"我还没说，之前不是一直没能决定时间吗。"小象说。

"去北京?"我的血液瞬间涌向大脑,手脚发麻。

"你去北京干吗,你也组乐队?"群青问小象。

"报社的师傅调去了北京的新闻杂志,我决定跟他。我一直想当调查记者,北京的杂志辐射面更广一些,可能有更多伸展的空间。"

"你不去法国了?"我打断了她。

"不去了。"小象回答。

"不是都申请好学校了吗?"我不自觉地提高了声音。

"申请好了,但我决定放弃了。"小象尽量平静地回答,仿佛在安慰我,而我分不清自己是混乱还是难过。

"你们两个真太突然了,北京有那么大吸引力吗?"群青说。

"你们不也去过北京吗,那里有种公社的气氛,在这里永远也不会有。"主唱说。

"我理解,在这里永远也不会有。"我说。

后来对岸楼群的霓虹在一瞬间熄灭,但轮船仍然缓缓行驶于黑暗的江面。酒吧里的驻唱乐队已经开始收拾设备,主场跑去和他们交谈了两句,接过麦克风朝着我们清唱起来——"天下没有不散的宴席,你的眼泪,欢笑,全都会失去"——大家这时候都已经喝多了,变得极其伤感,但我看着小象,她的眼睛闪闪发光。我才缓缓意识到,我的心脏所遭受的重击不是痛苦,而是极其难得的喜悦。我为小象感到高兴,她不再是年轻的女孩,她在自己的世界实践中成了年轻的女人。这让我羡慕极了。我们都为主唱拍手,露台上零零星星剩下的几位客人也都在拍手,不是热烈的掌声,但持续了很久很久。

酒吧打烊以后,我们穿过马路,来到清晨的防波堤,庞大的货轮从晨雾中驶来,每个人的身上都罩着薄薄一层水汽。我们像是身处无边无际的梦,轮流传递着剩下的最后一根烟,小象递给我,我珍惜地抽了一口,又递了下去,轮了两圈。星星在冷冷的光线里逐渐消失,出租车在我们身后排队等待着,而司机都站在外面抽烟,一点也不着急,任由我们继续待着,什么都不做,连烟都抽完了。

"抱歉,我没有事先告诉你。"小象坐在我身边。

"别这么说,我没那么小气。"我安慰她。

"当时你从北京坐火车回来，在车上，我们打了一晚电话。"小象说。

"下车我就去见你了。这是我做过最浪漫的事了，以我的智商，只能做到那样了。"

"等我坐火车经过长江和华北平原的时候会告诉你。"

"可别忘了。"

"我的决定没错吧。真不知道啊。我以后讲不定会后悔至极。"小象说。

我想说那你随时都能回来，但没有说出来，我并不希望她真的回来。当时我们身处的世界里连一件大事都还没有真正发生过，但我知道在之后漫长的时间里总会发生，到那时，小象只会步入世界震荡的深处，越去越远。要说我感到难过，那是因为我们即将告别，却并没有真的在一起。而此刻，对岸的天空笼罩着水雾和早春粉红色的光。小象坐在我身边，一如既往地清晰，确凿，尚未消失不见。

我们的庆祝才刚刚结束不久，外贸市场便发生第二次巨震，襄阳路市场确定了整体拆迁的时间并且发出公告，随之产生的连锁效应导致地下城档口租金再次急剧上涨，相比三年前翻了四倍不止。从襄阳路涌入一批实力雄厚的摊主接手了半边地下城，抹去了这里最后一些浪漫和无序的气象，行业内不正当竞争白热化，从此成为真正的角斗场。我们的档口处于激流中如一粒小小顽石，所幸我们还剩下两年合约，以及几条长期且稳定的货源。因此收到租约到期通知时，我和群青理所当然都认为是搞错了，完全没有放在心上。

直到台主本人找上门来，一看，根本不是当初和我们签合同的那个人。一番交涉以后才弄明白，三年前将档口签给我们的是二道贩子，如今租金水涨船高，而且随着地下城的版图不断扩张，我们的位置竟然在格局的迁移中渐渐占据了中心地带一隅，导致附近板块几个制假的帮派都在打着吞并的主意。台主是温州人，看似是客客气气和我们商量，实际已经和接盘的下家有了协议，完全没有给我们留下余地。

我们负隅顽抗了一阵，然而这期间卷帘门两次被撬，货物没有失窃，却遭损坏。管理员置若罔闻，二道贩子联络不上。我尚且怀有鱼死网破的傻逼决心，但第二次恶行发生之后，群青联络了台主，谈拢了价格。一周过后，台主约我们在附近银行见面，现取了十万块钱给我们，算是违约赔偿。事情的发展过分迅疾，令人来不及做出任何情绪上的反应。

从地下城撤走的当天，气象预报挂了热带风暴预警，外面飞沙走石的，地下城里却仍然挤满放暑假的学生。暴雨在午后降临，滞留的人只能等待风暴转弱或者过境，好几个档口放着粤语怀旧金曲，竟然涌现出些许昨日重现的伤感气氛。但排水系统很快就不堪重负，地底开始渗水上来，于是大家又从无所事事的状态中纷纷惊醒，恢复了各自为政的面貌，从漫起来的大水中抢救货物。

然而没有任何东西值得我和群青去抢救的，我们留在这里的大部分货物，连带着情感，本来就已经毁坏了。于是我们坐在浸水的纸箱上面，无动于衷，看着其他人众志成城，用防火沙袋徒劳地阻拦正从地底泛起的浪。而群青当着管理员的面，点了一根烟。

暴雨在傍晚终结，档口整片整片陷落，大家停下手里的动作，停留在水里发呆和叹息。外面的马路也被淹了，车困在漩涡里，没有交警，于是司机们自己下车疏散，有几个还穿着睡衣，流浪的狗湿漉漉的，都像从一场梦游中醒来。一年里白昼最长的日子已经过去，接下来，暮色将一天比一天提早降临。但是空气干净，流动着深邃的泥土清香，折断的大树横倒在地上，树叶和断枝堵塞了下水口。我和群青光着脚，淌水走出地下城，原本想带走的东西一样都没有拿，至此与这里告别。我们在这里听过不少都市传说，自己却一样都没有遇见。没有见过窦唯，没有见过谢霆锋。我们也结交了一些朋友，却很遗憾，没能在他们消失前发展出任何坚固的友谊。

失去档口使得大部分事情暂时停摆，而我和群青终于得以度过一个暑假。于是群青三年里第一次回贵州看望父母，杳无音讯，直到八月底才返回上海。他已经还清了家里全部的欠款，因此心情轻松，而且在贵州的时候每天爬山，晒得漆黑，精神抖擞。

我们的心情都发生了变化，说不上是沮丧或者消极，但确实有种类似及时行乐的愿望。既不想返回地下城，也不愿入驻批发市场，于是除了保持网店运转之外，干脆打起游击战，每天都装着货物去市场里挨个兜售。

要是好运，跑一个上午就全部清空了。而我们两个人仿佛游戏界面里的宝物小贩，行踪不定，无足轻重，不会影响任何一条叙事线的发展，却给他人带去惊喜，同时也收获劳动的喜悦。

年底平凡的一天，我们从仓库出来，去熟识的修车师傅那里给车做保养，顺便把脱落很久的保险杠复原回去，修车铺就在批发市场旁边，于是我们把车放在那里，顺道去市场里面看看行情。刚刚从地下层出来，便看到外面的人仿佛管道里的污水一般，从天桥的方向往市场里涌。我和群青本能地闪开，知道又是一场群架。去年开始，每隔一段时间楼顶和天桥就有人往下跳，还有人跑去更远一点的河边。恶性械斗也或大或小地发生过好几场。楼里不相关的摊主都司空见惯，利落地拉起自己的卷帘门。

我和群青从未见识过规模如此庞大的斗殴，手持钢管的人乌泱泱往里涌，大部分不是市场里的，也分不清到底哪边是哪边，两方面的人进来以后一时都很茫然，盲目地示威。直到赶来的警车警笛齐鸣，仿佛突然吹响的开场哨，两边的人随之自然分出一道空地，对峙片刻以后分成两股洪流，从防火楼梯和电梯往二楼跑，一路打砸。我和群青跟随一小撮群众往外面走，而大楼两头出口都已经被警察封锁住了，不让进出。我们只好回头，找到安全的角落待着，等待风头过去。

"你看那个人。"群青压低声音捅我，我顺着他指的方向，看到消防通道入口站着一个穿着皮夹克的青年，面容苍白，尖嘴猴腮，从自己人的队伍中失散了，握着一把警用手电，倒退着环顾四周。

"操。没看错吧？"我确认了一遍。

"不会错。肯定是今天被他们那伙人叫回来充人数的。"群青说着已经跟了过去，我也紧随其后。我们各自从被捣毁的残骸里捡起一截角铁，握在手里又冷又锐利。

那个人步入消防通道以后，停住脚步，背对着我们，似乎也在彷徨。如果要动手，现在是最好的机会。但我肌肉紧绷，精神崩溃，心脏的噪音让大脑混乱涣散。直到眼睁睁地看着那个人，下了很大决心似的迈出步子往上走，打破了刚刚寂静的平衡。我在意识中已经伸出手去，他却突然大叫一声，往后踩空一步，继而像被子弹打中的大鸟，滚下半截楼梯坐在地上，发出蜂鸣般的呜咽。两个抢着三轮车铁把式的人自上而下，从他身上踩过，冲下楼去。留下那个人，额角到耳朵被抡开了，像一页翻开的书。

眼前的场景过分古怪和阴暗，我一步也不愿继续靠近。无论刚才在我心中燃烧着的是什么样的火焰，都已经彻底熄灭。我和群青远远扔掉手中的角铁，发出哐当巨响，那个人竟然回头看我们，像是求助，又像是示好。

不出半个小时，整栋大楼已经哀鸿遍野，特警入场，拉网兜人。封锁打开以后，我们穿过废墟，和其他群众排队等待放行，出示和登记了身份证以后，得以离开大楼。外面飘着细小的雪籽，刚刚清过场，四处都不见人影。我和群青走到修车摊，师傅问里面的情况，我们还处于惊愕中，什么都说不上来。师傅递了烟给我们，说我们的车不行了，随时都要报废，别再折腾了，补点润滑油，再凑合帮我们把保险杠复原回去，等过段时间彻底坏了再找他换辆别的——"吉普行吗？"他问我们。我们都不吭声，抽着烟，站在门口等他把车开出来。

"刚刚你有没有动过一丝那种念头？"我缓过来以后问群青。

"嗯。"他回答。

"我们没动手是对的，你说呢。"

"不知道。但我当时想好了，万一我俩真的动了手，不管是谁，都算在我头上。"

"算在你头上是什么意思？"

"作为感谢。"

"感谢什么？"我蒙了。

"我打算走了。他们不会再找到我的，不管出什么事，我都算是畏罪潜逃了。"

"你去哪里啊？"

"我托关系搞定了签证的事情。"

"不是说回不去日本了吗？"

"不回日本，我要去加拿大。彬彬家里人没有回来的希望了，事情已经定局了。但是她考上了加拿大的学校，所以我打算先过去以后再想其他办法。无论如何，到了那里，我和她就都自由了。"

"你确定那是自由吗？"

"不确定。但我现在是这样想的。"群青回答。

批发大楼周围的路障还没有解除，缴械投降的伤者陆陆续续从里面出来，七倒八歪地排成一排，一直排到了大楼拐角，都松了口气似的，大口大口吐着烟。师傅把我们的车开了出来，保险杠用好几层封箱带给重新粘了回去，绑得结结实实。这车早已过了说好的两年期限，但它体体面面，和我们珍惜的每件东西一样，保持着尊严。师傅打开车门说："你们听说里面的消息没？又打死一个人。据说几个核心成员当场抽的生死签去认的罪。我在这里十几年了，这种阵势前所未有，门口那些人处理到现在还没处理完。我告诉你们啊，我们今天在这里也算是见证一个时代的落幕了，自此往后，里面所有的人都要重新考虑接下来的打算。"这话说得挺牛逼的，我端端正正敬他一根烟。

我和群青也重新考虑了接下来的打算。我们中断了进货，计划在他离开之前将仓库里的存货清空。至于那以后，群青让我早做打算，但他不会再参与其中。我一如既往地接受和应允，心里却一片空白。回想起来，那一段时间里，我仿佛置身于一场被动的梦，而这场梦早在我意识到之前便已开始，起点在哪里，自然无法追溯。我并没有因此而感到困扰或者沮丧，相反，我精神百倍，每天在仓库和市场间摸打滚爬。直到告别的前一晚，我们在仓库里彻夜结算账务，做完的时候也差不多该出发去机场了。路上天慢慢亮起来，广播里通宵的音乐节目正要说再见，我想着这些年里，一起见证过四季的清晨，不由有些激动。而群青歪在旁边睡着了，头枕着玻璃，在颠簸中发出轻轻的咚咚声。因为时间还早，我把车停在机场高架的岔道口，摇下车窗抽了一根烟。冷风灌进来，群青醒来打了一个寒战，茫然四顾，问我："到哪里了？"

"到机场了。"我告诉他。

"我梦见我们在高速上，出口全封了，我们经过一个又一个山洞。"

"这像是现实，不像是一个梦。"我说。

"嗯，这像是一场历险。"群青说。

将群青送走以后，我回到家里关起门来，大睡一场。醒来以后翻出老谢当年大老远跑来送给我的《战争与和平》，发现这套书竟然是他看过的，不仅看过，书页被翻得柔软，还留下不少折角和划线，想必是真的很喜欢才送给我，我不禁有些感动，随之再次感到羞愧和懊恼。我在家里不分晨昏地看书，忘乎所以地置身于书中多雨的旷野，与几支纵队一起行走在浓雾里。在老谢重重画下粗线的段落里，士兵们几乎都处于中场休息，他们刚刚结束了一场战役，吃饱了，还喝了酒，在篝火旁边烧得暖烘烘，虽然失去行动和精神的自由，却被有规则的东西限制和引导着，战场之外的世界荡然无存，反而感觉无忧无虑。对此，我感同身受。等我终于从书里缓过神来，已经过去了十来天，正好是战地医院里一个伤员能下床呼口新鲜空气的周期。

我从家里出来以后做的第一件事情，是去医院补好了门牙。然后我锁了仓库，并从银行里取出三年来的全部存款，交给我妈，作为交换，却不知道自己要交换的到底是什么。我妈看着我的牙，又看着我的钱，百感交集，又气急败坏，大哭一场。第二天钱原封不动地放回了我的抽屉里。我才意识到这真的是很大一笔钱，我不知为何赶上了一次浪潮，清醒过来的时候，却已经搁浅在了岸边。

之后我从邮箱里找出主唱发给我的一条音乐网站的招聘，职位要求写得很模糊，只强调对于二十世纪后半叶的流行音乐具有热情。我按地址写过去一封邮件，立刻得到回复，约好去面试。对方是一个知识分子打扮的青年，比我略略年长。他坐在会议桌的尽头，看起来却比我更羞怯和紧张。我为了缓和气氛，说了一些十年前歌友会的逸事。他不好意思地说，他当年也曾参加过不少活动，还因此在电台做了一年实习生。但千禧年还没到来的时候，他便出国念书了。如今刚刚回国，想要参与互联网文化的发展。他说这里的工资微薄，但我们会共同见证新事物的诞生。这样的话无法打动我，而且我负责的具体工作是条目输入，每天对着同样的表格页面输入唱片信息，如同流水线的工人。

无论如何这都不是我的打算，我对新事物的诞生毫无兴趣，我只是失去了无所事事的勇气，并且还在等待旧梦的彻底终结。于是我按时上班，专心致志，丝毫不感觉枯燥。在工作的第一个星期过后，我在网站试运营的内部论坛里看到魔岩三杰的演出消息，他们要在连云港的海边游乐场里举办一场迎接北京奥运会的义演。时间是七月最后一个周末的晚上。

三周以后的星期六，我按照巡厂的习惯，清晨从仓库出发，七点前便开上了高速公路。两边都是熟悉的夏日风景，距离我和群青上一次开在这条公路上，已经过去了整整一年。打开音响，还是伍佰，《夏夜晚风》，是一个演唱会的翻录版本，伍佰唱到一半说："我来过这里好多次，好干净哦。和我住的地方很像，我们那边也下雨，也一样炎热。"

我反正已经习惯了高速公路的酷暑，汗在椅背留下身体的形状，柏油路面的反光像一个又一个的水洼。中途遇见一段暴雨，我在漫长的水幕中同时开着远光灯和雾灯，于无穷无尽的寂静里突然钻出乌云，看到右侧山坡上连绵的白色风车，缓缓转动。

下了高速以后我去麦当劳里大吃了一顿，吹了空调，活动了身体，傍晚出发去往海边。顺着公路驶离市区，大海便在身侧，有时错觉自己正行驶于海面。太阳没有落山，月亮已经升起，同时散发着浅浅的温柔的光。一个小时以后我来到地图上指示的位置，却没有任何游乐场的迹象，远处的沙滩空空荡荡，突兀地立着几根被海风腐蚀的罗马柱。

我一度以为弄错了日期或者地点，但门票确认无误。于是我尽量朝着海岸线的方向行驶，直到被植物和堤坝阻拦，只能下车继续步行。没有舞台，没有白色的光柱，没有人。我在粗糙如砾石的沙滩上奋力往海边走，经过无人使用的沙滩排球网，天迅速暗下来，粉色的光消失殆尽以后，一座巨大的建筑物凭空矗立在我跟前，是沙滩上的金字塔，我叹息着抬头，尖顶旁边出现了一颗明亮的星星。

太牛逼了。这是我见过的第二座金字塔。美校的第二年暑假我和群青一起去西安，通宵硬座，下火车以后便直接从游客集散中心坐车去看兵马俑。上了一辆破破烂烂的小巴，只有我们两个人，一上车便睡着了，醒来时置身于荒漠，眼前是一个简陋庞大的铁皮棚，像废弃已久的竞技场。我们虽然心怀疑虑，但在高音喇叭的循环下，被下了迷药似的购买了昂贵的门票。里面竟然也分成一号、二号和三号坑，中间用小火车连接。小火车是免费的，直接跳上去就行。我们坐火车转了两圈，仿佛游览月球陨石坑的旅人。一号坑很大，厚厚的土里稀稀落落放着几个兵马俑，探照灯的强光把空里的灰尘照得一清二楚。二号坑和一号坑一模一样，尺寸稍小。三号坑是露天的，还在建造中，没有兵马俑，却矗立着一座金字塔，巨大，压抑。火车会从金字塔的内部穿过去，里面什么都没有，只有一段长长的干燥的黑暗和一些风的回声。

　　我用手机拍下了海边的金字塔，想用电子邮件给群青传送一张照片，但信号时断时续。于是我沿着沙滩一路往前走，将手机举过头顶，尽力收集来自虚空的回响。前面的沙滩上出现了一小堆一小堆聚拢在一起的人，搭着帐篷，烧着炭火，伴着音箱放的歌轻声合唱。我走到他们中间，像走入一段回忆，仿佛那些郁郁寡欢的年轻人自学生活动中心门口失散以后，便始终被困在这片沙滩上。

　　"朋友。你也是受害者吗？"有一个人大声问我。

　　"我吗？"我停下脚步环顾四周。那个人朝我走来，他穿着一件解放军空军夹克，看样子是那种或许能成为朋友的人。

　　"你也是来看演唱会的吗？"他问我。

　　"我可能弄错了，我没找到游乐场。"我回答。

　　"你没弄错，我们也一样，我们都是被骗的。没有演唱会，也没有游乐场，都是虚构的。这里只有大海。"他大声叹息。

　　"都是虚构的啊。"我却放下心来。

　　"你要加入我们吗？都是朋友，来都来了，我们在讨论怎么维权。"他指指身后。

　　"不了。我的朋友也在等我。"我指指前面，感谢了他，和他告别，继续沿着沙滩往前走。我不再怀着寻找任何事物的决心和愿望，反而感到轻松和自由。没有浪，海面漆黑宁静，与天空连接在一起，泛起薄薄的雾。我的手机突然亮了一下，提示我邮件发送了出去，黑暗中金字塔的照片，咻的一声，在某一个瞬间，便穿越了雾的防火墙。

　　　　　　　　　　　　　　　　　　　原载《钟山》2020年第3期

评鉴与感悟

这个发生于"非典"之年前后的故事在"新冠"之年发表出来,只是巧合,正如历史是无数个不可预知的瞬间聚合的结果。几个怀揣着朴素的热情和单纯的野心的年轻人的谋生故事,如同小说里那场生日焰火,点亮了千禧之年到北京奥运那段充满各种未知与可能的历史。这段历史野蛮却生机勃勃,无序却力量澎湃,迷惘却健朗辽阔,如同故事里那些精力无限的城市青年,一边过着俯身大地、四处奔波的生活,一边不忘抬头眺望星空、大海和远方。他们的个人情感、经验、希冀与时代浪潮共振、错位,在强盛却单调的秩序主导、收割一切之前,为一个即将被遗忘的时代留下了一幅斑驳而明亮、清晰而景深丰富的记忆图景。(方岩)

是谁在深夜里讲童话

/叶弥

上

新中国开天辟地的第一次选美是在广州,时间是一九八五年。选美的图片暂时不能登上报纸,但是选美的消息还是传开了。听到消息后,吴郭市的团市委也策划了"首届吴郭青春美大赛"。吴郭比广州保守多了,团市委从策划那天起,就遭到不少人反对。到成功举办的那一天,已是三年后的事情了。严听听从家里偷拿了户口簿去报名,那年她十八岁,正好够上参赛的年龄。

团市委请来了香港的一位美容师,一位发型师,免费为进入决赛的二十名男孩女孩们化妆打扮。美容师是位浑身飘着香水味的中年妇女,她在严听听身边转来转去,最后只给她的鼻头和额头扑了一点粉,嘴里还说:"这点粉其实也是画蛇添足啦。"男发型师的身上也飘着香水味,他把严听听及腰的长辫子披散开来,喷上少许水,用电吹风把她天然微卷的长发吹几下,喷上少许摩丝,再吹几下,就叫下一个了。

下一个是严听听新交的朋友,叫花亚,是个心直口快的纺织工人,她为了参加这次选美大赛,被厂里开除了。为了这次选美,她烫了一个香港流行的爆炸头。她妈说她的头像一个鸡窝,丑得绝种。她从女式香水中穿行到男式香水里，坐下，挑起两根画得很沉重的眉毛说："严听听，你完了。"严听听无所谓地说："我就是来玩玩的。"花亚说："你是脑筋不灵光吧？你对生活的酸甜苦辣反应迟缓。"

比赛的场地在工人体育馆。严听听最后一个出场，她穿着香港人赞助的一件红色镶金丝无袖及膝短旗袍，手里拿着一把她嫂子用的丝绸小扇，走到台上。看见那么多人在台下鸦雀无声，突然高兴起来，就像见着了许多老朋友一样，要取悦他们，于是脸上洋溢出快乐的笑，一边小步侧身疾走，一边用扇子缓缓地轻拂脸面。走到台子中心，扭腰做个看花的造型，扇子遮住半边桃花脸。她脱离了彩排时拘束的台步，自作主张地来了一套这么活泼的动作，本来也是小孩子心性，没想到台下的年轻人一声一声喝彩不停，吹口哨声经久不息。没错，她成了这次决赛最出彩的一个人。

时尚青年黎光也在吹口哨的行列里，他穿着一条时尚的水洗牛仔裤，无领无袖的白T恤束在裤腰里。T恤后背写着一行字：跟着感觉走。他边上有个大胆青年，衣服后面写的是：我是流氓我怕谁？看得黎光心里一阵阵无名的兴奋。度过了这个激动人心的夜晚后，他似乎确定了人生的目标。决赛结束后，他骑着自行车回到自己住的弄堂，碰到巡夜的民警吴三宝。吴三宝问："你穿的是什么？这就是传说中的苹果牌包屁股牛仔裤吗？"黎光没好气地说："对。难看死了，难看死了——我替你说了。你就继续巡逻去吧。"吴三宝说："九点钟了，你这么晚才回来，没有在外面惹是生非吧？你对天上的月亮发个誓。"黎光指着月亮说："我今晚要是在外惹是生非，以后出月亮的时候，就让我见恶鬼。"他发了誓，进了屋，拿出笔记本写道：今晚的青春美决赛有着划时代的意义。冠军叫严听听。调皮的民警吴三宝，你老是批评我，没关系。我终究找到了我的使命：我的使命就是担负起保护美的职责。严听听，你就是美的化身。菜花头、波浪头、爆炸头……都没有你黑亮的自来卷长头发好看。

考虑到吴三宝经常混到他房间里摸索探查，他最终把笔记本穿了麻绳，吊在墙面的挂钩上，再移了一个柜子把笔记本掩上。隔壁的王伯伯在墙那边说："小猢狲，你半夜三更的折腾个啥？"黎光说："不怪我，这墙不隔音，放个屁都听得到。老猢狲，我还没找你算账呢。你不是三天两头在夜里折腾？"王伯伯就不吭声了。一会儿，他好像赌气了，真的又在床上折腾起来了。黎光用两团棉花球把耳朵塞住，朝隔壁喊了一声："王阿姨，你真的很可怜啊！"

黎光这一夜激动得几乎没睡，他又找了几张废纸，在王伯伯王阿姨制造出来的噪声里，写了几首纯洁的爱情诗，献给严听听。

再说严听听，她根本不知道今夜会有多少人为她无眠，为她写诗。香港的男发型师自告奋勇地送她回家。两人打了一个车，还没到目的地，发型师就让严听听下车了。他说："这个城市黑乎乎的让我好害怕。"说完，让严听听下车，扔下她就跑了。严听听站在树影婆娑的街上，悠然四顾，微风轻吹，吹过来她熟悉的一些花香树香。她想，我的家乡多好啊，怎么会让人害怕？

片刻，发型师又回来了，打开车窗对严听听说："我还有一句重要的话没对你讲——你好美好美。真的啦。除了美，你还天真纯洁，会有许多人想从你身上得到滋养，你得小心一点，不要被人白白利用啦。"

严听听双手搂着一个玉雕花篮朝家里走，这是冠军的奖品，没有奖金。她被评委问到的问题是：如果你得了这次大赛的冠军，你将如何以此为基础，规划你的未来？

她说："我没想过未来。对于我来说，愉快地过好每一天，才是最重要的。"

相比别的选手们很有时代感的豪言壮语，她的话简直太朴素了。评委们大部分是吴郭人，吴郭是个崇尚朴素低调的城市。也许是她的朴素和诚实让评委们给她打了高分吧？

打开家里的黑漆木门，严听听的嫂子高如珍从房里走出来，问："可爱的小姑娘，你是最后一名吗？"严听听把玉雕花篮放到高如珍的怀里，说："报告夫人，第一名。没奖金，只有这个，请你收好吧。"高如珍说："真光荣啊！就怪你哥，拦着不让我去看。"严听听的哥哥严玉晖在里屋说："光荣个啥？瞎胡闹。一帮大姑娘在台上丢人现眼，丧失自尊。"

严玉晖惊讶地发现，他第二天去菜场买菜时，走过居委会的黑板报，上面写着严听听得了青春美比赛冠军的喜报。一路上不停地有人招呼他，跟他说他妹妹得了选美冠军的事。连摊贩都知道了，害得他不好意思和摊贩讨价还价。更让他惊奇的是，等他回到家里，家里已坐着居委会主任刘阿姨，是来说媒的，给听听介绍一位现役军人，连长，党员，是部队培养对象。严玉晖对高如珍说："你发愣干什么？还不去泡杯新茶给刘主任。"

刘主任笑一笑，没喝茶就走了。

高如珍责怪严玉晖说："挺好的一门亲，为什么不应承？你就是那种把日子越过越小的人。除了爱国是对的，别的都不对。"

严玉晖说："你不要这么敏感好不好？"他捧起那杯泡好的新茶，慢悠悠地出了门。看见大家对他的笑脸，他很受用。于是对大家说："下星期天中午，大家都来我家。我家听听得了青春美冠军，我请客啊！"

大家"啊啊啊"地答应着。答应着的这些人，几乎都是没资格去赴宴的。有资格去赴宴的人，都不会"啊啊啊"地答应，要等着严玉晖上门来请。

严玉晖得了脸，声音越发响亮，几乎是叫喊着了："听听，你在哪里？——谁看见我家听听了？"

大家七嘴八舌地提供了许多信息，最终严玉晖用了一个三岁女娃娃的消息，她说听听朝俞阿婆家里去了。俞阿婆住在巷子底，那里有一条河，河对面有一座小山，小山下面有一大片荒芜的杂草地，杂草地里有几座无主荒坟。俞阿婆的肚子里有层出不穷的故事，故事的灵感就来自河、山、杂草地和野花。听听经常来找俞阿婆，此刻她正坐在俞阿婆的腿上，一边剥蚕豆，一边听俞阿婆给她讲故事。俞阿婆今天除了讲故事，还顺便劝了严听听几句："你呀，十八岁不小了呀，要么找工作，要么找婆家。"严玉晖走进去的时候，严听听的十根手指上都套上了蚕豆皮。

黎光睡了一个短暂的觉，清晨就精神抖擞地爬起来，出门买了两副大饼油条。一副自己走着吃了，一副留着，去了派出所，给值班的吴三宝吃了。原来他是求吴三宝办事，想问问严听听家住什么地方，他说给严听听写了诗，需要当面转交。吴三宝打了几个电话，然后写了一个人的名字给黎光，让他去某某地方找这个人。黎光回到家，倒在床上，一时心头撞鹿，七上八下，辗转反侧。最终爬起来给听听写了一封情书。除了大学时给一位女同学写过，他还从来没有给别的女性写过情书。写好情书，他到巷子口的理发店去理了一个头发。说是理发，其实是烫发，今天是星期天，理发店的人特别多，再加上他是烫发，所以时间有点长了，到下午三点钟才把头发弄好。朝锈迹斑斑的镜子里一照，仿佛换了个人，自己觉得洋气极了。飞快回到家里，翻箱倒柜找出一件格子衬衫，系在牛仔裤里，戴一副墨镜，又把口琴放在裤兜里。骑车到了某某地方，一看是派出所，要找的那个人是个小民警，叫葛小根。葛小根的警帽有点大，老是压着眉毛，他得经常用手把帽檐抬上去。

葛小根抬一抬帽檐，问他："你叫啥名字？"

黎光老老实实地回答："我叫黎光。"

葛小根又抬一抬帽檐，问："看你游手好闲的样子……说说你有啥特长？"

黎光说："我的特长是写情书。"

葛小根说："这么说，你今天把情书带来了。拿出来给我看看。"

黎光拿出给严听听写的情书，葛小根看了一遍，拍着情书说："我个人认为，你的文采一般般，而且写得有点不正经。我劝你不要给人家了。人家脸皮薄，天真纯洁，看了以后会不开心的。"没等黎光有所反应，葛小根就把情书团起来扔到垃圾筒里。黎光只好叹了一口气，跟着葛小根来到一个白墙黛瓦的弄堂。弄堂很美，很干净，屋前屋后都长着鲜花，再不济的也放着一个长满大蒜或小葱的大碗。时值烧晚饭，他辨别出红烧排骨和咸菜烧黄鱼的香味。在一个水井边上，有一位姑娘和几个十来岁的孩子在打弹子玩，旁边竹篱笆上垂下来累累团团的蔷薇花，风吹落花瓣，和暗金的夕阳一道，飘在他们身上。

葛小根骄傲地指着那姑娘说："那就是我们的选美冠军。"

黎光认出她来了。她两颊绯红，额角两边的头发编成两根小辫子，像两根绳子一样朝后拢住浓密的长发。黎光自言自语地说："她是不是有点蠢？这么大了还混在小孩子堆里打弹子。"

葛小根说："你才蠢，打弹子又怎么了？我走了，你给我老老实实的，不要乱说乱动。你烫的头发真难看。"

黎光"哦"了一声。

他忽然觉得很饿很饿，饿得胃里长出两只手在互撕，这才想起忘了吃午饭。那么，摆在他面前有两条路，一条路是离开她去吃晚饭，一条路是继续纠缠。正在这时，一个女人的声音从不远处响起来："听听，回来吃晚饭啦。"

严听听抬起头,高高兴兴地应了一句:"我来啦。"

黎光看到她的脸,觉得自己看到了初升的太阳,令人惊喜和舒畅。他追上去说:"严听听,我是来看你的。"严听听只管朝前跑。他又说:"你能不能看我一眼?"严听听还是不说话,黎光说:"你不看我也行。我想问你一个问题,你的理想是什么?就是说,你想干什么工作?"严听听果然上当了,回头说:"我想干什么工作没必要告诉你。我倒是想问问,你是何方神圣?"黎光赶紧说:"我是个诗人。"严听听头也不回地跑进了屋。

严听听家门口也有一口井,很小的井圈。黎光分开两腿,蹲到井圈上,拿出口琴开始吹。他也只会日本影片《追捕》里面的插曲。反反复复地吹,终于把严玉晖吹恼了,出来问:"喂,小兄弟,你吃了晚饭没?"黎光说:"别说晚饭,我午饭也没吃。"严玉晖说:"怪不得吹得这么难听。还有,你蹲在井上干什么?撒尿吗?诗人就是你这样的?"黎光说:"我又不是来找你的,我是来找严听听的。"严玉晖说:"严听听五岁就死了爹妈,是我把他带大的。她一切都听我的。我不会让她出来见你,她就不会出来的。"黎光问:"你是她什么人?"严玉晖说:"我是她阿哥。"黎光说:"阿哥好。"严玉晖没理他,进屋去了再也没出来。也没有别人出来。

不知过了多久,街上已空无一人,黎光喊了一嗓子:"我失恋了。我他妈的失恋了。"

既然失恋,那就得把日子过成失恋的样子。

没几天,黎光召集了一帮哥儿们去城墙上喝失恋酒。城墙上写着标语:时间就是金钱,效率就是生命。他把啤酒什么的都堆在"生命"这两个字的上面。

他的好朋友萧天龙搂着一个女孩子前来赴约,这个女孩烫着大波浪,穿着刚流行的一步裙,走起路来在萧天龙怀里跌来跌去。萧天龙说:"妈的,这年头还有人失恋?大家都去抢货了?我妈买了一百盒火柴,我奶奶拿黄鱼车去拖了五十公斤盐回来。要通货膨胀了,抢点东西储备着。黎光同志,你不去抢几条香烟吗?哦,我忘了你是个穷鬼了。"

黎光说:"没有爱情,世界就不存在。有火柴也点不着烟,有盐也是满口淡。至于香烟,就是受伤的喉咙里吐出的最后一声叹息。"

萧天龙说："胡扯，明明是你已经抽不起烟了。你抽的中华香烟从一块八毛钱长到十多块了。"说完把怀里的女孩子推到黎光面前说："不说别的了。她是我专门找来治疗你失恋的。"

黎光头一扭说："我不要。"

萧天龙扑过来搂住黎光的肩膀说："你看看像谁？像不像你那个选美冠军？"

黎光凑近了姑娘一看，确实像。他把姑娘拉到有灯光的地方，仔细端详一番，看见这姑娘脸上堆着不明原因的春色，肌肤也有松弛迹象。萧天龙说："怎么样？动不动心？"那姑娘转头对萧天龙厉声说道："你喋喋不休地问他干啥？这人长了一对死鱼眼睛。难怪我表妹也看不上他。"

原来这女孩是严听听的表姐。姓卢，本来叫招娣还是迎娣的，看了电影《庐山恋》后，就把名字改成了卢山恋。

黎光赶紧叫了一声表姐，扶她在墙头上坐下，给她倒了一杯啤酒，开始打听严听听的事。卢山恋性格开朗，把紧绷绷的一步裙朝上勒起，裙子瞬间就变成了一条短裤。然后像坐山雕一样，把两条闪着冷光的大腿搁在城墙上，不时还看黎光一眼，仿佛在揣摩黎光的心思。黎光很怕她突然扯住他的手，叫他抚摸她的大腿。所幸这是杞人忧天，一直到结束，她也没有任何举动。她走时问了黎光一句："一般的男人看到我，都会爱上我。你为什么不爱？严听听有什么好，幼稚得像个小孩。她侄儿都不听的童话，她听得津津有味。是我长得没她漂亮吗？"

黎光想了一想，决定不骗她。就说："你的脸和严听听一样漂亮，但是你的脸上闪着冷光，手臂和大腿也是冷飕飕的。你两腿一碰，好像两把刀碰了一下，有刀的声音，让我害怕。听听的脸上闪着暖光，好像早晨的太阳，有点暖，有点润。有一点红光，有一点金光……"话没说完，卢山恋上来抽了他一记耳光，两个人就算两清了，互不相欠。

不管怎么说，这是一场纯洁的聚会。萧天龙本来想拉上黎光一起开个西服专卖店，卖品牌服装。上海和浙江都有这种专卖店了，生意红火。黎光不愿意，他现在心里都是严听听的身影，放不进别的事。而且他不想和朋友合作，为了赚钱，朋友之间也会互害。这种事他听得多了。他们走后，黎光留在城墙上独自待了半个小时，他把剩下的啤酒都喝了，然后流了一通眼泪，怀着莫名的伤感，回到了家里——不是他租的房子，是他父母的房子。他是这家的独子，他的父亲是吴郭市的财政局局长，以前是"打击投机倒把办公室"副主任。这个办公室取消后，黎光的父亲就升任市财政局局长了。黎光这一年也才二十岁，大学刚毕业，与父亲的生活理念大相径庭。在他父亲踩碎了他的"蛤蟆镜"后，他从家里搬了出来，并辞去了市教育局的"铁饭碗"，也没有办流行的"停薪留职"，去当了空空荡荡的自由青年。他觉得，没有浪漫的人生都是生不如死。他和父亲对彼此的评价高度对等，他们都认为对方会坐牢。

这一夜，黎光的脑细胞被啤酒浸润得无比活跃，他的脑袋里就如铺开了一张巨大的滑雪跑道，他在跑道上任意地无休无止地滑，一直滑到他和严听听结婚为止。他大笑一声，醒过来了。保姆金姐赶紧过来嘘寒问暖，问他喝牛奶加燕窝还是吃火腿配鸡蛋。他掀起被子，跑出门外。那时候，吴郭市内别墅很少，但他家已是湖景别墅。他一口气跑回自己的租赁小屋，听见隔壁王伯伯在煤炉上炒菜，闻到葱油炒萝卜干的香味，觉得这就是自由的味道。

他想到一个重大的问题：严听听是个追求自由的人吗？

在城墙上，卢山恋告诉黎光，严听听四岁时，她的父亲和母亲坐车去探望外地的爷爷奶奶，不幸翻车而亡。她的哥哥那时候正在读高二，毕业后就顶替父亲进了纺织品进出口公司。他们的父母亲去世后，哥哥带着妹妹，每天晚上讲一个童话给妹妹听，一直讲到结婚，不再给妹妹讲了，他得给自己的娇妻讲故事。但是妹妹很快就找到了另一个讲童话的人，就是住在巷子底的孤老太俞阿婆。俞阿婆给严听听讲故事讲了十年了。就那几个童话，翻来覆去地讲。严听听百听不厌。她这么大了，除了童话，不爱听别的。俞阿婆也不知道什么叫童话，她一辈子安静和安分，一开口讲故事，自然就是严听听想要听的童话。

现在，黎光知道怎么接近严听听了。严听听是不是一个追求自由的人他不知道，重要的是他知道严听听爱听童话。黎光从家里出来，原本也没想去做官或发财，只想过自由而普通的生活。他去私人公司当职员，却因为三天两头地迟到早退，老是被老板辞退。他也不怨自己，也不怨老板，他要的就是一个自由。一份一份的工作做多了，他也渐渐看出门道，几乎所有的私人老板都想偷税，几乎所有的老板都想侵害亲朋的利益，几乎所有的老板都想婚内出轨，几乎所有的老板都想行贿，几乎所有的老板都想用漂亮女职员公关，几乎所有的老板都想空手套白狼。他在社会上胡混了两年多，没赚到钱，内心却增加了愤怒和忧伤，他很清楚，这份愤怒和忧伤会长久地伴随着他的生活，这是他无比害怕的。

话说他为了接近严听听，买了许多童话书去看，一看看出了许多谎言。譬如大灰狼和小绵羊做了朋友，或者小朋友随随便便就发现了藏在深山里的宝藏。乌龟和兔子赛跑赢了。还有，小朋友们全都改变了吃零食的、打架的、睡懒觉的、说谎的坏习惯……变成了听话、勤奋、德智体全面发展的小圣人。

他看了一天，第二天就决定写童话。他想起小时候碰到的一件事：一只狐狸藏在他爷爷家大院子后面的柴房里。这只狐狸生了一窝三只小狐狸。有一天，爷爷捉住三只小狐狸准备扔出去。狐狸妈妈窜到爷爷的脚上咬了一口。爷爷气坏了，边上正好有一条小河，他就把三只小狐狸扔到河里淹死了。说来也怪，爷爷是个性格懦弱的人，街坊邻居大都看不上他，时不时地会有人欺负他一下，让他吃点苦头。但自从他淹死三只小狐狸以后，就再也没人敢欺负他了。他也得以扬眉吐气，运气仿佛也好了起来，做点贩茶叶的小生意，居然发了点小财，供儿子读了大学。

黎光花了一天时间写了《狐狸的悲伤》。第二天，黎光骑着一辆新的摩托车去了严听听家，摩托车是他借萧天龙的。萧天龙经常请他代写情书，或者干脆把他写的诗说成是自己写的。在巷口，他碰到严玉晖拎着两大篮子的菜朝家里走，他赶忙停车，掏出手绢放在摩托车的座位上，让严玉晖把菜篮子放上去。两个人站着说了一会儿话。

严玉晖说："哟，新车。重庆八零，还没上牌照。我考了一个摩托车驾照，但买不起车。"

黎光说："你想开的话，拿去开两天。"

严玉晖说："想开。今天白天不行，我要晚上才有时间出去开车遛遛。"

黎光说："那没关系啊。你什么时候想开我就拿过来好了。"

严玉晖问他："你今天又来干什么？你和听听是不配的，你不要打她主意了。"

黎光问："我为什么和听听不配？"

严玉晖沉吟了片刻才说："我看你是个认真的人，我就把心里话告诉你吧。我们父母亲去世那年听听才四岁，我是十七岁了。我给她整整讲了四年的童话故事，她就是靠着我的童话才活下来的。我一直讲到我结婚才不讲了。后来就是巷子底的俞老太接上去给她讲。"

这些事黎光已经在卢山恋那里打听到了，但现在从严玉晖的嘴里说出来，他还是感到内心的震撼。

严玉晖说："走吧。我们一边走一边讲。今天中午我在家里请客吃饭，听听得了选美冠军，我们答谢一下乡邻们这么多年来的照顾关心。……我跟你说，那时候，我每天晚上给听听讲童话，后来就身不由己，一天不给她讲童话，我心里就空落落的，好像人生没有光明。她听童话，一定要我把她搂在怀里。她那张脸，你是没看到她那张小脸，那么认真，那么美，那么安静，不像是凡世的小孩，我心里就充满感动，充满光明，觉得我自己也与众不同。我知道我不仅靠着听听活下来，还靠着她过着童话一样的生活。我走到今天，能这么健康快乐、事业有成、婚姻美满，全靠了听听身上的能量支撑着我。"

说着就到了家门口。严玉晖家里人来人往，忙乱得很。严玉晖拿下菜篮子，对黎光做个鬼脸，说："今天晚上六点半，你在巷口等我。"

黎光拉住他的胳膊说："等等，你还没说我为什么不配你家严听听。"

严玉晖说："我一看你就是个不会讲童话的人哪。不会讲童话的人，和她合不来的。"

黎光脑筋一转，急急地说："那我就和你做个结拜兄弟吧。大哥在上，受小弟一拜。"

严玉晖说："罢了罢了。兄弟你中午就在我家吃饭吧。"

这顿不出钱的饭，黎光吃得欢心满意，从头到脚每个细胞都油亮亮，透着气，发出微笑。在他的记忆里，从来没有吃得这么开心。他先是坐在居委会主任刘阿姨身边，觉得和她无话可讲，瞅个空子，和人换了位置，坐到俞阿婆旁边去了。来的人都不空手，俞阿婆今天也带了一小块织锦缎料子。

答谢宴摆了两张圆桌，客厅一桌，天井里一桌，每桌坐了十几个人。今天高如珍掌勺，卢山恋和严听听都在厨房给她打下手。高如珍不愧是高级宾馆的名厨之徒，两桌子菜肴整得可圈可点。厨房里的动静稳稳当当，上菜的节奏不快不慢，荤菜、素菜、汤水、点心上桌的顺序一丝不乱，撤盘换盏有条不紊。就是外面的野狗来讨吃的，都让听听给它把骨头骨脑放到僻静之处，安置得妥妥帖帖。

黎光在厨房里转了一会儿，用毛笔写了一个菜谱，贴在墙上让大家看，算是做点贡献。菜谱上有这些菜：

清炒河虾仁、虾籽烩蹄筋、醋熘鱼片、葱烤野鲫鱼、酱汁狮子头、清蒸蹄髈、肉糜炖蛋、百页包肉、虾饼、老鸭汤、黄松糕、糯米酒酿。

菜谱无意义，有意义的是俞阿婆面对这些菜的胃口。俞阿婆的牙齿基本掉光，可是不影响她吃美食。她的胃口让黎光大吃一惊，不是亲眼所见，简直不敢相信。她不是吃，她是大口大口地吞。老人家眼明手快，只要看到端过来新菜，她就率先下手。别人才吃完三只虾仁，她已经吞下三勺虾仁了。别人刚吃完半只狮子头，她已经一只下肚，又夹起另一只朝肚子里塞。狮子头吃到喉咙口下不去，她就拿了筷子朝喉咙里捅下去。她一个人夹了半条鲫鱼，吃得满嘴鱼卤。黎光劝她："吃得慢点哦，小心鱼刺卡住疼死。"俞阿婆说："卡住不要紧的，我老得已经不知道疼了。"严听听看了很着急，过来小声对俞阿婆说："阿婆啊，我们少吃一点哦。吃多了肚子里难受的。"俞阿婆说："是啊，我以前多吃了肚子就会难受。今天不会的，今天是个好日子，我要上天堂了。"

大家以为老人话多失言，也不理会。

吃完，说完闲话，已是下午两点。黎光自告奋勇地承担起了送俞阿婆的任务。俞阿婆说："来，小伙子，搀着我。今天没你不行，我走不到家里。我们有缘。"

黎光搀着她走出天井，下台阶，一路缓行。俞阿婆脚下打了个趔趄，黎光赶忙扶正她的身体。她眼睛朝天上看着说："太阳光太强了，晃得我脚也站不稳。今天是个好日子。"黎光问她："阿婆啊，人要是活得像你这样，那就是神仙啊。"俞阿婆打了他一下，说："我什么都知道。"黎光问："你知道什么？"俞阿婆说："要不是听听，你才不会送我呢。"黎光说："被你说对了。那你说说看，我和听听有没有在一起的缘分？"俞阿婆朝前看了一眼说："我要到家了。今天真是功德圆满。"她忽然踉跄起来，黎光一把抱住她要倒的身体，待要扶着她朝前走，无奈她的身体越来越软。黎光索性一蹲，慢慢把她扛到肩上，几步到了她的家。门是虚掩着的，没有锁。进了门，黎光把俞阿婆放在床上，只见她脸色通红，脸上一片汗水。黎光说道："不好了，我要去给你喊人。"俞阿婆说："不要折腾我，我大限到了，想要安安静静的。"

　　黎光一想，她的话是对的。于是坐到她床边，问她："你还有什么话，都可以告诉我。"俞阿婆沉默片刻问："你是什么人？"

　　这句话把黎光问住了，他有很多身份：市财政局局长的儿子、名牌大学毕业生、辞职的公务员、私营公司的小职员、给画商画批发扇子的画工、倒卖外贸服装的倒爷、写诗歌、写童话的人……

　　他从中选了一个身份说："我是个作家，专门写童话的。"

　　俞阿婆说："我要走了。……会有人给听听讲童话的。"

　　黎光说："你放心，你讲不动的那天，我会接着给听听讲童话。"

　　俞阿婆说："不是你……"

　　黎光问："为什么不是我？"

　　俞阿婆闭上了眼睛，过了好大一会儿，她忽然睁眼，对黎光说："你对听听说……我谢谢她。我本来十年前就要死了，幸亏她来，缠着我讲了十年的故事，我又多活了十年。……为什么不是你？……因为你不会靠着她活下去……"

　　末了这句话黎光听不懂。他正在思考这句话的时候，俞婆婆长长地叹了一口气，安静地告别了这个世界，正如她那么安静地活着。

　　第二天，俞婆婆出丧。不少邻居过来吊唁。俞阿婆没有子女，黎光又自告奋勇地当了孝子贤孙，披麻戴孝，站在门口迎送。最后他和居委会的干部一道，把俞婆婆的骨灰从火葬场里领了出来。然后，他和严听听一起去了俞婆婆乡下老家，把她的骨灰安置在骨塔里。做完这些事以后，他和严听听的关系也变得热络起来。他想，他们快成为恋人了吧？奇怪的是，一想到这个，他心里就慌得不行，一点也没有甜蜜的感觉。最后，他下了决心，一定要和严听听摊牌了，行就行，不行就不行。哪怕不行，也胜过现在这样钝刀子割肉的状态。

这天晚上，黎光破天荒地回父母亲家里吃饭，去之前他借了王伯伯的衬衫和裤子穿着。他爸在饭桌前坐下来的时候，看了他一眼，明显对他穿的衣服不入眼，但也没有说什么。一家三口沉默地吃了片刻，黎光的爸问他："你最近在外面混什么？"黎光说："我最近辞了工作，准备写童话。"他爸说："你不用写童话，你就是童话里的人。"黎光掏出本子赶紧把他爸的这句话写下来。他爸恼火地问："你想干什么？"黎光说："爸，你不要紧张，我听到生活里有好句子，马上要记下来。不然就忘了。"他爸说："你还用得着这么费神？你不如去书上抄袭好了。你最近在看什么书呢？"黎光说："托夫勒的《第三次浪潮》、路遥的《人生》，还有马克思的《资本论》、李燕杰的《塑造美的心灵》。"

这份复杂的书单让黎光的爸爸一时不知说什么好。

阿姨金姐端上来一份莼菜豆腐汤，插了一句话："金庸的小说好看。"黎光说："金庸的小说我都看过，他的小说就是成人的童话。"金姐说："好看、好看，成人的童话好看。"黎光问："金阿姨，你老家现在还有什么流传的乡间故事？"金姐说："有啊，好多呢。狐狸精嫁人的，红木棺材找主人的……"黎光妈妈打断她的话："金阿姨，你也不要忙了，先去吃吧。"黎光爸爸说："我倒也想起我小时候听到的故事，我睡觉前，我奶奶要讲故事给我听。说真的，中国的民间故事，大部分都阴森诡异。我们小孩子睡前听了有点害怕，但听习惯了，也就麻木了。"黎光开了一句玩笑："那你的麻木有些年头了。"黎光爸瞪了他一眼，说："我问你今天怎么突然回来了？"

黎光正要回答，不知为什么，喉头突然哽咽了一下。他定了定神才说："我回来是要告诉你们。我爱上了一位女孩，我想谈恋爱，结婚。"黎光看到妈妈一下子感动得泪光闪闪。黎光爸说："你不是一直在谈恋爱吗？那个绰号叫什么'夜巴黎'的巴女士。你们要是结婚了，小孩可以叫巴黎，或者叫篱笆。"黎光说："'夜巴黎'早就和我不往来了，她嫌我太幼稚，前些天她去美国投奔她亲戚了。'夜巴黎'之后，我还谈了一个。是我校友，她和我爸一样，觉得我不求上进，完全不是时代青年。"黎光爸就嚷嚷起来："你看，你看。你可以写一本书，书名就叫《恋爱大全》。你烫的这种头发可以叫恋爱头。"黎光说："这次不一样。这次我才懂得了什么叫爱。"黎光爸听了，刚张开嘴想嚷，黎光就说："你别说了，我要回家了。我今天回来是想找金阿姨收集童话故事的。"他看到他妈妈的脸上掠过惊惶和难过。

他推着车走在路上。晚上他本来是打算回来借钱买摩托车的。今天中午，严玉晖告诉他，想借他的那辆重庆八零摩托车夜里兜兜风。于是黎光就去跟萧天龙借。但是萧天龙不准备借给他了，并且说，实在要借，借一天就得付一百块钱。这也太贵了吧？但问题还不在于贵，在于此举的俗不可耐。难道友情只值一百块钱？萧天龙当时的回答很伤他的心："有时候友情连一百块钱也不值。你没看到现在中国的形势？一切都变了，以后人人只为钱。顺者昌，逆者亡，历史的车轮不可挡。我觉得你也要调整好自己的生活状态，不要过得浑浑噩噩的，像个小孩子。严听听那种姑娘不值得你爱，'夜巴黎'多好哟，你就应该跟着'夜巴黎'去美国。总之，生活不是童话，生活是战场。"黎光说："你又不借我车，又来教训我。你也太占便宜了吧？小心我叫吴三宝揍死你。"萧天龙问："吴三宝是谁？"黎光说："吴三宝是你爷爷。"

黎光心里愤愤的，他不是不知道社会正在发生着剧变，人们习惯的那些东西很快就会过时，会被新的东西代替。但以他最近几天的某种判断，任何社会，不管什么时候都是需要童话的。严听听的天真单纯，即使再过一百年，也是人心的慰藉。当然，未来没来，黎光心里没底，所谓的一百年还会怎样，也是美好的向往和猜测，所以他心里愤愤不平。

他打定主意要和严听听携手人生，他感到他们俩在一起的话，彼此都会得到拯救。分开来的话，两个人都会沉沦。

好吧，既然提到了吴三宝，黎光就去找吴三宝。他告诉吴三宝，他爱上了一位天真纯洁的女孩，她的哥哥想开摩托车玩一会儿，能不能把派出所的侧三轮带边斗的摩托车借一个晚上用用。吴三宝把头摇得像拨浪鼓：

"不行不行。派出所的东西是国家财产,私人拿出来就是犯法。"

黎光很恼火,上前一把揪住吴三宝的领子,问他:"你是不是觉得我很幼稚?"吴三宝推开他说:"是啊,大家都觉得你很幼稚。"

从派出所里出来,他回去跟严伯伯借了衣服和裤子穿起来,然后去了父母家,还是没借到钱。从父母家出来,路过另一个派出所的时候,隔着窗户见到葛小根在里面值班。他在窗外停下自行车,敲敲窗户说:"葛小根,把所里的摩托车拿出来,你爹我要用用。"葛小根一看是他,举起手作势要打,说:"骨头痒了吧?小流氓。"

骑到这里,他才明白自己想见到严听听。他就去了严听听家,一家四口人正围在一个小彩电前看电视。黎光悄悄地坐在他们边上,也跟着看。看完了,高如珍递给黎光一支烟,被严玉晖拿走烟,换了一袋人人都吃的"傻子瓜子",两个男人嗑着瓜子说了一会儿话。后来的话都是严玉晖在说,他不停地安慰黎光,说不知道黎光的摩托也是借来的,早知道的话,不会开口要玩玩。等以后有钱了,两个人合伙去买一辆。最后,严玉晖说得高兴,让严听听送黎光出去。

黎光和严听听走到门外,被夹杂了花香的微风一吹,精神立刻大振,长啸一声,立刻有人开窗户骂道:"神经病。"

严听听笑了,笑完后问他:"你今天为什么穿得像个老头子?"黎光低头看看身上的衣服,王伯伯的衣服是很老气。但他每次看到王伯伯时并不觉得他土气,反而觉得他很朝气、很鲜活。他的葱油炒萝卜干,他家屋子里米粥的香味,他与王伯母和和美美的慢生活,都让人肃然起敬。

未来,还会有这样的从容吗?

黎光问严听听:"你将来想干什么?"

严听听说:"我小时候,羡慕鸟有翅膀,想当飞机驾驶员。"

路灯发出的光从梧桐叶里打下来,扑在她脸上。黎光想,我要是这束光就好了,扑在她脸上,把她的脸亲个不停。

想是这么想,手和脚一点不敢妄为。

他说:"好吧,我们的飞行员,你谈过恋爱吗?航空公司有个规定,没谈过恋爱的不能当飞行员?"

严听听惊讶地问:"为什么?难道谈过恋爱就能飞得更高吗?"

黎光说:"详细情况我也不太清楚。我只知道,谈过恋爱的飞行员比没谈过恋爱的飞行员安全系数高,不会引擎失灵。"

边上有个小公园,黎光把听听朝公园里引。他们站在一棵大桑树边上,这棵大桑树周身散发着淡淡清香。黎光说:"我最近在写童话,正好就有一篇跟桑树有关的,叫《桑树的故事》。我讲给你听吧。"

他奔忙了一天,不知道怎么这样精神焕发,给心爱的姑娘讲童话,本身就是一则童话。

桑树的故事是他现编的,他把写老槐树的移到了桑树身上。说有一只喜鹊,看到一个很大的村庄光秃秃的,没有一棵树,它就想做好事。正是桑葚成熟的季节,它就衔了桑葚扔到这个村庄的每一个地方。后来,这个村庄到处长出了小桑树。过了一年,这只喜鹊飞过这里,看到一位农夫低头在地上忙着刨挖桑树。桑树们长得很高了。喜鹊大吃一惊,问:"老爷爷,你为什么要刨掉小桑树?是不是嫌它们长得太密了?"农夫就说:"不是嫌它们长得太多,而是一棵不留。它们根本不应该长出来。"小喜鹊惊奇地问:"为什么呀??"农夫说:"你看看,自从村子里长出桑树后,我们的坟地里多出十几座坟墓了。"说完,农夫朝一个地方一指,小喜鹊看清了,不远处有一块荒芜的坟地,里面到处是坟。老坟上长满杂草,没长草的新坟有十几座。小喜鹊还是不懂,问:"桑树和坟有什么关系呀?桑树多好,不轻易生虫。要生虫的活,最多也生出一些野蚕。野蚕的茧子可以收集起来织出丝绸。桑叶切碎了可以喂猪、喂鸡。桑树结籽,熟了很甜,大人小孩都可吃。桑葚晒干了泡茶,滋阴补血,生津止渴。这么好的树,为什么不让它们长?"农夫就说:"在我们这里,越是好的树就越是不吉利。因为家家都认定是自己种的,先是吵,再是打,然后就搞出人命了。"小喜鹊说:"你们没有村长和长者吗?村长和长者可以替大家仲裁一下。"农夫看着小喜鹊流下了眼泪:"我就是这村里的村长,也是年纪最大的人,我没有办法调停纠纷。因为有的人家说,他要多一棵,因为他家人多。有的人家说,他也要多一棵,因为他家人少。……他们的理由层出不穷,所以我只好亲自来刨掉桑树。"

说完这个故事,黎光问严听听:"这个故事怎么样?"

严听听说:"这个故事太复杂了。"

黎光说:"复杂一点不好吗?难道你只喜欢听简单的?"

严听听说:"我只喜欢听简单的。故事复杂了就不好玩了。"

黎光说:"我这故事不好玩吗?"

严听听说:"不好玩。譬如说,这位农夫既是村长又是长者。他就不该刨掉桑树,他千方百计地要维护桑树长大,造福村庄。你就想说这个农夫很可怜,可怜有什么用呢?村里人都可恨,你让我听了也恨他们,可是,恨有什么用呢?本来故事里的喜怒哀乐都是空的,你与其让我凭空地去恨一些人,不如让我凭空地去爱一些人。这样,我的心始终是快乐的,有力量的。"

黎光听了她的一番话,半天说不出话。反驳她吗?他决定不反驳。要反驳她是很容易的,譬如可以怀疑她那么肯定的快乐和力量。

他说:"你觉得我的童话不好听,那你给我讲一个吧。"

严听听说:"我不会讲。我生来就是听童话的命。"

黎光央求她:"讲一个嘛,破一个例。我想知道你喜欢听哪种童话故事。"

严听听说:"好吧。我就讲一个,我讲故事平平淡淡的,再好的故事也会被我讲坏,你就凑合着听吧。"

严听听讲了一个俞阿婆常常讲的故事:"有一个摇船的老公公,无儿无女,孤独一人生活。有一天上游发洪水,飘来一只筐子,飘到老公公的窗下面不走了。老公公听到哭声,点着了灯,打开窗户一看,筐子里有一个小女孩,他心疼地把小女孩抱进了屋子。这时,灯花一跳,落在桌上,说出人的话:摇船的公公你听好,上次发洪水,你救了一窝落在水里的小鸟,这次你又救了一个小孩。菩萨让我告诉你,你想要金银财宝还是要这个小孩?你想要这个小孩的话,就留下来当女儿,没有金银财宝。你不想要的话,重新放回水里,马上就会有人来救她。看在你善良的份上,菩萨会给你吃穿不尽的金银财宝。老公公说,阿弥陀佛,这么大的水,小孩放下去岂能活命?我不要金银财宝,我要这个孩子当女儿。这个小女孩长大后,有人来找她。原来她是公主。公主舍不得离开老公公,就把老公公一起带进了皇宫。这下老公公得到了数不清的金银财宝。"

黎光沉吟了半晌,说:"你有病吗?这么大了还喜欢听这种弱智的故事。"他刚说完，树上掉下一个东西。他不用看都知道是鸟屎，心里有点懊恼。

严听听说道："我没病。"

她的声音大了一些，引来在旁边夜巡的民警，过来拿手电筒照着问："什么人？干什么的？"

黎光说："讲故事的。"

民警说："你哄我玩是不是？走，跟我走一趟。"

黎光赶忙说："同志，我和你开个玩笑。我不是坏人，我和葛小根是好朋友。葛小根你知道吧？"

那民警说："怎么不知道？他也不是个好东西。"

周围又归平静。

黎光对严听听说："对不起啊，我说话粗鲁。我们言归正传，俞阿婆讲的这些，你相信吗？"

严听听说："我哥也给我讲摇船公公的故事，妈生前也给我讲过这个故事。他们讲的时候都是相信的，我看得出来，所以我也相信。"

提到她妈妈，黎光一阵沉默。

严听听说："我妈妈临走的那天，跟我说，她去两天就回来，回来了给我讲新的童话故事。她死了以后，我经常梦见她和我说话，但是又没有声音。我就猜她会说些什么，那肯定是想讲新的童话故事啦。那是什么样的故事呢？应该跟我哥、跟俞阿婆讲的是差不多的，反正和你的故事是八竿子打不着的。"

黎光再次问："他们讲的故事，你一直到现在也相信？"

严听听说："对，讲的人相信，我就相信。相信一样东西是不变的。"

黎光说："我给你讲的，我也相信呢。"

严听听说："你那种故事，过不了多久你就会不相信了。"

她说得是那么斩钉截铁，不容怀疑。

黎光暗自摇了摇头，今天晚上的状况出乎他意料。现在该回到他原本打算的地方了。于是他提议去吃馄饨。不远的地方有个小馄饨店，日夜都开着。他们去的时候，小店灯火通明，一对一对的年轻人坐在店里吃馄饨。

面食和小蒜的香味老远就能闻到。已经没有座位了，只有一张小桌子坐着一位算命的瞎先生和引路童子，他们边上没人，可以勉强坐下两人。

两人刚落座，瞎先生就对他们说："算命吗？"

黎光说："怎么算？"

瞎先生说："报上落地的年月日和时辰。"

严听听说："听老人讲，夜里不好算命的。"

瞎先生说："没关系的。现在国运昌盛，百无禁忌。"

黎光说："我看你是想钱想疯了吧？"

瞎先生说："想是想，还没疯。"他看了严听听一眼说："红颜薄命呵。自古红颜多薄命。"

黎光说："你他妈的看得见。"

瞎先生说："我有点看得见。……你们的馄饨来了，好好吃吧。唉，一对好姻缘，可惜月老不牵线。"

瞎先生和他的引路童子已经吃过，但是不走，坐在那里看人。

黎光把自己碗里的蛋丝都拨到听听的碗里，一边漫不经心地问她："你谈过恋爱吗？我觉得你没谈过。"

严听听没有理睬他。黎光把馄饨连汤带水吃喝完了，让听听坐上他的自行车，一路慢慢地朝严家骑去。露水扑面而来，不一会儿就打湿了两人的脸面。

黎光说："我谈过许多恋爱，我教你谈恋爱好不好？"严听听说："好呀。"黎光说："谈恋爱首先要学会写情书，男女都一样。写情书第一要紧的是称呼，要称对方为亲爱的、我爱的、小羊儿、小马驹……如果男方不听话，就说他是一匹不乖的小马。如果女方不听话，就叫她是一只不乖的小羊羔。然后要表态，就说要为对方做牛做马，累死累活也心甘。下十八层地狱也愿意……"严听听冷静地说："每个人的恋爱都不一样的，为什么要有这些模式？"黎光说："你太拘束了，这样不好。你要放开你自己。这样吧，我教你怎么骂人好不好？骂人有雅的，有土的。有宽厚含蓄的，有直率赤裸的。我是喜欢土骂，土骂率真过瘾。"严听听笑了一声。黎光一边用力蹬车，一边用力骂出各式各样的话，骂到最后，他自己"扑哧"笑了出来，抹去嘴边骂出来的飞沫，停下车说："你到家了。今天真是，打扰你了。"

严听听下了车,头也不回地就朝家里走,黎光的心里忽然涌上绝望,推倒车子,上前一把拉住她的手,说:"其实我不是一个浪荡子,如果你希望我过上另外一种生活,我愿意回到父母身边去,找一份公务员的工作,努力上进,一辈子也能像我父亲那样,干到市局的局长,或者比我父亲更强,干到厅级。有身份,有地位……"他越说越艰难,说到后来连声音都没有了。他明白他已经愿意为听听付出所有。听听看着他,没有露出惊讶。童话里什么都会发生,她不会惊讶的。

黎光问:"你总得给我一个原因吧?"问完他就后悔了。就说:"别说了,说得出来的原因都不是原因。"

但是他的话已经迟了。严听听脱口而出说了一句话:"我们两个人是生活在不同故事里的人。"

她看着天真单纯,有时候说话却一针见血,让人害怕。

下

对于黎光来说,这件恋情没有开始就结束了。以前他的恋情结束,一般都是在上床以后和结婚以前。这次不同,他心里翻江倒海,却连严听听的手都没敢摸一下。

黎光继续闹腾了一阵。他对严听听采取了盯梢、跟踪、纠缠、恐吓……具体方法有:给她不停地写信,在她家门口吹口琴、唱歌,在她的窗下贴爱的纸条,一整天一整天地站在巷口等候,一见到严听听出来就跟上去。还恐吓她,他想自杀。时间长了,严玉晖恼火了,说:"滚你妈的……再闹我就找你爸单位去。"宣布与黎光绝交,不再让他再上门了。此时大半年过去了,又到了中国人的春节。早晨,黎光从昏睡中醒来,光着身子在地秤上称了一下,比失恋前瘦了二十斤。说明感情找不到归宿时,肉体会先行消灭自己,以免成为行尸走肉。这消失的二十斤里含有水分、肌肉和灵魂,它们可以证明,感情是有尊严的,他对严听听是认真的。也可以证明,年轻有多么好,想要有多深的伤,就会有多深的伤。

他去父母家过了年。他的爸一如既往,对他还是冷嘲热讽。黎光这次没有多说什么，一副了无生趣的样子，基本上是他爸一个人在唱独角戏。过了年，他就去了深圳。他以前在萧天龙组织的饭局上认识了一个女老板叫牛草青，她在深圳开了一个股份有限公司，人手不够，托萧天龙来找他。黎光二话没说，连工资待遇都没谈，就去了深圳。了无生趣，他觉得在吴郭了无生趣。

　　他从上海坐火车到了广州，下了车他就去找一位大学好朋友。这位大学好朋友姓党，在大学里就入了党，现在也"下海"了，创建了一家公司。几年没见，党朋友浑身散发着朝气，与黎光的样子正好相反。晚上，两个人在街边上喝啤酒，党朋友说："你在吴郭干些什么？"黎光想了一想，自己的事迹乏善可陈。就说："兄弟我最近失恋了。"党朋友一个劲地摇头叹气，说："现在还有工夫失恋？你睁眼看看这个世界，世界在沸腾啊。"黎光说："世界沸腾的时候，就是我失恋的好时机。"他补充了一句："我写了一些童话，准备结集出版。"党朋友说："快把你那些童话扔到垃圾筒里去吧。我们现在的生活就是一个童话，谁还要看你那些胡编出来的童话。"黎光愣了一下说："你说的我听不懂，你说现在的生活就是一个童话，那有什么依据呢？"党朋友拍拍黎光的肩膀，说："你明天坐火车到深圳，到了那里你就懂我的意思了。"

　　第二天晚上到了深圳，深圳是阴天，天空被厚厚的云层覆盖，星星和月亮都深锁在云层里面。黎光看到深圳的第一眼，就知道深圳的夜晚根本不需要星星和月亮。那是一幅让人感到无比惊讶的情景，灯火通明，连让人偷偷撒尿的死角都被明亮的灯光打着，深圳就像一个大舞台，到处都是振奋人心的或引逗人心的广告牌，如：十亿人民九亿商，还有一亿待开张。信息时代来临，摸到过河的石头不如摸到一张飞乐股票。……古今胸罩，一戴添娇。

　　到处都是工地。全国各地来的人，操着南腔北调，来此创业或淘金，每个人的脸上都洋溢着对金钱的渴望。空气里飘散着尘土，纵横交错的电线下面，女人们穿着多样，有蝙蝠衫、文化衫、短裙、西装短裤、开衩开到大腿的紧身裙、紧身牛仔裤，光脚穿着凉鞋，手指和脚趾涂着红色，昂首挺胸走在路上。她们长得没有一个像严听听那样的，也许以前与严听听有几分像，当她们的城市不再需要星星和月亮时，她们也就与严听听越来越不像了。

　　牛草青的公司开在东门，她的公司什么都做，倒服装、倒彩电、倒圆珠笔，把内地的东西倒到香港，再把香港的东西倒到内地。香港需要内地的玉米、大豆、大闸蟹……内地需要香港的电子产品、化妆品、墨镜……她还想着在吴郭市开第一家鲜花店，把深圳的鲜花送到吴郭去。如果政策允许，她还想开私人出租车公司、长途运输公司、飞机客运公司。黎光想起严听听的理想，她想当飞行员。

　　东门有许多老房子、老街，和吴郭一样有青砖黛瓦、青石板路。不同的是，吴郭城波澜不惊，不像这里如此喧嚣。从凌晨到午夜，始终人声鼎沸，万头攒动。这里也是新旧结合的地方，野蛮生长的新力量和传统的温良内敛并存。牛草青比以前更亢奋了，穿了一件露腰装，身上喷满香水，一看到黎光就扑上来拥抱他，其实他们才见过一次。

　　拥抱过以后，牛草青又在黎光的脸上亲了一下。黎光一把推开她。无意中掠过她一眼，仿佛觉得牛草青的嘴唇和严听听很像。所以，当牛草青提议带他去沙头角中英街"开眼界"时，他没有拒绝。过了十几天，牛草青给他办好了《边境特别管理区通行证》，他们坐着一辆中巴去了中英街。中英街街心有块界石，将沙头角一分为二，东侧是华界，西侧是英（港）界。中英街不长，也就一里路长。也不宽，刚好够得上两辆小车交汇。店铺也都是小小的，一家连一家，大部分经营着款式新颖的金银首饰、手表、珠宝。每家店铺的同类商品都是一样的价格，只有在赠送物品上有所不同。许多人在这里进货，再拿到大陆去卖，赚个差价。

　　牛草青带了四条大陆生产的名牌香烟，交给了中英街港界那边的一家门店，赚的香烟差价，她没拿现金，就在柜台上取了一只花里胡哨的男式电子表，店家对她不错，又赠送了她一条镀金项链。临走时她笑着对店家说："香港是我们的，迟早要把你们收回来。"店主也笑嘻嘻地用港式普通话回答她："OK啦，我们等着这一天啦。"

　　晚上，他们回到深圳东门，去了一家粤菜馆。店里粤曲悠扬，店外摆得满满的南国花珍奇卉，一看就是价格不菲的饭店。牛草青说："放心，我来请客。"

　　黎光微笑着点头。

牛草青叫了一瓶荔枝酒。黎光说:"我不喝这种酒。我喝一瓶啤酒吧。"牛草青说:"我酒量很好的,就是有一个坏毛病,喝多了要坐到人家的腿上去。"黎光说:"我认识一位十八岁的女孩,她喜欢听故事,别人给她讲故事,她就坐在人家腿上听。你不是十八岁了,请你不要坐到我的腿上来。"

牛草青不是吓唬黎光,几杯荔枝酒下肚,她就坐到黎光腿上去。黎光想把她推下去,无奈她的屁股又大又有力,像黏在黎光大腿上一样。他说:"哪有你这样的领导,男下属见了不得吓死?"牛草青一听就回到自己的座位上去了,说:"你不要瞎说,我这头牛也就是见了你以后,才想啃啃小嫩草。"黎光说:"你是什么时候'下海'的?真想知道你'下海'前是什么样子的。"牛草青说:"我是一九八五年到深圳来淘金的,我那时候很害羞,见了陌生人,话都说不出来。"黎光说:"现在是陌生人见了你话都说不出来。"牛草青打开包,拿出那条镀金项链挂到自己脖子上,把手表递给黎光,示意他戴上。黎光没有接。牛草青就把手表扔到他身上,说:"你怕什么?不过是一个小礼物,又不要你卖身答谢我。每个人来我公司,我都会送一份小礼物。你好好干,奖金多的是。"

她这句话没有瞎讲。国庆节前,因为上半年业绩不错,她宣布带着公司全体人马去海南玩一趟。她说海南刚建省,她要去考察一下,看看海南经济特区有些什么。

在海南,他们也被牛草青开了"眼界"。牛草青不知通过了什么途径,把自己公司的几个骨干带去了一个隐秘的地下室。地下室的门里门外都有虎视眈眈的壮汉把守望风。随着一阵阵香风,几位美貌的高个子女郎轮流出场,从外衣脱到内裤胸罩,在台上且歌且舞,身姿曼妙。黎光也算见过一点世面,第一次见那白生生的肉在台上极尽挑逗,也是一阵阵头晕目眩。他独自走到后面壮汉把守的地方,点着一支烟吸了起来。表演之中,观众是不许离开地下室的,以免有人向公安部门报信。他很想把这件事告诉严听听,问问她有什么感受。世界不一样了,能卖的都会明码标价,她的童话还会保持以前的结局吗?

忽然外面响起了枪声。表演的女郎们消失不见。观众们也被壮汉们催促着离开了地下室。出来后,牛草青说:"我们这次人多,打了点折扣,每个人的进场费不算贵,也就一百块。这笔钱公司出了,大家到外面不要乱讲。"

牛草青走到黎光的身边说:"我刚才看到你受不住走了,你还是见识太少,这种场合才是男人的童话。"

后来他们知道,外面的枪声不是针对地下室的色情表演,是两个帮派火并。这也是海南刚建经济特区时的怪现象。

在牛草青的发财梦指引下,黎光过了一段混乱然而激情四射的生活。那时候,他们的笑容都很明朗,他们的咳嗽都显得很有主见,他们不断地被什么东西在消耗,却自信地认为力量会涌涌不断地滋生。生活又紧张又刺激,同时伴着空虚和孤独。黎光与牛草青同居了,才好了两个月,她丈夫就从杭州赶来,把黎光打残了一只左手,从此他的左手捏不牢东西。她丈夫是搞体育的,打起黎光来真是秋风扫落叶。这件事过后,她老公痛下决心,从杭州中学调到深圳大学了。这样也好,牛草青从此不敢和黎光厮混,黎光暗地里松了一口气。

转眼过了快两年了,春节前,牛草青把黎光、带总经理、财务主管和办公室主任叫到她办公室里,商讨一件事。

牛草青说:"各位,我结婚前有个相好,叫赵一铜。他能量很大,这些年做铜的生意,越做越大,是国内经营铜生意的龙头老大。大家叫他铜老师。他在全国各地都有收购铜和加工铜的工厂、仓库,最近他又到非洲什么地方去收购了一座铜矿。我想从他手上弄点皮毛生意,比如让他给我们一点租赁生意,我们搞几座仓库租给他。再比如,我们去弄块地,造几座厂房,卖给他,或者用厂房入股,我们当股东。当他的管理也行。开发了这一块,我们可以暂停传销这一块。传销这东西,我总觉得要出事。"

黎光说:"你真是想得美。铜老师这样的人,身边不会缺少美女吧?他连你是谁可能都忘了。"

牛草青说:"我认识他的时候,他有老婆了。他肯定记得我的,因为我和他分手的时候,大大敲了他一笔竹杠。那时候他不过是个收破烂的,破铜烂铁旧车废纸,什么都收。摊子不小,钱还不多,他只好把他祖传的金戒指都给了我。铜老师以前当过中学语文老师,人是文绉绉的,有情有义。我把他打得嘴唇出血,脸上淤青,他也没说什么,还是把金戒指给了我。"

黎光说:"莫不是你去找到他,让他也打你一顿?"

牛草青说:"事在人为,只要努力,万事都有可能。我打听到他最近去了上海,在上海证券交易所办事,办完事再去吴郭市一个宾馆住下来,他今年要一个人在吴郭过年。我们也去这家宾馆住着。找个机会,约他出来吃饭,把金戒指还给他。"

牛草青说的我们,包括她和黎光、副总经理、财务主管、办公室主任。

牛草青捏住黎光的脸颊说:"黎光,衣锦还乡啊。去找你那个小姑娘讲童话喔。"

三天后,黎光跟着牛草青回到了家乡吴郭市,住在风景秀丽的吴郭宾馆。久不回家,他的心情还是不平静的,大口吸着气。当天晚上,他先回到了父母的家里,才知道他爸正在接受组织上的审查,他爸当"打击投机倒把办公室"领导时,收受了贿赂。当年他和黎光两人父子对骂,彼此都说对方会坐牢,没想到他应验了。他对黎光说:"你要认真做人啊,不要像我这样。"黎光说:"爸,对不住啊。那时候我也是瞎说。我真的想不到你也会犯这个错误。我想不通。"黎光爸说:"我也想不通。"

从家里出来,黎光回到自己的租赁屋里去拿自行车。父亲犯法,他们的房子有可能保不住。黎光想,他要考虑给父母和自己买套房子了。

他走的时候,房门是锁着的,现在是关着,但没有锁。他进屋一看,自行车没了,床上独有的一床鸭绒被没了,屋顶上的吊灯也没了,换了一只赤膊灯泡。

黎光拿了一把铁勺子,朝东墙上使劲地敲了起来。墙那边,老王的声音响了起来:"什么人啊?是黎光回来啦?"

黎光说:"不是我是谁?你胆子太大了,快把我的自行车、鸭绒被送回来。"

一会儿,老王老婆推着自行车过来了,放在他门口,低声说:"鸭绒被没有了,不是我拿的,是老王拿的,带到乡下,送给了他妈妈。"

黎光说:"王阿姨,你真可怜。"

老王老婆说:"是,我很可怜。你饶了我们吧。你出去两年,不都是我们在给你看房子?有一次夜里我闻到焦煳味,以为是你的房子走火了,还起来到你这里来看了看。"

黎光说："你没看出名堂吧？是不是你的炉子没封好，放在上面的饭锅烧热了？"

　　老王老婆可怜地说："是的。"

　　黎光看了看车子，车子旧了不少，但还能骑。老王老婆说："车子这么破了你还要？你一看就是发了大财了。一身西装笔挺，外面风衣飘飘。手里拿着大哥大，就缺个美女在怀里抱抱。"黎光说："哎呀，两年不见，你也是变多了。除了乱拿人家东西，还这么油嘴滑舌。"老王老婆坦诚地说："我们是穷人。穷人，怎么变都没关系，没人在乎我们变不变。"

　　黎光骑到严听听家的巷子，刚到巷口车子就掉了链子。想起两年前与听听在巷口的光景，心里一阵温暖。走到巷子里，发现巷子好像变了，但一时又不知道什么地方变了，它外表还是那个样子，骨子里却透出一股烦躁的气息。黎光想，也许是自己太敏感，太敏感就会失去真实的方向，也许是自己变得浮躁了，才会看什么都觉得烦躁不安。

　　严家大门紧闭，没有灯光。奇怪的是，周围走来走去的邻居，他都不认识。派出所也搬走了。他站了一会儿，明白为什么这条巷子烦躁了，是夜晚里走来走去的人太多了。

　　他看到了一个熟人，居委会主任刘阿姨，连忙上前叫住了她："刘主任你好。"刘阿姨看了又看，叫道："哎哟，是你啊小黎，好久不见，一看你就和以前不一样了。你变得多了，我也变得多了，我现在忙呀，只争朝夕呀。居委会想搞一个木器加工厂，我去找领导敲图章。你站在这里干什么，来找严听听吧？她一家搬走了，她家房子出大价钱租给了一个香港老太太。那个香港老太太是个美容师，浑身香水味，呛死人，好在不怎么来。严家搬到哪里去？我们也不知道。再会。"

　　黎光看着她急匆匆的背影，啼笑皆非。他不过问了一声刘主任你好，就引出了这么多珍贵的生活信息。

　　他从巷子走到巷尾，怅然若失。

　　第二天一大早，牛草青就带着办公室主任林叹出去了，两个女人在外面神神秘秘地消失了一天，下午回来喜形于色，说铜老师答应明天晚上来赴宴。

黎光说:"金戒指有没有还给人家?"

牛草青说:"还了。放在他桌上,他看都没看。这狗东西现在牛了,我坐在他门口等了半天,到中午他才开门。开了门叫我进去,五分钟不到又叫我出去。我只好又坐在门外等,看他叫了餐,服务生送到他房里,他吃好是下午一点多了。他又要睡,一直到下午四点多,才让我进他房间——还只能我一个人进去。任我坐在那里,就当我是个空气,自顾自地打电话,上厕所。上厕所门都不关。"

黎光说:"也许他暗示旧梦重温呢。"

牛草青说道:"不是。我看得出来,他很倦,什么人都不需要,就想一个人待着。他说话也是前言不搭后语,眼神木呆呆,走在大街上,谁会看得出来这个人是业界老大,几个亿身价,还以为他是个精神有问题的普通老大爷。他以前不是这样的呀,生龙活虎的。他现在老是一个人在外面晃荡,家里人根本不知道他在什么地方。照我牛草青的想法,他的精神和身体早就亏空了,冰冻三尺非一日之寒呀。"

黎光说:"你也不要推卸责任,如果他真的精神出了问题,你也是他下滑路上的一个原因。当然,你管不了那么多,你还是多替自己想想吧。"

牛草青说:"我现在不敢说满话,也许哪一天我也像他这样了。当然我首先得赚几个亿才能变得像他这么万念俱灰。"

酒店就订在宾馆里,牛草青带着黎光他们,六点钟就坐在包厢里了。铜老师喜欢吃粤菜,她就点了澳洲龙虾、澳洲带子、马达加斯加鱼翅、墨西哥鲍鱼。到了七点钟,铜老师才出现。他就一个人,穿着拖鞋,蓬头散发地走进来,眼睛朝牛草青一瞄就收回去了,牛草青看在眼里,不吭声,一迭声地催服务员上菜,问铜老师:"喝什么酒?茅台还是轩尼斯XO?"

铜老师恍若未闻,坐下来,沉默地吃。他的吃法让黎光看了难受,山珍海味,他吃到嘴里毫无表情,味同嚼蜡的样子。而且他越吃越冷,扣上衣服扣子,拿起牛草青的丝绸围巾系到了自己的脖子里。林叹把自己的羊毛厚围巾拿过去给铜老师看看,示意他把丝绸围巾换下来。铜老师也朝她一瞄,迅速收回目光。林叹脖子一缩坐回自己的座位。

牛草青凑过去,低声下气地再问他:"喝什么酒?"

铜老师说:"不喝。"

一会儿，铜老师好像吃饱了，扔下筷子说："江汉曾为客，相逢每醉还。浮云一别后，流水十年间。欢笑情如旧，萧疏鬓已斑。何因北归去，淮上对秋山。"原来他在吟诗，吟完这首韦应物的诗，他伸手到口袋里摸出他的"大前门"香烟，牛草青拿起火柴，替他点上。铜老师在烟雾里对牛草青说："这些年来，你除了想钱，还想些别的什么？"牛草青说："除了想钱还是想钱，没有别的。连男人都不想了。"听到这个回答，铜老师的脸上浮出笑容。他这么一笑，黎光发现他长得不难看，也不太老。他的笑容很是真诚可爱，甚至有点儿孩子气。

这时，隔壁的包厢里响起一阵哄笑声。笑声停下，有个人说了些什么，又响起一阵哄笑。

铜老师站起来说："我听出来隔壁有一位见过一面的朋友，我去看看他。不知道他还认识我吗？"他说完就走掉了，去了那个不断哄笑的包厢。牛草青对我说："黎光，你跟过去看看。铜老师是我们的人，别让别人把他引走了。"

黎光跟在铜老板后面。铜老板推开隔壁包厢厚重的樱桃木门，大声说："我是赵一铜，你们这里有谁认识我吗？"里面一阵沉默，突然有个北方壮汉从座位上站起来，朝铜老板又惊又喜地奔过来："哎哟哎哟，我认出您来了。我真是太高兴了。请也请不来您哪，是哪阵风把您给刮来了？"铜老师说："我在你们隔壁谈事情，听到了你的声音，就过来看看你们笑什么。"

他们重新排位子坐好，这次铜老师坐了主位。没人在意黎光，他就站在门口服务台旁边。

北方壮汉站起来，端起酒杯说："今晚真是太高兴了，早上喜鹊一个劲地叫，原来贵客到。我们现在重新开始，第一杯酒敬我们尊贵的客人赵一铜老板。"铜老师站起来，端着酒杯说："敬祖国，敬邓小平。"

喝完了第一杯，铜老师问："你们刚才在笑什么，说出来让我也高兴高兴。"

他话音刚落，大家就热闹起来了，推来搡去，最后把一位穿着白衬衫、黑白格子呢短裙的姑娘推到他旁边坐下。黎光看见那姑娘，脑袋"嗡"的一声，这不是严听听吗？

黎光摇摇脑袋，定一定神，仔细看去，不是严听听是谁？她一点也没变,还是那么朴素淡雅。也还是那么美,头发差不多披到了膝盖。看到她没有变化,黎光心里松了一口气。

铜老师问严听听:"你来告诉我吧,你们刚才为什么那么笑?"

严听听一本正经地说:"我们刚才在讲童话故事。我讲的童话,他们都说是骗人的。"

铜老师说:"你讲了什么?讲给我听听。" 他说完,大家又是一阵笑,严听听微笑着对他说:"我姓严,叫听听。我讲出来的故事,大家又要笑,不如你讲一个吧。"

铜老师专注地看了严听听一眼说:"你喜欢听童话故事?那我来讲个给你听。世界变了,我以为再也安不下一个童话了,看来我的想法太悲观了。我讲的是一个穷小孩,男孩。他读书很认真,功课也好。可惜家里太穷,供他读到高中就再也供不起了。他上头两个哥哥都送给别人家当儿子了。这个小孩高中毕业后,就在乡里的中学当老师。当了十年老师,碰到了好时代,他离开学校,开了一个废旧品收购站。后来专门做铜加工,越做越大,有自己的铜矿,全国各地都有工厂、仓库……他租了飞机、火车跑运输。他有了钱,最想做的事就是找回他两个哥哥。他的爸和妈临死前都和他讲,要千方百计地找回他两个失散的哥哥。爸和妈都走了后,他孤独一人,一想到这世上还有两个哥哥,他的心里就涌起生活的愿望。于是他到处找,找得很辛苦,终于把两个哥哥找到了,一个在青海,一个在新疆。他们都有了孩子了。他们拖儿带老来投奔弟弟,弟弟为了他们,特地在山清水秀的南方建了一个崭新的小镇,全是青石板的路,路两边分散着别墅,别墅的院子都有四五百平方米。他给小镇起了名字叫欢笑镇。欢笑镇上有温泉。欢笑情如旧啊。"

北方壮汉说:"这个故事的主人公就是赵一铜老师。两个哥哥,一个叫赵一金,一个叫赵一银。来,大家敬铜老师。"

铜老师没有端酒杯,说:"大家请安静一下,我有重要的话要说出来。"他扭头对严听听说:"小姑娘,想不想和我一起赌一把人生?拿你的青春赌明天。赌得好,你不仅有一个信任你的依恋你的丈夫,还有数不清的荣华富贵。你拿青春赌,我拿命赌。"

除了严听听一时发愣,谁都知道铜老师在说些什么。他说得平静,却把大家吓得鸦雀无声。

    黎光的大哥大响了起来。是牛草青打来的。他回到了自己人身边，眼里闪着泪光，把铜老师看上严听听的事告诉了大家，并且说："铜老师可是有老婆的。"牛草青说："不足为奇，好的时代都是情感开放的。他可以离婚，也可以不离婚。那个女孩可以当他老婆，也可以当他的小三。"

    大家都忽略了黎光眼睛里闪着的泪光。饭桌上，喝到世界模糊或摇晃时，什么情况都会发生。

    正说着，铜老师一推门，站在门口说："我要回房间里洗个澡，打扮打扮。我今晚喝多了，你们谁扶我去房间？"林叹和牛草青闻言立刻站了起来。但铜老师忽然想起了什么，朝黎光一指，像国王一样命令他："就你，你来侍候我。从今以后我不要女人来侍候。"

    黎光走出去，一路扶着铜老师的手。铜老师说："我刚才看见你一直在门口站着，我说的话你都听见了吧？"

    黎光说："听见了。"

    铜老板说："我一看见她，就知道我是她的人。她会拯救我，她是我生命里的绿洲，她会滋养我的生命。"

    黎光说："她是许多人生命里的绿洲，她滋养过许多人，包括我。"

    铜老师问："此话怎讲？"

    黎光说："老头，我追她追得好伤心。她不愿意，我也没办法。"

    铜老师说："小伙子，你眼光好。"

    黎光说："你放过她吧。她才二十岁多一点，还什么都不懂，是个活在童话里的人。你有五十了吧？还是六十？"

    铜老师说："我才四十三岁。她不需要懂，她天生就有一种拯救人的能力。只要她肯要我，我会把我整个世界给她，因为我要靠她续我的命。"

    黎光把铜老师带回他的房间，坐在外面等着他洗完澡。铜老师从浴室里出来时，精神焕发，就像换了一个人。他不仅洗了澡，还洗了头发，喷了香水，换上了西装，穿上了皮鞋。他对黎光说："小伙子，想不想听欢笑镇后来的故事？嗯，弟弟的两个哥哥、两个嫂子，加上各自三个小孩，小孩们的爷爷奶奶、外公外婆、舅舅阿姨、叔叔伯伯等等亲朋，一共四十几个人，十几家。住在欢笑镇里，开始过得真是其乐融融。弟弟还把两个哥哥和两个嫂子安排进了集团公司。然后就不太平了，吵的吵，闹的闹，争权夺利。他们不缺钱，可任何时候说话，都带着钱这个字。欢笑镇变成了苦笑镇。"

　　黎光还是说："你看到我脸上在苦笑吗？请你放过她。"

　　铜老师说："不放。我下半辈子就靠她了，我不会看错人。"

　　过了片刻，铜老师说："我想当时代的英雄，可我却成了时代中的一个小丑。再听听面前，我才相信即使是一个小丑，也有莫大的价值。"

　　黎光听了铜老师的话，无法不动容。他再也说不出任何话了。他把铜老师送进包厢，也就是说，送到严听听的身边。他没有进去。门开的时候，他看见严听听凝重的脸，两个和她差不多岁数的女孩围着她悄声说话。包厢里灯光打得很亮，严听听的长发上好像折散出白光，让黎光看了头晕目眩。

　　严听听抬头问铜老师："我们就算开始了吗？"

　　铜老师肯定地说："开始了。从童话开始，永远没有结束。"

　　隔壁这里，牛草青说："大家都不要走啊。等着铜老师把好戏演完，我们再见机行事。"说完她闭上眼睛，把头一仰，坐在椅子上睡着了。片刻，她身子一歪，慢慢地倒下来，大家只当没看见，任由她一头倒在地上。今天是小年夜，她把大家拖到这里，这会儿还要大家看好戏，眼见得大年夜不能和家人团圆了。一会儿她醒过来，自己爬起来，换到沙发上去睡了，并且发出惊天动地的鼾声。大家静悄悄地坐在桌子边，面前摆着残羹冷饭，心里怀着各种心思，耳朵里听着如雷鼾声。

　　睡了大约半个小时，牛草青的鼾声戛然而止，睁开眼睛，说："隔壁要散了。"

　　隔壁那一桌确实要散了，椅子在挪动，好几个人已经走到门口，互相道别。

　　牛草青问："几点了？"

　　林叹说："快十点钟了。"

　　牛草青说："黎光，你去看看铜老师朝什么地方去了。跟在后面，不要

98

惊动他。"

黎光说："我不去。"

林叹说："我去吧。我实在太好奇了。但是跟着人家干什么？人家要进房间的。"

牛草青说："今天他们不会进房间。铜老师对待他上心的女人，不会这么随便。"

林叹去了十几分钟，上来说："铜老师和那个女孩在大厅的茶室里说话，说着说着，铜老师就坐到地上，把脸枕在女孩的膝盖上。他看见我好奇地东张西望，也不恼，叫我过去，对我说，明天晚上，他在这里的二楼办一个盛大舞会。让我们都来。他还要把上海、杭州、南京的商界大佬们、朋友们都请过来。"

牛草青说："明天是大年夜。他要办舞会干什么呢？哎哟，那就是向大家宣告他的爱情了。这位小姑娘到底是什么来路？铜大老板捉一个小姑娘要闹这么大的动静，从来没有过的。"

林叹说："我听那些客人讲。这位姑娘是普通人，两三年前得过本市的选美冠军。因为家里最近买了房子，要还债。所以就答应了人，出来陪个酒。她这样的人，陪一场酒也就两三百块钱。"

牛草青说："谁想打赌？这个女孩到底能不能拯救铜老师。"

林叹说："这没法赌，你用什么标准衡量拯救和非拯救？"

牛草青说："好赌的。如果他们在一起以后，铜老师改变独往独来的习惯，说明他得到拯救了。如果还是像以前一样孤僻不近人情，说明铜老师这次又失败了。以前他找我的时候，分手就是这么说的，说他又没找对人。"

林叹说："我赌铜老师失败。"

大家纷纷赌铜老师失败。牛草青说："我也赌他们的关系以失败告终。黎光，你呢？"

黎光摇着头，忍不住抽泣起来。

这场戏就这样了。黎光的除夕夜是一个人过的，他的房间位置不错，下面是一个挺大的花园。里面亭台楼阁，小桥流水。蜡梅花的香味悠远绵长。隐隐约约听见二楼的乐声,灯光从窗帘里透出一点,落在花园的水面上。

　　他始终看着花园。他很明白发生了什么,也知道将来会发生什么。

　　过了十二点,各处的烟花爆竹一起放起来,惊天动地,仿佛要把地底下的魂灵也惊醒过来,一起庆贺人间的无尽期望。烟花爆竹声里,花园成了最幽静的地方,一对情侣挽着手走了进来,在花园里不知疲倦地走,无穷无尽地走。花园被他们越走越小,最后花园小成了一叶扁舟,他们坐在扁舟上,驶向远方。这对情侣就是铜老师和严听听。铜老师不停地说着什么,严听听仰脸听得很专注。铜老师在说什么呢?他在讲童话吗?很显然,他的童话有着完美的结局。他不知疲倦地讲着同一个童话故事,严听听百听不厌的童话。讲着讲着,他会不会就此深信不疑?

　　黎光说:"你傻呀。"这句话不知道是说严听听的,还是说自己。

　　大年初一,他回到了自己的租房。他没有和严听听见面。严听听在吴郭市过了正月十五,才跟着铜老板去了他的家乡。

　　不出所料,牛草青和她的团队抓住了这个机会公关。舞会后,他们给严听听送了重礼,甚至还想把严听听聘为公司的副总经理。一来二去,严听听和他们认识了,也知道了黎光的存在。交往产生了感情,感情产生了利润。牛草青得偿所愿,得到了铜老板的帮助。黎光也得到了牛草青的奖励,拿到了一大笔奖金。他退出公司,离开深圳回到家乡。他的父亲因为是主动坦白,免于刑诉,但开除公职,开除党籍。那幢别墅是受贿而来,上交给了政府。

　　一九九二年夏,他拿着那笔钱去买了一个价钱十分便宜的房子,一所市中心的小院落,三间白墙黛瓦的平房,一个一百多平方米的小院子。房子和院子都有些残破,下雨时屋里会漏水。但是小院子里能种种花草和树木,他爸妈每天都与院子里的土打交道,这种状态也就像在家修行了。到了第二年,破旧的院子因为花草树木的繁盛,变得朴素而有生气,可以听雨打芭蕉,也可以踏雪红梅,与莲听诵,或与竹同舞。

　　这时候,黎光收到严听听的一封信,上面写道:黎光你好!不要惊奇,你现在住的房子是我的。花亚嫁了一个外国人,这房子她不要了,卖给了我。我为了感恩我哥我嫂,就用了我的侄儿的名字买了下来。说起来我俩互不相欠,你活在你的故事里,我活在我的故事里。但我还是把房子便宜卖给了你。你高兴吗?我跟铜老师去了他家,自从俞阿婆死后,我还没找到给我讲故事的人。现在他给我讲了,讲那些我妈、我哥、俞阿婆讲过的故事。他说他有一天一定会相信这些故事的。我们去了他家,等着我的是他的太太和两个儿子,还有一大堆亲戚,亲戚的亲戚。当然这都是没关系的,我们去了两天,他就带我离开了那里。他说以后要与我同进同出,比翼双飞。我们要互相建立信任,在信任的基础上结婚生孩子。他带我去了中国一些最好玩的地方,最好吃的饭店。带我去了世界上一些最好玩的地方,最好吃的饭店。然后我们就去了一座岛上待着,这座岛是他的,岛上有山有湖有树林。等到我们从岛上出来时,才半年的工夫,他的施工人员就在繁华的大城市里给我们造了一座大别墅。别墅里有大宴会厅、大酒吧和几个藏酒窖。我们用着几个国家的特色厨师,法国、英国、日本的。我们在里面经常招待客人。来客要像汉朝人一样,进门就洗澡。我们有一个很大的洗澡房,水是从山上引来的温泉。希望你也来做客。

黎光把信在炉子上点着了。

他不想回信,如果他回信的话,他一定要问她:你们现在还讲童话吗?他还要警告她:当心成为压垮骆驼的最后一根稻草。他不想这么做,他想写童话了,写给自己看,也写给孩子们看。他心里有了沧桑,想法就不一样了,故事的结尾也与以前不同。他很乐意让故事有个明亮的结尾。他把《桑树的故事》改了结尾:挖桑树的老爷爷想到了一个好主意,不再挖树了,回去告诉村里人,每人领养一棵桑树,桑树不够的话,大家再去种一些。至于领养的细则,让孩子们说了算。结果,这个村里的孩子们和大人不一样了,他们互相谦让,一点纠纷也没有。《狐狸的悲伤》也改了结尾:狐狸妈妈咬了爷爷一口,爷爷又疼又恼,抓起三只小狐狸就要扔到水里去。这时候,爷爷的孙子说:"爷爷,狐狸妈妈不过咬了你一口,你不要淹死它的三个孩子,也咬它一口好了,这样才公平。"

世界在改变,我们虽然经常束手无策,但还得相信未来吧。他想。

一九九四年十月十一日,黎光看到好几份国家级的大报纸上同时报道了一则消息：商界传奇人物赵一铜于昨天不幸病逝。一些小报上详尽描述了赵一铜逝世前的行踪。他和往常一样，一个人去外地度国庆节。在外地的某个宾馆里，他夜里心脏病突发而亡。死的时候他的亲人们都不知道他在哪里，是公安局根据他的身份证确认了他的身份。他没有遗嘱，也没有指定接班人。他还没火化，他的两个儿子、两个哥哥，众多的私生子女已经开始抢权夺利，互相告上法庭。他留下的庞大商业帝国将分崩离析。

牛草青对铜老师和严听听命运的预测不幸言中。

与此同时，黎光也给自己的人生预设了一个大团圆结局。他已经知道，严听听在铜老师猝死后生了大病，九死一生。他会赶到她的住地，把她接回家。他和他的房子终于等来了女主人。他见到严听听的第一句话应该这么说：铜老师独自猝死，不是你的错。他碰到你的时候，精神已是岌岌可危。任何人救不了他。你要考虑救你自己。

这个预设的人生结局俗不可耐，但对黎光是最好的结局了。对严听听来说也是。黎光爱她爱了若干年，一直迷失在她的天真和单纯里，现在才知道，天真和单纯并不意味着没有创伤。

原载《钟山》2020年第3期

评鉴与感悟

叶弥是那种笃信纯净、美好事物的作家，但是她亦通晓美的脆弱。于是，便有了这个现世"童话"如何被摧毁的故事。关于美的争夺、占有和命名，注定会让分属两极的语言、风格、节奏在文本内部剧烈对抗。小说的上半部是岁月静好，"童话"的力量似乎主宰了一切，语言静柔，节奏轻慢。而小说的下半部则如同公牛闯进瓷器店，语言粗粝，节奏喧闹，指向的是泥沙俱下的现实景观。文本内部的美学对抗对应于故事的情节冲突，这种写法可能会引起争议。但是，当叶弥用主人公自欺欺人的臆想来结束这个故事时，便不难发现：叶弥之所以执意如此，是因为她清楚地意识到巨大的撕裂无法弥合，以至于她的内心出现了犹豫，所以，她要通过这个故事向世界提问：她对美有着近似信仰般的确信，只是她不能确信，还有谁在讲述，又有谁在聆听？（方岩）

何秀竹的生活战斗

/刘汀

1

　　对自己被踢出家长沟通群这件事,何秀竹早有预感。
　　当她冲动地把多多的成绩单发到群里,而且@了所有人之后——尽管她不是群主,@无效——她就知道自己肯定要惹众怒。但是何秀竹必须这么干,也只能这么干。多多上学期期末成绩大爆发,考进了年级前五、班级第一,而且有两科满分,这无疑是老母亲最骄傲、最值得炫耀的事。收到老师发过来的电子成绩单时,她正跟丈夫马勋吵架。起因是何秀竹想再给多多报一个英文戏剧班,而马勋坚决反对。一开始,何秀竹发挥自己语速快而且善于重叠咏叹的本事,把马勋顶得节节败退。十五年的婚姻生活,早已让何秀竹和马勋之间的话语方式形成了固定套路,每一次交谈,最后都会落入同一个叙述循环里:不管是谁第一个聊起某件事,另一个立刻提出不同意见,接着试图用互相举例子或仅凭感叹词和语气词驳倒对方;到了第二阶段,何秀竹的火气燃烧到顶点,开始竹筒爆豆子、暑天下雹子一样朝敌军扔炸弹,一阵噼里啪啦、轰轰隆隆,马勋被炸得哑口无言,满脸死灰色;最后,何秀竹嫣然一笑,说,真理不辩不明,道理不讲不清。马勋做一个长长的深呼吸,耸耸肩,无奈地笑笑,说,真理常常掌握在弱者手里。

这一次的常规战役眼看就要按照套路结束，马勋突然拿出一摞打印好的A4纸，上面密密麻麻，有文字有图片。何秀竹好奇地接过来看了看，原来是马勋处心积虑搜集的有关反对孩子报课外班的各种文章，作者的名头一个个都很响，从著名教育专家到哈佛女孩她妈。说实话，她正打算宜将剩勇追穷寇呢，哪想到从来都是小米加步枪的马勋扔出个原子弹来。但是何秀竹战斗经验丰富，她不怕原子弹，就算你扔的是原子弹加上氢弹她也不怕，只是扔得这么突然，她毫无准备，有点儿招架不住。毕竟，何秀竹此前大部分争吵得胜是源于她事实上的胜利——多多的数学成绩是不是提高了？所以报数学班很有必要；多多在英语演讲比赛里是不是得奖了？所以英语补课不能少……现在她面对的那一摞纸里摆出的也是事实，而且是超级事实，她没法用多多的事实去反驳哈佛耶鲁和马云马化腾的事实。

不过，多多的事实毕竟更相关一些。就在何秀竹准备忍气吞声高挂免战牌，让对手暂且攻下一座城池，等到合适时机再反攻时，手机微信叮咚一下响了。她拿起手机，本意是借此转移话题，把失败化于无形，让敌人来不及品尝胜利果实就转战其他战场。微信里跳出一张成绩单截图，多多班级第一、年级第五，两科满分，比期中考试进步了一大块；更关键的是，图片下面老师还附带了一句话：多多妈妈，你们的补课成效显著，再接再厉，再创辉煌。

何秀竹从脚跟底下泛起一种最后时刻翻盘甚至起死回生的酸爽感，微微一笑，把手机递给马勋，下巴颏一扬。马勋看了两眼，很快像上千米高空熄了火的热气球，先瘪了，继而急速下坠，最终的命运当然是球毁人亡。为了这一次战斗，他准备了两个多月时间，还咨询了三四个家有小儿女的同事，本意是想给儿子争取更多的自由玩乐权利，没想到最后却被儿子自己给打败了。看到多多这么好的成绩，他心里五味杂陈，不知该高兴还是伤心。

马勋已经记不清是从哪一天开始，自己在家里的话语权就被悄然剥夺了。说剥夺也不准确，像是海边堆起来的沙堡，不知不觉、潮起潮落间，堡没了，只剩下一堆细沙。刚谈恋爱那会儿，何秀竹跟她的名字很像，文秀如竹，有风轻轻摇动，无风静静伫立；骨子里很较劲，但做事很温和。

就连结婚时挑婚纱这种女人最在意的事，何秀竹最后都心甘情愿地遵从了马勋的建议：她喜欢一套蕾丝花的，但马勋说这个看上去太低级了，给她选了一件模特穿起来很高级，可她穿起来有点不伦不类的婚纱。他俩去吃饭，从来都是马勋说吃什么就吃什么，尽管何秀竹吃不了辣，他们还是常去川菜湘菜馆，点一堆剁椒鱼头辣子鸡。如果非要找一个自己沦陷的时间点，只能是从怀上多多算起，这小家伙在她妈肚子里还没黄豆大，已经成了家里的话语中心。或者再腹黑点儿想，何秀竹并不是真的愿意那么听马勋的话，她一直在等绝地反击的机会，她是一个隐忍的战略大师，非常清楚在什么时候采用什么战术。马勋一次次在微小的战役上取得胜利，某种程度上不过是何秀竹的战略撤退，诱敌深入腹地，然后一举歼灭。

多多协助何秀竹掌控了家里大大小小的事，但凡马勋有不同意见，多多就会作为一个无解的撒手锏出现，他只能乖乖听令。当然更重要的一点是，何秀竹确实比马勋能干、会生活，多年的摸爬滚打让她深谙如今社会的游戏规则，对每一件事都能冷静客观地分析，然后找出最适合他们的那条路。比如买房，马勋最开始考虑去天通苑买一个大房子，住起来宽敞舒适，可何秀竹坚持在四环内，而且必须是一公里生活圈：一公里之内，有地铁站、医院、幼儿园、小学、商场。他们现在住的五十平方米小房子也习惯了，如果这会儿让马勋从天通苑上下班，每天三个小时地铁公交通行，打死他也不愿意。再比如，多多三岁上幼儿园之后，何秀竹就在儿子的不情愿和马勋的反对声中，给他报了好几个课外班。然后幼升小，多多竟然凭借着弹钢琴拿到了重点班的最后一个名额——这年头，弹钢琴算什么特长呢？可人家多多除了钢琴，英文也很溜，重点班的班主任恰好是英语老师。

没错，我们可以说何秀竹是一个生活家，每天最多的心思都是用于怎么在有限的资源和可能之下，过好眼下和未来几十年的生活。对她来说，从一睁眼的早餐到晚上睡觉前的晚安都是战斗，都不能输，输也必须是战略上的撤退而不是溃败。两个人的工资和奖金，何秀竹都做了详细的规划，她细分的Excel表让学计算机的马勋都搞不太清楚，比如家庭支出这一项下面就有十三小项，不多的理财产品又分了五种，长线短线、保底不保底、基金股票，月月做预算，月月做结算，结余怎么花，亏空怎么补，复杂程度不亚于一个大公司的预算结算财务。马勋觉得，只要给何秀竹一个支点，她的确可以撬起地球，要是从政，至少能当个管经济的副总理。

这个阶段，所有战役的重点当然是多多。

何秀竹之所以把多多的成绩单发到家长群里，还@了其他人，让别人也晒晒成绩单，不只是为了秀自己孩子有多优秀——她当然知道这么做让人讨厌。何秀竹其实是为了曲线救"国"，这个"国"是她自己个儿。她手机里有几十个群，其中有关多多班级、学校、老师、课外班的就有十二个，从整体上来看，多多只在其中的七个群里算是第一梯队，在三个群里是差生，两个群里是中等生。最近课外班形势比较严峻，中等生退步为差生，五个群亮红灯了：奥数、绘画、小提琴、机器人、口才演讲，各有各的问题，各有各的状况。何秀竹接连受到暴击而无处发泄，她必须找一个靠得住的出口，就是这时候，多多的期末成绩单成了她收复失地的大杀器，管他呢，先投出去再说。

何秀竹没办法不把多多的成绩看得这么重，因为有自己的人生在那里做参照，她深刻地知道，对普通人来说，学习不好就没有尊严，就没有好出路。社会发展到现在，吃饱饭已经不是难事了，难的是你能轻松愉悦地吃饱饭，还能想吃什么吃什么。人人都说，学习不重要，活得快乐最重要，可你满大街去问，那些刚刚温饱、感个冒都不舍得买一盒清热颗粒的人，能快乐吗？就算要烦恼，也要那种成功的烦恼、甜蜜的负担，因为你永远有退路有出路，而不是绝路。何秀竹用自己几十年的人生证明，绝大多数人天分都差不多，差的就是吃没吃苦，是不是邱少云一样趴在地上抵抗着烈火、黄继光一样堵住了生活的枪眼，想当生活的英雄，你就只能像董存瑞举起炸药包，弹药还得自备。

2019年的春节，何秀竹打破了她跟马勋结婚后形成的一个惯例，不再一年一家地回老家过年，而是留在北京。留守的目的，不是要过个京味年，而是要把多多的课外班重整河山。经过前一段时间全面系统的调查研究，她发现自己在这件事上走了错路、弯路。错误不在于报课外班太多，而在于没有对课外班报名进行有针对性的设计。何秀竹跟绝大部分家长一样，选业内口碑最好的补习机构，选补习机构里的名师，但是忽略了另外一点，那就是对同是课外班的学生的选择。最近她才慢慢琢磨明白，仅仅是把课外班当成查缺补漏、提高成绩的地方，实在太可惜了，这儿还有其他很多用处。

"我得下一盘大棋。"何秀竹挥舞着菜刀，一边剁冻得硬邦邦的土鸡，一边跟马勋说。

为了更好地开展工作，何秀竹重新加入了家长群。这个家长群的群主并不是班主任，也不是常年班级第一的孩子家长，而是一个班里最有钱的孩子的母亲，大家都叫黄太太。黄太太是全职妈妈，生了孩子之后就没上班，她老公是一个大公司的独立董事，家里资产过亿。这所区重点小学去年规定，教师不能建家长群，更不能在群里发通知——可问题是老师有很多事情要通知，怎么办呢，只能把通知发给一个家长，再让这个家长在群里发给其他家长。黄太太现在扮演的就是这个二传手角色。

开学第一天，何秀竹就被教育了。她以为开学嘛，就是去送孩子上学，办手续，领教材。可还没进校门就发现了，学校门口的马路拥堵不堪，豪车无数，不亚于国际车展。等进了班级，那些家长们女的花枝招展挎着名牌包，男的一身西装夹着公文包，互相递名片、扫微信、留电话，敢情这可不只是开学报到，还是一个大型社交场所。黄太太声音尖细，皮肤白腻，头发烫着时髦卷，一进屋就自来熟地跟所有人打招呼："哎呀，今天紫外线好强哟。"

黄太太本来就建了一个家长群，但最初只有七个人，群名叫七仙女。这七个人都跟她是一个小区的，孩子们幼儿园就在一个地方上，划片的小学也是一个。开学那天，何秀竹知道了有这么个群，就想加入进去。对于何秀竹这种单纯因为学区房名额搬来，住着一个几十平小房子的人，黄太太一开始不想接收，但何秀竹自有她的办法。人不好打交道，她就走狗道。黄太太养狗，每天把孩子送到学校之后，必牵着狗出来跑步，有时候是狗牵着她跑步。何秀竹不养狗，但她知道搞定了狗，也就搞定了狗主人。何秀竹见黄太太的狗是一只纯种柯基，于是通过查资料和跑到宠物医院去咨询，把这种狗的习性搞得门清，连它喜欢什么颜色、什么味道都掌握了。何秀竹也在同一时间去跑步，穿黄颜色的运动衣，喷了恰到好处的香水，那只狗果然对这个总是路过的人心生好感。何秀竹趁机夸狗，然后假装偶然地提起两家的孩子是一个班，继而对黄太太的儿子一通夸，侧重点是夸黄太太教育得好，两个人在这一点上迅速达成了共识。有了这个基础，一切就都水到渠成了。过了一段时间，她看似无意地跟黄太太说，学校不让老师建群，但班里其实应该有一个家长群，这样方便大家互相交流。黄太太便说自己建了一个群，何秀竹就说，这个群其实应该扩大，把所有家长都拉进来。黄太太觉得这违背了自己的初衷，有点儿犹豫。何秀竹说，你看孩子们在班里排名竞争，其实也是家长们的竞争，我知道你家里有钱，但学校毕竟主要看成绩不看收入。还有就是，看家长对老师和学校的影响力，咱们是群众，你这个群主如果能影响到一个班级的家长，也就等于是一定程度上在影响学校和班级，这对你家孩子有好处啊。三说两说，黄太太心动了，然后两个人就把所有家长都拉到了群里。

这个群后来做了两件事，让黄太太觉得这个决定做对了。第一个是，有一年春游，学校安排的线路非常无聊，她们就在家长群里商议家长们出钱自己安排，当然一切都不违反学校的规定，结果这次春游效果极好。有一个家长在报社当记者，趁机报道了一下学校的自然教育，校长很高兴，老在家长会上举这个例子。还有一次就是，家长们群策群力，把国内一个非常著名的作家请到了班里去做讲座，结果这个作家人气太高了，一个班级的讲座最后成了全年级学生都参与的文化活动，让学校趁机上了一下热搜。全校都很高兴。

可是时间长了，何秀竹的一些做法却让黄太太有点儿不满，她后来想想，很多事都是别人出主意，自己执行，何秀竹好像是垂帘听政的慈禧，自己仿佛是光绪帝，于是趁着那次何秀竹秀多多成绩，把她给踢了出去。黄太太本来想，何秀竹来跟自己服个软，她再把她拉回来，就说不小心误删。哪承想，何秀竹一直没动静，她又不好意思主动去问，两个人一直这么尬着。就算在小区或学校碰见了，还是如常地点点头，聊聊孩子说说狗，不谈这个事。

一直到大年初二，何秀竹借着拜年的机会约黄太太。拜年当然是幌子，何秀竹是带着自己的一整套计划约黄太太的。黄太太在咖啡厅里正襟危坐，想矜持几分钟，可是何秀竹的计划说完，就问了她一句：你参不参加？这就跟问全中国的女人参不参加双十一疯狂购物一样，黄太太想都没想就说：

必须参加。她心里挺佩服何秀竹的，觉得她真是有想法，而且有执行力，这一点自己赶不上，那就只能跟着走。接下来，何秀竹回群又成了顺理成章的事。

"当头炮打得不错。"何秀竹跟马勋说。第一颗棋子动起来了，这盘棋也就活了。

何秀竹和黄太太先是跟班级前十名的家长单独做了沟通，统计了他们都报了什么班、都在哪个机构、哪个时间段上课。统计完心中有数了，两个数学最好的孩子报的奥数班（有时候不叫奥数班）跟多多是同一个机构，但是不同班；另两个报英语班的不是同一个机构，但反馈很好，主要好在他们那里的外教是真正的英美国家的，而不是很多英语培训机构那样，找的都是印度、多米尼加等其他英语国家的老师，多多得转过来。另一个方面，何秀竹对多多现有的课外班同学和家长做了一个统计分析，她发现，虽然都是同一个补习班，但孩子们和家庭的情况差别很大，何秀竹要做的就是有针对性地优化多多周围的同学。何秀竹和黄太太通过各种方法跟这些补习班的孩子的家长取得了联系，他们有的是企业高管，有的是大学教授，有的是政府公务员（处级以上），何秀竹单独拉了一个群，表明了自己的态度：我们应该强强联合，既让孩子们互相学习互相促进，也使他们在这里结交将来可以资源整合、互相合作的人脉。何秀竹说，我们花了大价钱、费了大力气进到重点小学，并不只是为了高质量的教学水平，更是为孩子的将来选择同学圈、朋友圈；在培训机构里也是一样，你的孩子跟什么水准的同学一起学习，决定了他将来是什么样的格局、视野和资源，因此我们必须好好利用这一点。何秀竹的想法得到了几乎全部家长的认同，然后大家就开始调整上课时间，争取把所有人凑到一个课外班里。

大年初六，新年度补习班第一天开课，看着多多跟小伙伴们走进教室，何秀竹终于松了口气，这盘大棋算是步入正轨了。参与的家长都很满意，每个人都得到了相应的配置。何秀竹更满意，在所有这些人里，她可是资源最差的一个，多多不是超级学霸，她跟马勋顶多是小中产，既没有商业资源，也没有行政资源，但是最后多多却跟所有这些人的孩子们平起平坐，获得了同样的学习机会。

趁着多多在上课，何秀竹和马勋坐在新中关的一家餐厅里吃晚餐，难得的二人世界。何秀竹要了一瓶红酒，一边摇晃着杯子醒酒，一边得意地跟马勋说，咋样？你老婆厉害吧，服不服？马勋五体投地，赶紧举杯说，心服口服，向伟大的老婆大人致敬。

玻璃杯碰玻璃杯的声音清脆悠扬，叮叮如山中泉水，在何秀竹听来，宛如又一场战斗的凯旋之音。

2

二十五年前，她十六岁，即将初中毕业。

她成绩不错，但因为生活的地方太偏僻了，根本不了解社会状况，她和她的家人、老师、同学都不知道，那个年月，中国高等教育即将迎来大发展，教育市场化和扩招政策呼之欲出。在她们家乡那儿，人们还都说，读中专好啊，上三年学，国家包分配，毕业就挣钱，一辈子铁饭碗。这句话是对那些想读高中考大学的人说的，他们还接着说，考大学得先读三年高中，绝大部分人都考不上，就算考上了，毕业了高不成低不就，反而找不到工作。这两句话她听了许多遍，但她自小的愿望就是考大学。她第一天去村里的小学上学，背着母亲用破旧衣服碎片给她缝的花书包，书包带有点儿长，一走路就啪嗒啪嗒拍屁股。她喜欢这种声响，每一声啪嗒里，都有书本纸页摩擦的细微声，一听到这个，她就开心，觉得自己能飞起来。村里的大人看见，都问：秀竹上学去啊？她骄傲地昂起小脑袋：嗯，我要考大学。大人们都笑，觉得一个孩子还真敢想，那时候他们十里八乡只有一个大学生，还是二十年前的。说多了，再加上她确实从一年级开始就始终第一名，人们也不免嘀咕：这小丫头，将来没准真能考上大学。毕竟，多年前那个唯一的大学生就出在她家的院子，那家人搬走了，她父母结婚时没地方住，买了那几间没人要的土坯房。

从小学到初中，她所向披靡，成绩一直保持在班级前三，经常是第一名。等到了初二，班里突然来了几个转校生，听说还是从大城市里来的，因为父母工作的原因，暂时到这里借读一年。那时候，乡镇的初中刚开始普及英语教育，何秀竹他们英语老师就是个中师毕业生，一口英语听起来满是山东腔，读课文像英文版的山东快板。但新来的几个学生，张嘴就是美国音，人家甚至能用小录音机直接听英文歌，边听边唱，还能跳很多高难度的动作。多年后她才反应过来，他们听的是迈克尔·杰克逊，全世界都有名。再一考试，她的排名一下子落到了班级的第五名，她不服气，起早贪黑学习，可最后还是比人家差几分。有那么几次，拿到成绩单，看着那微弱但永远无法拉近的差距，她挺悲哀的，吃得比人家差、穿得比人家差，她都能接受，可成绩比人家差，她心里头不服气。但有什么办法呢？除了更加努力，她什么也做不了。

好在初三下学期不久，这几个人就都走了，何秀竹又回到了班级前三名。期中考试一过，就要报考了，班主任在班会上跟同学们说，班级前三名就俩选择，第一个是考中专，三年毕业，毕业就是国家干部，一辈子不愁。第二个就是考高中，读三年，不一定考得上大学，考上了，不一定能有工作。班级前十名，就看你能不能超常发挥，碰碰运气。剩下的同学，想参加的就考一下，给自己留个念想，不想参加的就别浪费报名费了。

她想都没想，说自己报高中。班主任说，别着急，好好考虑考虑，这么大的事更得跟家里商量一下。

那个周末，她步行二十里回家，肩上背着大书包，包里是一摞卷子和瘪了的干粮袋。此前她每周六下午回来，周日下午返校。返校时带着一口袋母亲蒸的碱面馒头，还有一罐子咸菜，这是她三天的口粮。另外三天用粮票在食堂吃，也主要是馒头和咸菜。

到家时太阳落山了，为了省电，屋里还没亮灯，父亲和母亲正摸黑地在桌旁吃饭。不用看，只听父亲嘴里咀嚼的声音，何秀竹就知道他们吃的又是小米饭就咸萝卜，家里的面，主要给她和弟弟吃。母亲永远把小米饭做得黏黏糊糊，吃到嘴里时吧唧响。好在她特别会腌菜，不管什么蔬菜，只要让母亲细细致致地用水氽了，再给她足够的盐，她就能腌得特别好吃。黄瓜翠绿，萝卜清爽，白菜脆生，芥菜叶子有淡淡草香味。腌黄瓜在全家人的牙齿中咯吱咯吱响着，把黏糊糊的米饭顺利送到胃里去。

秀竹你咋回来了？

母亲看到她，有点吃惊。何秀竹两周没回家了，她说初三下学期，学习任务重，二十里路走来走去太耗时间。前两周，她的干粮和咸菜都是同村的一个同学给捎去的。

饿了吧，快吃饭吧。父亲说着，放下了碗，嘴里仍然是咯吱咯吱声。

我不饿，她说，我还剩一个馒头呢，路上吃了。

弟弟的碗空着，里面剩下不少饭粒，一看就是匆忙吃完，跑出去找伙伴们玩去了。

她知道，不晓得她要回家，母亲只做了三个人的饭，她吃的话，父亲就吃不饱了。

父亲坚持让她吃，她只好接过大半碗黄澄澄的饭，往嘴里缓慢地扒拉。

父亲找出烟口袋，把已经成了沫子的烟叶揉进烟袋锅里，划了火柴点着，吸一口，吐出一股浓烟来。

这样的场景，几乎每一次她回家时都要重复一遍。接下来的台词也永远不变，但是每次说，她都像是第一次那么紧张和窘迫。

又要交啥钱？父亲小心翼翼地说，好像特别怕从她嘴里冒出一个他完全无法承担的数字。

资料费、伙食费、住宿费、报名费……她也小心翼翼地报出名目和数额。虽然她不是他的亲生女儿，可她念书从来没让他们操过心，而且每年都拿回红红黄黄的奖状，有时还有奖品，可每一次跟父亲讨钱时，她依然有种说不出的羞耻感，仿佛她讨这一点儿钱，是要去干什么见不得人的事。她知道这都是因为穷，因为她家的特殊情况。那些有钱人不会理解，穷人仅有的那点儿自尊，并不是针对他们的，而是针对自己最亲近的人。弟弟从来不这样，他每次跟父亲要钱，像是来讨债的债主。爸，学杂费一百三十，你给我一百五十。爸，报名费四十二，凑个整，五十吧。弟弟成绩也很好，所以父亲大多数时候都满足了他，尽管母亲老是念叨不该多给他。她有几次看见弟弟和他的狐朋狗友们，偷偷躲在牛圈里抽烟，而且是有过滤嘴的香烟。父亲这辈子都没抽过几次的。可是她不想去揭穿弟弟，她觉得他能享有这种奢侈的禁忌，是对自己亏欠的平衡。她也想跟有钱的女孩子一样，买漂亮的裙子，抹最贵的雪花膏，甚至打个耳洞，戴上亮莹莹的水晶耳环。但这不可能，所以她愿意让弟弟在一定程度上替自己去实现这奢侈的放纵。她要把眼光放远一点，她知道只要自己考上好大学，找到好工作，这一切都能在后半生慢慢补偿回来。

就五十块钱报名费，她说，我回来是老师让跟家长商量，报考中专还是高中。

拾掇碗筷的母亲停下了手脚，父亲嘴里含着一口烟，半天才吐出来，那些烟雾在他脸上的皱纹里久久不散。他们心里当然清楚，她一门心思考大学，但还是问，你自己咋想的？

她说，我就是想读高中，将来考大学。

母亲重新坐在小板凳上，父亲又使劲儿吸一口烟，但那袋烟已经在他们沉默的空当里燃烧殆尽，他只吸了一嘴的烟油子味。父亲开始在凳子腿儿上磕烟袋，把里面的灰烬磕出来，烟油子味立刻扩散开了。

他放下烟袋，看着何秀竹说，秀竹，咱们家现在是这样。你弟弟出生时住院的钱，从你三爷家借的，还了这么多年，还欠两千。家里有一头牛，种地全靠它，卖了就得喝西北风。地呢，一共十三亩半，十亩山坡地，你也知道，收不了多少粮食，收了也卖不了多少钱。我想出去搞副业，找个工地打工，可你妈一个人家里又忙不过来。我打听过了，读中专没学费，有的学校每个月还有七八十元的补助呢，读高中三年的学费得好几千，还怕考不上，这钱就白花了。你弟弟也初一了，将来让他考高中吧。你是老大，又是女孩子，将来能有个工作，嫁个好人家，也就行了。

这些话，父亲不说她也清楚，她甚至也知道自己最后的选择是什么。但她总要挣扎一下才甘心，这是她注定要溃败的一场战斗，可是她必须放一枪，哪怕只是朝虚空放一枪也行。她嗯了一声，把脸埋在了那只瓷碗里，眼泪落在了黏糊糊的小米饭上，让那坨饭看起来像是糨糊。她不能对眼前这个自己叫作"爸爸"的人要求更多，作为一个重组家庭，他对她甚至超过了很多亲生父亲对自己的儿女。她永远都会记得，七岁那年，母亲带着她第一次走进这个家门时，这个男人往她手里塞他从山上采来的野果子，脸上笑着。野果子红彤彤的，他的脸也笑得红红的，她是个孩子，也能感觉到他的真诚、和善。为了这个家，他真是起早贪黑，像牛一样干活，也像牛一样整日闷着头，他唯一的放松就是抽几袋烟。下午的那些话，是这么多年他跟她说过的最多的话了。她们来了一年后，弟弟出生，他也并没有对自己生分。有几次，她夜里醒来，听见隔壁屋子里的父母还没睡着，在有一句没一句地聊天。母亲说，老何，真是谢谢你呀。父亲说，啥？母亲说，你对秀竹跟亲闺女一样，她是个好命。父亲说，这有什么啊，秀竹是个好孩子，我养了这么多年，就算是养一只小猫小狗，也有感情了，何况是人呢？然后她听见一些窸窸窣窣的声音，她知道他们悄悄地钻到了一个被窝里。她赶紧命令自己睡着，睡着，快睡着，可是却越来越清醒。她只好把头蒙进被子里，再用手捂住耳朵，她并不太清楚父母到底在干吗，但她却知道，那一定是一件不该被其他人听见的事。

第二天一大早，她匆匆赶回学校，还是带着母亲蒸的馒头和咸菜，再就是五十块钱报名费。其实她一夜没睡，她想了很多可能的回旋余地。她想，如果能够从哪里借到钱，自己读完高中，将来再还也行；又想要不要先去打一年工，挣到钱了，再回来读书；如果有人给她留住读大学的机会，她能为他做任何事，不打折扣的任何事。太阳光从窗帘缝里照射进来，她知道第二天到底是来了。天还黑着的时候，父亲和母亲就起床，他们轻手轻脚。父亲说，让她多睡会儿，等下还得走几十里路。他们走出屋子。她躺在床上，脑海里被父亲和母亲的身影充满：父亲在给那头牛添最后一遍草料，饮水；母亲烧火，和面，蒸馒头。闻到蒸锅里散出来的面香味，她终于不再去幻想读高中的事儿了，她清楚，自己此刻的命运，就像蒸锅里的馒头，已不再可能变成其他形状。

她报考了中专，那是九十年代中期最后几批中专生了。考试发挥正常，成绩出来后不久，她被离家几百公里的北方矿业专科学校录取。收到通知书时，全家人都很兴奋，她虽然因为没能读高中、上大学而遗憾，但自己十几年的书毕竟没白读，心中也是感到安慰。父亲想请亲戚朋友吃饭庆祝，被她拒绝了，她怕人家说她们是为了份子钱。她对村里的人，没有什么深切的情感，不管是亲戚还是邻居，就像她上学第一天就笃定自己将来要考大学一样，她也很早就知道自己肯定要离开这个地方。十六年来，她在此生活，可每天想的都是其他地方，现在，那张离开的车票拿到手了，她又怎么能在这里欠下一河滩的人情？

可是最后，父亲还是经不住亲朋们的询问，你养了这么多年的外姓女儿，就不能让你风光一回？父亲心里不甘，只是不愿意强迫她，想算了，却是母亲觉得应该办一场，也让人们知道，何秀竹是懂得感恩的。似乎就是这次请客之后，她和父亲的养父女关系，在村人眼里才变成了真正的父女。父亲端着烟袋逡巡在村子的广场上,人们常常会问,老何,你家姑娘考的啥学校?是一个啥矿业学校,通知上说了,三年毕业,将来包分配的。离村子一百多里的地方,有一座金矿,是整个县里最有钱的地方。人们对所有矿业的想象,都是从那里来的。何秀竹的一个表哥就在这个矿上,做最底层的矿工,每个月都能有五百多的收入,过年过节回来走亲戚,总是给大人发过滤嘴香烟,给孩子们一大把水果糖。何秀竹去读矿业学校,那将来肯定不是下井工人,是坐办公室的,噼里啪啦打着算盘,稀里哗啦看着报纸,每个月还发洗衣粉、卫生纸,过年过节发大桶的植物油、鸡蛋。将来呢,再找一个矿上的老公,双职工家庭,那得是啥生活啊?从这些想象和村里人七嘴八舌的假设中,老何得到了一种满足,连从肺部咳出来的烟雾都多了一种清凉之感,他几十年弯曲的颈背,也稍微挺直了些。

她坐在村后的谷子地里,那些大穗的谷子正从青转黄,她握着她们,沉甸甸的,心里说不上喜悦,也说不上伤感。她觉得自己完成了一个大任务,不满意,但能接受。就像这满地的庄稼,长得这么好,可从小的生活早就教会了她,几亩地的谷子,也换不来一台电视机,换不来一辆三轮车。粮食这东西,没有的时候,命一样金贵,够吃的时候,就不值钱。

但这毕竟是她生活里的一个秋天,她还是会憧憬读书生活和读书后的工作。她想无论如何,自己算是从泥土里,把扎得最深的那条根拔了出来。最大的概率是,她会成为某座矿的一个正式职工,有能每天洗澡的宿舍,有工资奖金,如果努力并且运气好的话,她还可能是在矿务局坐办公室的那种。花花绿绿的裙子、香喷喷的雪花膏、打着蝴蝶结的发卡都在向她招手。只是不是现在,现在她唯一可以马上实现的就是打两个耳洞。这个本来也不急切,有了耳洞她也没什么可戴的。但是那天,母亲悄悄把她叫到里屋,递给她一个灰色的小木盒。她打开一看,里面竟然是一对翡翠耳坠。因为年深日久,翡翠有些暗淡了,可那深沉的绿色里,仍然闪着它的价值。何秀竹惊喜不已。

母亲说,这是她姥姥给她的,也就是何秀竹的太姥姥。太姥姥家里当年是个不大不小的地主,有不少珍贵首饰,"文革"的时候破"四旧",绝大多数都毁掉了。太姥姥冒着危险,偷偷给每个子女留了一件小首饰。这件东西,母亲本来是想留给弟弟将来的儿媳妇的,但因为何秀竹放弃高中读中专,她总觉得对不起她,就瞒着父亲、弟弟,给了她。

有了它,她再也等不及去打耳洞了。有钱的话,可以去镇上的理发店,有专门打耳洞的项目,一个耳洞十块,两个就是二十。但村里人都不会花这个钱,她们有自己的办法。从赤脚医生那里借一点儿酒精,用棉花蘸了给耳垂消消毒,把缝衣针在烛火上烤到发红。再从米缸里找两粒米,放在耳垂的两边不停地揉搓,米粒会把耳垂部分皮肤和肌体变薄,而且由于持续的揉搓,这一块会因为失血而感到麻木。这时,再用最快的速度把烧红的缝衣针穿过耳垂,轻微的灼痛中,一个耳洞就成了。为了让耳洞不因血肉愈合而封闭,她们会找一根细细的小笤帚棍或小树枝穿进去,直到这个细小的耳洞真正形成。当然有失败的,有的是伤口发炎,不得不去医院里打针输液,还有的就是几天后耳洞长死了,把那根小棍裹进了肉里,就只能再撕心裂肺地生生拔出来,也还是要去医院。

她很幸运,除了伤口处稍微有点炎症发红,没出现其他情况。一周后,她的两个耳洞已经可以戴耳坠了。在镇子的长途汽车站,开往学校所在小城的长途车发车后,她从背包的最底层找出那对翡翠耳环,戴在了耳朵上,那种轻微的下坠感,让她获得了特殊的满足。从此之后,她何秀竹再也不是一个单纯的农村女孩,她是一个中专生了,一个戴着翡翠耳坠的中专生。

3

何秀竹又做梦了。

在梦里,她跟镜子里的自己说话,她说什么,镜中人就说什么,像一个重复机器人。时间久了,何秀竹忍不住发怒大喊,镜中人竟然燃烧起来,烈火中发出咯咯咯鸡叫一样的笑声。何秀竹颤抖着醒来,身边的马勋迷迷糊糊中知道她又做噩梦了,只是握了握她的手,翻个身继续睡去。他已经习惯了。

第一次做这个梦是什么时候?就是跟马勋确定关系那年。研究生二年级,有同学组织大家去五台山徒步加露营,他俩都报了名。两个人同级不同系,有几门公共课一起上,彼此都脸熟,但没怎么说过话。谈恋爱之后,他们细细回想,似乎有几次课堂上挨着坐过,马勋还借过何秀竹的笔,但交往也仅限于课堂。那时他们都没想过，两个人后来会成为一家人。

一路上山很顺利，到了五台山的大殿上，正赶上僧人做法事，不知道是在超度什么人还是常规法事。阵仗不大，但看起来严肃规整。一个僧人在香炉前，一边焚烧用黄纸写的祭文，一边大声念着经。看了这一幕，何秀竹突然脸色发白，双腿虚软，就在即将瘫坐在地的一刹那，一双手扶住了她。是她旁边的马勋。

你怎么了？马勋问。

没事，她说，可能是有点低血糖，虚脱，歇一会儿就好了。

他扶着她到旁边的台阶坐下，把水壶递给她。

她喝了两口水，说，我没事了，你去看吧。

马勋恍然大悟般说，我知道了，你肯定是身体……明白，我给你弄点儿热水去。

几分钟后，马勋不知从何处弄来半杯热水，兑在她的水壶里，水变得温热而不烫。她猛喝了几口，感觉好了些。何秀竹知道马勋是以为她大姨妈来了，她也不去说破，自己之所以如此，是猛然间想起了她最不愿意想的事。

考研那两年，她租不起北京的房子，只能躲在老家复习功课。父母不理解，既然拿到了同等学力的本科文凭，完全可以在县城里找个工作养活自己，干吗还非要考研？就算读了研究生，毕业后也不是一样找工作吗？而且，那会儿因为多年的扩招政策，研究生的工作比本科生还难找。何秀竹跟父母吵了一架，说当年要不是他们逼着她读中专，自己也不用绕这么远的弯路了。吵完了，她又心虚、愧疚，考中专说到底还是自己的决定，父母并没有真的"逼她"，是她自己逼自己。后来，父母知道打消不了她的想法，就想着换个方式，催她找对象结婚。他们三番五次地给她介绍镇子上的小伙子，创造机会让她和他们相中的人见面。为了能继续留在家里复习，何秀竹每一次都去配合演出，但一见面就告诉对方，她是不会结婚的，来这儿只是为了让家人放心。时间一久，家里人反而更担心了，因为在县城开修理铺的弟弟回来告诉父母，他有一个同学离家出走了，原因是，她是同性恋，跟父母坦白了自己的性取向，父母接受不了，她无奈之下离家出走，至今下落不明。

她对弟弟十分失望。她当时读中专的另一个想法,就是觉得将来弟弟会读高中,然后上大学,替自己完成这个梦想。可弟弟到了高中之后,跟镇上的一群同学混在一起,整天看录像、打台球,根本无心学习。他最后连高考都没参加,毕业了就在镇子上开了个摩托车维修部,勉强混口饭吃,对象谈了两三个,最后都没成。弟弟有意无意地说,她不结婚,他就谈不成对象。

弟弟本来当闲谈说起,不想听者有意,母亲私下里问弟弟,同性恋是啥样?弟弟说,没什么,看着跟其他人一样,就是男的不喜欢女的喜欢男的,女的不喜欢男的喜欢女的。她妈听了,捂住了胸口。他们不敢跟她当面提这个事,但是私下开小会,越说越觉得她像同性恋,想着该怎么办。

打听来打听去,终于从一个亲戚那里听到一个办法。在当地,流传着一个叫泰山奶奶的神灵,可以帮人免除灾祸。人们还说,可以去泰山奶奶那里换人,用一个新的人把旧的人换走,这样原来那些问题就都没有了。这些事,何秀竹一直被蒙在鼓里。

端午节刚过,天气开始热起来。何秀竹正在院子里的树下背单词,一阵咯咯咯的鸡鸣推开了院门,父亲拎着一只芦花母鸡走进来。母亲听见鸡叫,急匆匆自里屋奔出,瞧见父亲说,回来了?问准了没啊,是不是头窝鸡蛋孵出来的老母鸡,还有蛋茬开了吧?

问了,父亲说,她二娘说这只老母鸡她记得最清楚,前年夏天孵出来的,头窝鸡蛋,刚入伏就出窝了。昨天开的蛋茬,这不是第一个蛋刚下出来,还热乎着。父亲另一只手里是一个白白的鸡蛋。

抓鸡干吗?要来客人?咱们家不是有鸡吗?她合上书问。

父亲看了她一眼,又看母亲,欲言又止,努努嘴,让母亲说。

母亲把手在围裙上搓了搓,说,秀竹啊,我跟你爸商量了,想去泰山奶奶那里给你换个人。

她的头嗡的一下,眼前恍惚,她听说过这种事。还是她小时候,村里有一个酒鬼,每天都喝得醉醺醺,躺倒在马路上,狗撒一身尿都醒不过来。后来,他家里人就带他去泰山奶奶那里换了一个人,回来后,他滴酒不沾,性情大变,整个人都木木的,很少说话。她记得很清楚,换人之前,不喝酒的时候,他很会说快板讲笑话,很得小孩子们的欢迎。换了人之后,他只会直愣愣盯着人看,看得人心里发毛。何秀竹生出一种隐隐的恐惧,读书这么多年,她当然不相信什么换了人的说法,可童年时村人大变样的事实和各种传说,还是让她不由自主地感到害怕。

我不去,她说,我好好的,干吗要去换个人。

父亲走上前,瞪着她,你必须去。你要不去,我绑也把你绑去。父亲很少如此决绝地跟她说话,她第一次觉得,这个男人的隐忍里藏着些坚硬的东西。

那只鸡被父亲拎着翅膀,两只爪子在空中弹抓着,但是毫无所获。豆子大的眼睛,警觉而绝望地看着何秀竹,她发现鸡的眼睛竟然这么亮、这么黑,像两颗珠子。小时候家里杀鸡,她总是跟弟弟抢着吃鸡眼睛,据说吃了这个,就不会得近视眼,看书过目不忘。煮熟的鸡眼睛是灰白色的,其实不好吃,像是面粉做的小豌豆。现在,她觉得自己吃过的所有鸡眼睛都变成了黑色,一颗颗密密麻麻挤在一起看着她。

她发出了一声尖叫,但是脚没有动,不知为什么,她觉得自己双腿没有知觉,不听使唤了。她一动也动不了。

母亲走过来说,秀竹,这只鸡就是你的替身妹妹,你得给她起个名字。

我不要,我不要替身妹妹,我就要我自己。她喏喏地嘟囔着。

做好这件事,我们就不再拦着你复读考研了。父亲说。

何秀竹听了心里一动,她知道自己在家的这段时间,他们也承受着压力。

好,你们说话算话。何秀竹说。

她给这只鸡起名何翠竹。

下午的时候,何秀竹遵从母亲的嘱咐,换了一身素净的衣服,跟着她去了村东的元君庙。这里供奉着泰山奶奶,全称天仙玉女泰山碧霞元君。小时候,每逢年节或泰山奶奶的诞辰日,她们就到这庙里来玩,看大人们烧香磕头,祈祷平安。何秀竹从未想过,自己有一天会跟她发生这么复杂的联系。

跟她们一起来的,还有那只老母鸡——何翠竹。这一会儿,"何翠竹"被关在藤条扎的笼子里,依然瞪着黑亮的眼睛,不时叫两声,咯咯,咯咯。它不知道自己成了一个女人的替身。

父亲母亲都在泰山奶奶像前跪下，让何秀竹也跪下，磕头上香。父亲起身，把何翠竹捉出来，另一只手里多了一把刀。他把"何翠竹"按在地上时，何秀竹也浑身哆嗦，尽管她知道那只是一只鸡，从小到大，她不知道看见过多少次父亲杀鸡了。可这一会儿，何秀竹突然有点担心那只鸡真的是自己的替身妹妹，是一个有着魂魄的人。但是她说不出话，也动不了，眼看着父亲手起刀落，剁掉了鸡头，一股黑色的血从鸡脖子的断口处喷涌而出，溅在她的白鞋子上。"何翠竹"的两只黑爪子，仍然在弹抓着，很快彻底伸直了。父亲放下"何翠竹"，从兜里掏出一张写满字的黄表纸来，开始念，念完掏出火柴，把纸烧了。他的声音出奇的大，像变了一个人，从此之后，这个场景就扎根在她头脑里了。

回到家，母亲把整只鸡用铁锅煮了，除了一点儿盐，没放任何其他调料。"何翠竹"被一只大瓷碗端上桌子，摆在何秀竹的面前。

吃了它，母亲说，一点儿都别剩，全吃了。

鸡肉虽不太老，但炖得时间不长，而且因为没有放佐料，有一种鸡毛水般的腥味。何秀竹硬着头皮撕咬那只鸡，撕咬着已经被煮熟的"何翠竹"。母亲说，吃完了，她就能是一个全新的人了，那个有着某些说不清的毛病的何秀竹，会跟着死去的"何翠竹"一样消失。

这件事，除了家里人，何秀竹再没让任何人知晓过。吃了那只鸡之后，她状态一直不太好，神情恍惚，导致那一年考试英语发挥失常。拿到成绩时，何秀竹才仿佛被泼了冷水一样清醒过来：神仙也靠不住，她最后能靠的还是自己个儿。何秀竹打算再复习一年，这一回，她心态平和，埋头苦干不问前程，终于考上了矿大的研究生。她读研时回想起来，有时候会觉得那一次换人确实有用。当然，她并不是说自己变了一个人，而是通过那次事件和它的后果，她确实放下了某些东西，重新认识了自己，有一些后来成为她性格里最核心的元素，就是在那段时间，一点点地从她身体里生根发芽的。

只是那只鸡被剁掉头的样子，元君庙里香火缭绕的阴暗氛围，那种燃烧的黄表纸和香烛的味道，父亲变了调儿的声音，一直深深地潜伏在她的无意识之中。此后的很多年，她不进任何庙宇，不关心任何佛事，当然更不吃鸡肉。她以为这一切只要埋得够深够久，就能被生活本身降解，至少不会再次出现。这一次徒步五台山，出发前何秀竹心里有过犹豫，但最终还是决定要去。她觉得自己已经今非昔比了，想看看给这段记忆打造的笼子是不是足够坚韧。

按照行程，他们并没有在山上停留，而是连夜下山。走到半路，天降大雨，山路湿滑，有几个背包落到了悬崖之下。他们无奈找了一处可以遮风避雨的山洞，燃起一堆火过夜。有几顶帐篷遗落了，他们几个人只能挤在最大的一个帐篷里，好在帐篷够大，能装下他们瑟瑟的身体。

夜里雨停了，竟有猫头鹰的叫声从不远处传来。或许是这叫声进入了已经睡着的何秀竹的耳朵，把她层层叠叠藏起的记忆唤醒，于是她看见镜子、镜子里的另一个自己和燃烧的火焰，听见了黑眼珠发出的咯咯声。那是何翠竹，一个长着鸡脑袋的人，重复着她说的每一句话和所有的动作，她本来就是她的替身嘛。何翠竹问她，何秀竹，这么多年，你过得怎样了？你还记得我吗？我是你的替身妹妹何翠竹啊。你想干什么？她颤抖着问何翠竹。我什么也不干，何翠竹说，我就是想你了，想看看你过得怎么样。你过得很好啊，可是我在受苦，我在替你受苦，你知道吗？何翠竹说这话，就燃烧起来，她的眼珠越变越小，越变越黑。

何秀竹从噩梦中惊醒，发现自己的手被旁边伸过来的一只手握着，是马勋。他们之间隔着一堆背包。两个人都醒了，透过帐篷的缝隙，他们能看见山洞外雨后的天空湛蓝无比。彻底的雨过天晴，晨雾和光亮达成完美的和谐。看了看手机，是凌晨五点钟，太阳就要升起了，因为是在山上，有一线金色的阳光已经穿云过雾而来。

做噩梦了吧？要不出去走一下？马勋小声说。

何秀竹点点头，她不敢再睡，也不可能睡着了。

他们坐在一块大石头上，晨曦渐渐显露，她第一次知道，阳光并不是突然而来的。其实从很早很早的时候，它们就在来往身边的路途上，这一路遥远而漫长，要经过许许多多的星星和虚无，要穿过厚厚的云层，要从海岸和山脉越过，才照到人们的脸上。让人感到高兴的是，尽管走了这么远的路，第一缕光仍然是明亮而欢快的，她的心也渐渐浮出回忆和噩梦的水面。马勋的手再次悄悄伸了过来，握住她的手，她没有动。何秀竹能感觉到，他的手虽然瘦，但有一种淡淡的温暖和坚定。她转头看马勋，马勋则仍在看那颗刚刚露出光芒的边缘的太阳。突然有钟声从远处的庙宇中传来，声音空旷悠远，和光一样并没有疲惫之态。他们就这样恋爱了。

　　从梦里醒来，何秀竹看见马勋已经起床，厨房里有动静，他应该是在做早餐。自从孩子上小学后，马勋就每天起来做早餐，然后再去上班。他有做饭的天赋，很多东西，在馆子吃过，回家琢磨琢磨就能做出来，味道一点儿不差。刚结婚那会儿，她就被他的手艺给拴住了，怀孕的时候更是，他还自己做了一本菜谱，打印出来足足有几百页厚。生完多多，何秀竹体重达到一百四十斤。马勋倒是没有嫌弃她胖了，但是她自己接受不了这件事。以前的衣服都穿不了，她天天感慨，马勋就说，咱们再买新的呗。她说，我叫啥名？马勋愣一下说，胖又不影响脑子，自己啥名还能忘了，何秀竹啊。她就说，那你说，有我这么粗的秀竹吗？就算为了配得上这个名字，我也得把这身肉减下去。

　　她真是一个说到做到的人，因为她现在很信奉网上的那句话：你如果连自己的体重都控制不了，怎么还能幻想着控制自己的人生？多少年来，她早已经习惯了以一种战斗的姿态面对所有事，不管是文斗还是武斗，不管是公开斗还是暗地斗，不管是跟别人斗还是跟自己斗，战斗，取得胜利，或者撤退等着将来取得胜利，就是她多年来唯一遵循的逻辑。那么，这身肥肉就是她的敌人，从孩子百天开始，她就坚持走路上班。从家到单位，大概有五公里，她要走一个小时左右，为了实现这一点，她需要比坐公交早起半个小时。对她来说，压缩时间，也就是压缩肉体。

　　看看手机，已经六点半了，何秀竹得起来战斗了。

　　前天下午，马勋带着多多在小区附近的球场打球，上篮时碰倒了一个老大爷，结果被老大爷给讹上了。老头躺在医院里不出来，张口就要二十万。马勋一直自责，觉得确实是自己的责任，但何秀竹去医院看他时发现了破绽。那是个小医院，医生跟老头一家人都很熟，他们说话时，何秀竹听到了一句"这次待几天"，老头说"看情况"。她早就听说，现在碰瓷的人可不只是在路上，有很多老人在公园或球场上碰瓷。何秀竹今天得去几个地方，老头的小区、篮球场、医院，好好调查一下他。马勋对这件事懊恼不已，但对何秀竹来说，这不是什么大事，只要让她找到证据——她相信她一定能找到证据，事情很好办，她甚至还能反过来起诉他诈骗。一想到这里，何秀竹心里生出一些兴奋感，她喜欢这种状态。

4

二十世纪九十年代中期，是北方矿业专科学校几十年辉煌历程的最后光芒。这所身处东北小城的专科学校，在七八十年代曾经很红火，据说当时国家的好几个大矿，都是这里的毕业生发现的，其中的一个老教授，还成了院士。那些年，它录取了很多优秀的中专生，但进入到九十年代，随着综合性大学的发展，随着高校的市场化，随着整个国家产业的大升级，它也跟很多中等专科学校一样，走过了自己最好的时期。

这些情况，是她到了学校之后才慢慢了解到的。

从老家的镇子，到北方矿业专科学校所在的小城，有一辆长途汽车。每天下午五点发车，第二天清晨五点左右到，路上会休息一个小时。她独自一人，拎着自己的行李和五百块钱，踏上了上学路。可能是因为远行的紧张，也可能是她从未坐过封闭的长途客车，车刚一启动她就开始晕车，头晕目眩，恶心，但是什么也吐不出来，只能干呕。她靠拼命喝水来压制自己的不适，脸色很快就变得蜡黄。过了几个小时，等感觉终于舒服点时，又开始尿急，但汽车行驶在高速路上，还不到服务区，显然不可能停车，只好忍着。她第一次发现憋尿竟然是这么痛苦的事。

车窗外黑漆漆一片，只有偶尔对面来车时车灯一闪而过。她不知道自己离家多远了，在陌生的黑夜中，她心里有种如释重负的失落感，未来虽然不如期许，但未来毕竟来了，又轻松又伤感，又激动又彷徨。

九月份的东北，清晨已经有了很深的凉意。汽车停在一个半旧半新的车站，地上铺的砖大部分已经被车轮轧碎，坑坑洼洼。一些老房子，墙上贴的瓷砖已经破败，刚刚盖起来的两层小楼，瓷砖还没贴上去，通体是水泥灰。走下车门的一刻，她被凉风吹得打了个哆嗦，那种凉好像是融化成空气的冰棍，带着一丝丝微甜的气息，一直从口腔顺着呼吸到了肺泡里。她跺了跺发麻的双脚，搓了搓手，抬头见东方露出金色的光晕，但太阳还没有升起，朝霞仍被薄薄厚厚的云彩挡着，天空如此冷艳、清冽。

　　这是平原，和她之前所在的山区不同，使劲看去，能看到很远很远处模糊的村庄。黑色的土地上升起的淡淡的雾气，氤氲中，小城里早起的清洁工、卖早点的人，已经开始了一天的劳作。乘客都走光，长途车也停车进站，只有她还站在马路边上。一个清洁工的扫帚，哗啦哗啦地从她脚边扫过，丝毫不管飞扬的尘土落在她放在地上的背包上。

　　太阳嗖的一下，从黑色的大地下跃上空中，阳光把一切都照拂到了。也照在了她身上，只是同时给了她一个长而模糊的影子。这一刻，她有点儿想家。

　　报到后，她才发现这里并没有比老家的镇子繁华多少，虽然不繁华的镇子她也没去过几次，但她知道那里有十几栋四五层高的楼房，还有就是街边每隔十几米就有一个小商店、小吃店。镇上的女孩子，骑的都是女士自行车，不像她们村里，不管什么人，骑的都是那种高大的二八式自行车，因为结实牢靠，方便载人和各种东西。

　　她不太清楚从车站到学校该怎么坐公交车，而且这个点公交车还没发车，于是拎着行李去一家刚刚打开门脸，还没把眼角的眼屎擦干净的包子铺老板那里问。

　　老板把眼屎揩下来，看了看，仿佛那里面藏着他什么时候遗忘的一枚硬币，又用中指弹到了门玻璃上，然后顺着中指的方向说，沿着这条路往西走，看见一个红绿灯，左拐，再走十分钟就到了。

　　她谢过了包子铺老板，步行去学校。路上，她遇见一个同样背着行李的男孩，他走在路左边，她走在路右边。他看见她，仿佛特别吃惊。一开始，她以为并不同路，但是红绿灯左拐之后，他们仍然走在同一条路上。他不断地看她，她被看得心里有些害怕。等两人都站在了北方矿业专科学校的牌子下，还是何秀竹先开口，你，也是来学校报到的？男孩点点头，她才略微放心了。男孩说，你什么专业？她说，通知书上写的是焊接技术与自动化。我是测绘专业，二年级了，男孩说，能……告诉我名字吗？

　　哦，我叫何秀竹。听他说是师兄，她放下了戒备。

　　我叫肖扬。

太早了，报到工作还没开始，肖扬把她领进一间教室，让她先休息会儿。教室里已经坐了十几个人，有男有女，都在抱着一只碗喝豆浆。学校食堂给提供了一大桶热豆浆，还有酸菜馅包子。她打了一碗豆浆，拿了两个包子，坐在一张空课桌旁吃起来。肖扬走出教室时，又认真地看了看她。

宿舍是八人间，四张铁架子床，靠窗有一张桌子，桌上的黄漆早已大部分剥落，露出牛皮癣一样的木质纹理。还不是木质，是那些菜汤、茶水、汗液等所有人类生活留下的痕迹。屋子里有一股霉味，因为在她们入住之前，为了防止夏季雨水倒灌，已经两个月没开窗户了。甫一进门，她还以为进了老家冬天储藏土豆和白菜的地窖，那种微微的发霉气息袭击着她的鼻翼，让她接连打了十几个喷嚏。她是第一个到的，坐在满是灰尘的木板床上发了好一会儿愣，一抬头看见了靠窗的上铺栏杆上，贴着自己的名字——何秀竹。

但是到了晚上，所有人都到齐了，花花绿绿的被子褥子铺好，红红绿绿的暖壶脸盆摆满屋地，叽叽喳喳口音各异的话飘在空中，这间宿舍和这所学校就一瞬间活了过来。这些刚刚认识的朋友，分享着各自从老家带来的土特产，略带羞涩但是热烈地相约一起去食堂吃饭，很快就熟络起来。到了食堂，她一下发现自己尴尬了，别人都拿了饭盒，就她没有。原来当时和录取通知书一起的，还有一张入学须知，上面介绍了入学的各种注意事项，她看得匆忙，没注意到学校食堂不提供餐具，需要自备。好在她还算机灵，看见食堂里免费汤那里摆满了空碗，这是给喝汤的同学准备的，她走过去，拿了两只，到窗口买了一个馒头，一碗白菜炖豆腐。这里还是用饭票菜票，五百块钱交了一些学杂费，买了脸盆暖瓶，所剩不多了，餐饮补助要等一个月之后才发，她就买了一百块钱菜票、五十块钱米票，要靠它们撑一个月。

学校的生活新鲜而刻板，她按时上课下课做作业，按时起床睡觉进操作间，很快就适应了。一切都成了按部就班，唯一的意外是，半年后，她的身体开始疯狂地发育。读初中时，因为伙食差，也因为学习累，她一直瘦瘦小小，面色土灰。到了中专后，每个月都有伙食补助，不但能吃饱，甚至还可以隔三岔五改善一下，营养上来了。再加上，她热衷参加各种体育活动，排球队、篮球队、长跑，她都报名，她骨子里喜欢那种竞争的感觉，但从小而来的自卑感又让她不太善于去出头露面，不敢去竞选学生会或者社团干部，所以这些体育项目成了竞争的最好方式。特别是排球，她灵活敏捷，打自由人位置，一度成了校队的替补队员。到二年级开学的时候，她的身高已经蹿到了一米六，体重达到了一百斤，更关键的是，她的乳房不再是瘪瘪的了，而是像打足了气的排球一样鼓胀起来。还有她的臀部，穿瘦一点的裤子，就会非常翘。为了不让自己的乳房在略显瘦小的衣服包裹下过于坚挺，她不得不买小号的乳罩，好把它们收住。这常常造成她胸闷憋气，而她又经常运动，打完一场球或跑完三千米之后，她就要跑进厕所的隔间里，抻着胳膊解开身后的内衣扣子，那对乳房会火山喷发一样喷涌出来。她大口大口地喘一会儿气，享受着身体放松的快感，等快上课或快回宿舍时，再重新把扣子扣上。时间久了，她的心脏承受了不该有的压力，以致在二年级下学期发生了一次骤停，被同学抬到校医院去做心电图。心律不齐，医生严肃地告诉她，如果再不注意，她的心脏会出大问题。她吓得够呛，在那儿之后，她忽然想开了，不再束缚自己的身体，敞开了它们去生长，去放松。真是奇怪，小心翼翼裹着的时候，她的乳房、她的臀部，都在拼命地扩张，可放开了，它们反而消停了，变得越来越紧致。

她开始明白，身体有它自己的心思，你无法左右它。该它长的时候，什么力量也阻止不了，该它美的时候，什么衣服也遮挡不住。既然阻止不了遮挡不住，那不如就尽情地去展示。这一年，她已满十七岁，在伙伴们的熏陶下，开始渐渐懂得了美，也明白了自己作为一个少女，跟男性之间、跟女性的其他年龄段之间的巨大差异。当然，就在发现自己身体的一瞬间，她也发现了自己和同宿舍同学的很多不同，她们的胸罩和内裤是蕾丝花边的，而她的是棉线的；她们的裙子露着光洁的肩膀和锁骨，甚至能看到乳房的轮廓，裙摆至少都是膝盖往上，而她仅有的两条裙子都是有袖的，长到脚踝，颜色单调；她们的头发烫了各种卷，有的还染了颜色，而她永远用一根胶皮筋扎着马尾辫。更重要的是，她发现她们都谈了男朋友。

她下铺的胡杏儿，已经分手三个男朋友了。现在，她又看上了班里的同学孙君。据说，孙君的爸爸是当地一个矿务局的副局长，他毕业就直接进矿务局，两年副科，三年正科，将来甚至可能是处级。胡杏儿常常在宿舍里摆弄着一件大衣，说是貂皮的，上一个男朋友送给她的，分手时想要回去，她没有给。她跟那个数控技术专业的师兄说，你前前后后亲了我五百四十七次，一次一块钱也要五百多，我留一件衣服是应该的。还是十月天，虽然身处北方，天气只是凉，还没那么冷，但胡杏儿也会穿着去上课。教室里人多，通风也差，胡杏儿很快就会一身大汗，然后散发出一种动物皮毛的臭味。胡杏儿骄傲地说，貂皮太保暖了，都是这种味。旁边的人也就信了，毕竟大家都没见过真正的貂皮。

熄灯后，她躺在床上，脑海里闪现过班级里的男孩子，甚至隔壁班的男生或师兄师弟们的身影。他们都不令她动心。真奇怪，其中有几个长得很好，高而白净，很像那个年代电视剧里的英俊少年，但完全激不起她的爱意。若干年后，当何秀竹只能通过爱意来勉强说服自己接受丈夫的性需求的时候，她会想起这些年月，也才会在生命的对比中明白，这些男生激不起的不是爱意，而是性的冲动。他们的身体，哪怕是赤裸着站在她面前，她也只能感觉到某种羞耻和尴尬，不是欲望。只有那些强壮勇武，并且眼神中带着坚毅神情的人，才会让她心动。比如，那个教田野调查课的老师。他已经四十岁了，听说当年曾是地质大学的高才生，研究生毕业后留校，但因为一件见不得人的事件被告发，不得已到了这个专科学校来任教。老天仿佛是故意的，他也姓何，学生们都叫他何教授。

她和同学们许多次看见何教授游荡在学校的体育场，他的身体可以在单杠、双杠上翻滚，即使隔着衣服，你也能感觉到那些肌肉绷紧的形状。特别是夏天，男生们大都穿着白色或蓝色的条背心，下身是运动短裤，露出的肌肉让被遮掩的部分变得充满神秘性和想象空间。这种想象让她的脑海里迸发电焊操作时的绚烂火花，仿佛真有一只电焊枪在点击她的心，让每一次绚丽都留下一个伤疤。女同学们窃窃私语，说何教授当年一定是因为不正经被下放的。为什么呢，因为大家看到他的身体，就是想跟他不正经啊。可是这个何教授，永远面色严峻，从来不对任何人笑。他上课的时候，写一手板板正正的板书，每行字都直得能当尺子，每个字的大小都完全一样。他给他们画田野调查的地形图，从来不用辅助工具，总是随手就成，要山是山，要水有水。她被他的身体和冷酷所吸引，觉得他心里蕴藏着巨大的不为人知的故事,这个故事的真相可能会震惊世人。只是,她从未单独跟他说过一句话。有时候,他们会在运动场上碰见,他旁若无人地在器械上锻炼,而她的排球打得大多心猿意马,偷偷瞄着他的身影,接连被对手扣过来的球砸中。有人会大喊,何秀竹,你魂儿哪儿去啦。她想,也许他知道自己在偷看,但是不揭穿,也毫不在意。

　　她真正的朋友是肖扬,那个报到时碰到的师兄。他是学生会的副主席,但在这个小学校,学生会也没什么权力,副主席也不是什么响亮的名头。肖扬只不过是组织各级的学生办一些活动,组织各种技能大赛,或者邀请一些校外老师来讲座。他们第二次遇见是食堂里。那个月,因为大姨妈来得凶猛,她买的卫生巾不够了,有一天就用卫生纸解决,但是卫生纸不卫生,导致身体发炎。她又跑到医院去看病,买消炎药,把零花钱一下子花完了。补助还没发下来,她好几天都是打了少而素的饭菜,不好意思跟舍友们一起坐。她们熟络之后不久,就经常一起吃饭,把所有的菜都摆在桌上,每个人都能尝到不一样的菜品。

　　她坐在角落里,他直接坐到了她的对面,还把一个鸡腿夹给她。她感到羞愧,甚至是有点儿受到了侮辱,赶紧给他夹回去。两人的推让之中,那个鸡腿掉在了地上,然后被一个路过的同学踩了一脚。鸡腿惨不忍睹,那个同学也摔了个跟头。肖扬似乎知道她生活的窘迫,学校里有勤工助学的机会,主要是在食堂帮厨或清扫校园,他总是给她留一个名额。她不想接受这无端的好意,可又需要那点儿钱来补贴自己慢慢增长的日常开销,所以每一次都是在纠结之后去了。只要有空,他会帮她一起干,削土豆、择菜,清理落叶和大风刮来的杂物。

　　不久之后,同学们都发现肖扬对她的关心,已经超出了一个师兄对师妹的关心,当然就顺理成章地猜测他喜欢她。她也这么觉得。只是肖扬始终没有表白,也就让她没有拒绝的机会,她总不能主动去问吧。她感念肖扬的所有帮助,对她有别人没有的亲切感,可这不是男女之间的喜欢。

　　有一次,拿到补贴,她提出请肖扬吃饭。肖扬答应了。两个人约在校外的小饭馆里,她点了鸡肉和蔬菜,还有一小瓶二锅头。肖扬进来,看见了酒,说,你会喝酒?她摇摇头说,不会,我给你点的。她知道肖扬喝酒,甚至有点爱喝酒,有好几次,她看见他摇晃着从校外回来,神情伤心落寞。

他失恋了吗？但是也没有看见他有女朋友啊，更何况他生活里接触最多的女生就是她，所有人都传言他在追求她。难道是因为她？

　　肖扬倒了一杯酒，说，女孩子不喝酒好。他自己喝起来，一口菜都没有吃。她给他夹鸡腿，他又给她夹回来，她再夹给他，说，吃吧，要不又掉了。他们想起了那个被踩得惨不忍睹的鸡腿，笑了起来。他把那瓶酒喝完，已经醉了。这时候，她觉得自己可以问出那句话了。但是，没有等她问，肖扬自己讲起了这件事。

　　肖扬说，小竹，你……你知道吗，你长得特别像我妹妹。

　　何秀竹心想，这是什么话？要用这么老套的话来追求我或者做什么吗？

　　肖扬说，真的。他拿出钱包，打开，里面有一张旧照片，照片上的女孩子真的有点像何秀竹。

　　她吃了一惊，说，你妹妹？

　　肖扬点点头，双胞胎妹妹。

　　那这个孩子呢？你们的弟弟？

　　照片上的女孩子，怀里抱着一个一岁多的婴儿。

　　不，他痛苦地摇摇头，说，是我的外甥，我妹妹的孩子。

　　她惊讶得张大了嘴巴。

　　肖扬告诉她，几年前，他在镇子上读初中，有一次夜里，妹妹去给他送吃的，回去的路上被同村的一个年轻人强奸了，还怀了孕。那个坏小子是他小学的同学，那天晚上，他跟一群小混混在镇子上的录像厅看了黄色录像，回去的路上碰见了肖扬的妹妹。这个家伙精虫上脑，又喝了酒，就干了坏事。肖扬主张去公安局报案，把那个家伙抓起来，但是他的父母不同意，怕丢人，怕被村里人笑话。后来，眼看着妹妹的肚子大起来，有人给他们出了个主意，让他去那个同学家里去说，只要结婚，就不去告发他。那个干了坏事的年轻人一直躲在外地，他的父母接受了这个提议，把他找回来，办了个简单的婚礼。他们还不到法定的结婚年龄，领不了结婚证，但在农村，只要你办婚礼了，也就算结婚了，证可以后补。结婚前一天晚上，他去找那个小学同学，狠狠地打了他一拳。婚礼后几个月，妹妹就生了一个男孩，因为没有结婚证，上不了户口。

　　他一直觉得是自己害了妹妹，可又没有赎罪的办法，他甚至不敢回去见她。所以，那天开学，他看到跟妹妹长得有点像的何秀竹，就忍不住要想去帮她，保护她。仿佛这样自己就能好受一点儿。

她听得落泪，她不知道该怎么安慰肖扬。她又跟老板要了一瓶酒，给他和自己各倒了一杯，她一饮而尽，说，事情已经这样了，你好好念书，好好毕业，将来再找机会报答你妹妹吧。

他们两个互相搀扶着回到学校里，在楼下分别时，肖扬把她头上的一个粉色头花摘了下来。

你干吗？她问。

给我吧，肖扬说，我妹有个一模一样的。

她没说话。

在这之后，她对他有了一种怜惜之情，他们互相帮衬，像一对真正的兄妹那样。这个人，是她在几年的中专生活里最珍贵的情感。肖扬早一年毕业了，在他的努力下，回到了老家的一个地质局上班，那样他可以照顾到家里人，特别是妹妹。那个妹夫，本性难移，根本不上班，整天和一群狐朋狗友在镇子上游荡，喝酒打架，常常进派出所。他走得特别匆忙，他们甚至没有正式告别，只有一封简短的信。他就这样从她的生活里消失了，再没有任何信息。她常常会想起肖扬，想起他喝酒和痛哭的样子。

他的信很短，最后一句话写的是：秀竹，谢谢你，让我多了一个妹妹。

5

何秀竹在拥挤的地铁里奋力护着自己已经隆起的肚子。这时候，她怀孕三个月了，看起来还没有那么像孕妇，而是更像一个发胖的女人。何秀竹腹部的妊娠纹像一条细长的蜈蚣，从肚脐隐隐约约一直延伸到了下体。它第一次出现的时候，何秀竹有些慌乱，趁着产检时咨询大夫，得知大部分女性都会有妊娠纹，有的在生完孩子之后很久才能消去，极少数会一辈子带着。回到家，何秀竹一直暗暗担心自己是那个极少数，她在网上搜索相关图片，看得心惊肉跳。有的女性生完小孩，妊娠纹像八十岁老人的皱纹，层层叠叠，如果再加上一条剖宫产的切口伤痕，简直惨不忍睹。

对长相平凡的何秀竹来说，她一直引以为傲的就是自己身材的匀称丰满，这与她长年坚持不懈的锻炼有关。自结婚后，因为马勋的手艺好，总在家吃饭，她体重长了不少，但体脂率控制得一直不错，特别是她的小腹和腰，虽然还不到马甲线的地步，但平滑、紧致、光洁。马勋每一次跟她求爱，都是一只手从她的小腹抚摸，然后向下延伸，再滑回小腹，又向上伸展，如此反复几次，最后停留在腹部的肌肤上。因为手掌的摩擦，她腹部的肌肉微微绷紧，那里就像是沙漠里无风时寂静的沙丘，形成了一种天然而美的弧度。完事之后，他们并排躺着，马勋的手还是会停留在那儿，经过沙暴的沙丘形成了全新的弧度，而轻微的汗又像清晨的露珠一样让它略带湿润。更何况，激情的余绪会从她身体的最底层一波一波向上泛起，沙丘以肉眼不太容易察觉的幅度起伏着，那是两个人情爱生活中最美好的时刻。

何秀竹极度担心自己的妊娠纹会像一场天翻地覆的狂风，把她的沙丘吹得面目全非，为此，她考虑过做孕期瑜伽，但按照她的习惯，做之前又是查各种资料，发现利弊难断，后来也不了了之了。自从怀孕，她再也没和马勋有过性生活。

何秀竹要去金融街的中国银行办理贷款业务，中介约的是九点。他们要跟房主在那儿谈好贷款的事。这事，马勋跟她意见不同。何秀竹坚持就是砸锅卖铁，也一定要买一个学区房，哪怕不是最好的学校，也得是海淀区的重点。为此，他们不得不把回龙观的那套房子卖掉，用卖房的钱先把第一个贷款还了，剩下的付首付，再贷款买新房子。自从怀孕开始，何秀竹就在折腾这件事，她几乎把海淀区所有数得着的小学附近的小区都考察遍了。有段时间，她骑一辆电动自行车，每天中午一下班就去看房，饿了就随便在路边吃个灌饼或者汉堡。一个月后，何秀竹给马勋看了一张详细的Excel表，那上面条分缕析地列着主要学校对应的主要小区、小区配置，小学对应的初中和高中、平均房价。每套房子，何秀竹综合性地打了星，最高五星。马勋看了说，你真行，你应该去当房产中介。何秀竹说，买哪个？马勋说，那肯定五星的啊，这还用说。何秀竹冷笑一声说，我也想买五星的，但你得看钱啊，就咱们那点儿钱，拼死了够得上一个四星的，还得是个小两居。马勋说，那怎么办？

何秀竹摸了摸自己那时还没有鼓起来的肚皮说，马勋，你不知道我小时候念个书有多难，我绝不能让咱的孩子这么难，我必须想办法，至少也得上一个四星学校。

在中国银行总部大楼，跟着中介，何秀竹和房东按流程把贷款协议签好，一切还算顺利。接下来，就等网签结束，他们把首付付了，银行放贷，他们再去房管局过户。可是就在这个节骨眼上，房东联系不上了，发短信不回，打电话不接，连中介也找不到他。何秀竹心里犯嘀咕，她在家里跟马勋翻看各种合同，一条一条跟网上的模板对照，没发现什么大的漏洞。马勋扯出一张房东的身份证复印件来，说，我们查查这个人，不会是个骗子吧。

两人打开电脑，输入房东名字，很容易就查到了，而且还不是个普通老百姓，是一个非常有名的国企的总裁助理。何秀竹说，这人不可能是骗子。马勋说，就算是骗子，也不会只骗几万块钱定金吧，何况这还有中介呢。俩人一头雾水，继续给房东打电话，还是不通。这时候，何秀竹脑子里突然蹦出一条新闻，似乎跟这件事有关系，但她记不清到底是哪天看到的新闻了。

何秀竹说，你别说话。

马勋一愣，我没说话啊。

何秀竹打了个不耐烦的手势，回忆自己这几天看到的东西，那条新闻就在脑海里漂浮，可她就是看不清也抓不着。何秀竹急得不行，拿出手机来，查找自己的上网记录，翻了半个月的记录，没有。她想起，这条新闻是在单位看的，就跟马勋说，马上走，去我单位。

马勋说，这大半夜的，去干吗？

何秀竹说，重要，别问了。走。

俩人穿衣服出门，打了车去何秀竹办公室。她现在是《地质研究》杂志的编外编辑。所谓编外，是因为她没有编制和户口，跟杂志社之间相当于是雇佣关系，随时可能被辞退。不过何秀竹倒不担心这个问题，因为她主要不是靠杂志社那点儿死工资过日子，她还有自己的副业。何秀竹准备考研的时候狠学了外语，她考研能成功，也多亏了比别人高十几分的外语成绩。到杂志社不久，她就发现了一条生财之道，其实也不是什么秘密。

在国内，很多高校的老师和行业内的人，要想评职称就必须在核心期刊上发表论文，久而久之，在正常的审稿发表渠道之外，形成了一条灰色的产业链。比如有偿的论文代写代理，他们跟一些不是顶尖但还说得过去的刊物搞好关系，当然主要是利益关系，然后把一些四平八稳的文章发表。何秀竹知道自己杂志里有些编辑也参与这些事，不过她更知道，作为编外人员，自己不能跟他们抢食吃，得找新路子。方向有了，找到路并不难，靠着强大的调查和整理能力，她很快就发现，因为整个世界的国际化越来越快，一些学者已经不满足于在国内的期刊上发表论文了，谁都能发，含金量自然下降，大家的目光纷纷转向国际期刊。何秀竹敏锐地嗅到了这个机会，并且凭借她那种不达目的不罢休的战斗精神和全方位的贴心服务，迅速打开了局面。她的主要工作是调研自己所熟悉的学科有哪些急需评职称的青年教师或科研人员，帮他们的论文找国内外的行业大咖提修改意见，三改五改，大致有了点儿意思，然后投到国外的行业期刊上发表。当然，整个过程里随着论文流动和完善的，是金钱的转移。几年的时间，何秀竹已经把论文掮客的生意做得风生水起了，不过她知道这事拿不上台面，所以一直非常低调，除了最开始为了游说那些投稿者不得不当面交流，后来她很少跟顾客见面，基本上都是网络联系。好在这行是靠信誉支撑着的，一个投稿成功了，自然会把渠道分享给自己的朋友、同学，所以她不愁没活儿。何秀竹也不是什么活儿都接，她接手的论文，作者都是正经学校毕业的，文章写得不出彩但多少也有点儿新意，至少没有硬伤。她清楚得很，要做得安全且长久，就必须所有稿子都达到及格水准，所有操作都遵守一般的程序和规范，法律的边儿哪怕擦得流血掉肉，也绝不越界。等时机成熟了，她计划把这项业务扩展到跟矿业相邻的几个板块，她甚至有了创立一个小公司的想法，不过不到万无一失，她不会贸然行动。

何秀竹开了电脑，从满桌面的文件夹的缝隙里找到浏览器，查找自己前些日子的上网记录。鼠标在七天前的一条新闻那里，停住了。新闻写的是，那个特别有名的国企一把手被"双规"了。何秀竹眼前忽然一暗，身子一晃，歪在马勋身上。

马勋吓一跳，说，你怎么了，不舒服？

何秀竹缓了口气说，老公，要麻烦。

到底咋了？

你看新闻。

马勋看了看，说，这跟咱们有啥关系？

何秀竹说，你想想啊，这个公司一把手被"双规"了，房东是他的助理，他也可能被"双规"啊。他要是被"双规"了，他的财产就会被冻结，房子怎么可能过户啊。还有，咱们刚跟他签完了贷款合同，他进监狱了，我们又没法撤销合同，被扔在半路上了，而咱们回龙观的房子却必须马上过户给买房子的人。按照这房价增长的速度，几年后他财产解冻了，咱还买得起房吗？

马勋听了，也是一晕。但他不敢再刺激何秀竹，赶紧说，没事老婆，哪儿就那么寸呢。你歇会儿，喝口水，我再查查。马勋坐在电脑前，搜索和这个公司还有房东有关的一切新闻，越查越觉得何秀竹的预感可能是真的。

结婚这么多年，马勋从没见过何秀竹如此低落过。她一直像一个战士，永远充满斗志，永远在执行自己的战略战术，从来没有过度慌乱。但这一次，何秀竹发现自己对面的敌人可能是看不见的意外，是她无论如何也没法对抗的事情，没法再淡定了。

马勋关了电脑，扶起她说，咱们先回去吧，我觉得没事，没那么巧。

两人回到家里，躺在床上，一开始都睡不着，但谁也不知该说什么。这件事，一说起来就像是被投掷到真空里，飘浮、失重，没着没落。两人也都不太敢动，过了一会儿，还是马勋先睡着了，甚至打起了呼噜。何秀竹听着他的呼噜声，心里压抑、烦躁，她想把他叫醒，这么大的事，你还有心思睡觉？可是叫醒之后又能怎么样呢？什么都改变不了，搞不好还要吵一架，再说，这件事从头到尾都是何秀竹在张罗，每个决定都是何秀竹下的，也怪不到马勋头上。

何秀竹反身下地，到卫生间坐在马桶上，她感到下体有液体在流动，可是没有小便，是血。何秀竹狠狠地咬住了嘴唇，心里不断告诉自己，不要着急，不要焦虑，不要再无谓地加重负担，冷静，深呼吸。她清理了一下，尝试着站起来，疼痛似乎并不严重，血也没有继续流淌。还好，她想，叫救护车的话动静太大了，还是出去打车吧。可是，她还要走回卧室去喊醒马勋，跟他解释这个情况，看他震惊和慌乱。何秀竹一边考虑着，一边走向客厅，所有医疗本、社保卡、以前产检的资料都放在一个整理袋里，她准确地找到那个抽屉，拿出整理袋，然后开始穿衣服。

那时候，网约车还不流行，她缓慢地下楼，走到小区门口，等出租车。很幸运，几分钟就有一辆出租车上来了，司机停车后，车窗摇下一条缝，问去哪儿，何秀竹知道，这种行为表明路途短的话他有可能拒载，就赶紧说，我去妇幼保健院，师傅，我给你加十块钱。司机把车窗全摇下来，看了看她，说，上来吧。何秀竹上了车。

路上，司机好事地问，这么晚去医院，你老公怎么不陪你？何秀竹这时候出奇地冷静，回他说，哦，我刚给他发短信，说上车了，他在医院门口等我。司机不再说话。何秀竹又想，马勋半夜醒来发现自己不在，肯定会急坏的。她得给他发个信息，可是发什么呢？说自己去医院了？他同样会着急。后来只发了一条：老公，我出来透透气，一会儿就回，不用来找我。

转机来自中介小曹。何秀竹躺在医院的妇产科的床上，一个值班医生给她做检查，手机叮咚一声，她拿出来看了一下，是小曹发来的微信，说：姐，房东回来了，他这段时间出国了，手机才打不通。约下周二去银行和房管局办手续。何秀竹忍不住惊呼了一声，把医生吓了一跳：怎么了？何秀竹挥舞着手机说，没事大夫，我有点兴奋。

大夫说，有点出血，问题不大，不过最近必须注意不要运动，保持情绪稳定，再稳定一段时间，别太兴奋啊，就算中了几千万彩票，你也得冷静。

何秀竹拼命点头。

何秀竹回家的时候，发现马勋还没醒。她躺在了马勋的身边，他的手伸过来，碰了碰她的胳膊，又缩了回去。何秀竹拿过马勋的手机，把自己发的那条微信又删掉了。事情解决，一切都回到正轨，又折腾了大半夜，但是她这会儿一点儿都不困。窗帘上，有她最喜欢的变形金刚动画图案，卡通版的。买窗帘的时候，马勋选了一款有竹子图案的，说跟你的名字搭。何秀竹说，我是大熊猫，竹子我就喜欢吃，不喜欢看。她喜欢变形金刚，不光是因为小时候看动画片的记忆，更是因为她觉得那些汽车人才是自己的偶像，他们身体坚硬而灵活，内心坚硬而柔软，就像她读中专时自己焊的那个变形金刚。这个重达十多斤的作品，多年来一直跟着她兜兜转转，从没有离开过。此刻，它就在小客厅的窗台上，每次她回家都能看见它。她是按照威震天焊的。"汽车人，变身。"她常常暗暗跟自己说这句台词。

何秀竹又起来，走到客厅，用纸巾擦拭变形金刚。多年来，经过她不断的擦拭和打磨，它已经变得光滑，甚至发着微光。何秀竹曾想过去喷漆，但后来作罢，她更喜欢它本来的样子，那些点焊接口处的疤痢，那种钢铁本身所具有的沉重冰凉的手感，是她们共享的心灵秘密。威震天提醒着她过去所经历的一切，那些少年岁月里的艰难和甜蜜，那些奋斗日子里的辛苦和收获。在每一个生活最困顿的时刻，何秀竹都会在内心听见它说，去战斗吧，去战斗吧，不管你遇见的是什么。

没有人知道，它才是她生活中的定海神针。

6

在北方矿业专科学校的三年里，她们二十个女孩子跟另外三十个男孩子一起，每周有两天去操作间里电焊、打磨各种钢铁。当然也有设计课，但设计的主要是最简易的螺丝、扳手，学着画图，到钢厂去浇筑模型，然后还是拿回操作间去打磨。第一个星期，她的手磨了十几个水泡，只能让同样情况的同学用缝衣针挑破了，涂点碘伏消毒。等到一个学期结束，十六岁的她手上已经是一层厚厚的老茧。放寒假回家，她帮母亲揉面，母亲见了她的手大吃一惊，说，你不是去念书的吗？这手上的茧子咋比我的还厚？她苦笑一下说，我这手没毁掉就不错了。

学习尽管枯燥平淡，可毕竟是年轻，常常会有些莫名而来的快乐。她和同学们，经常自己用电焊焊一些小玩意，奇形怪状的扳手、钢筋做的栅栏、不锈钢管杯子，等等。他们小时候都看过动画片《变形金刚》，家里没有电视，她只能偶尔在邻居家的电视上看几集。她最喜欢里面的威震天，上中专后，她收集了很多变形金刚的贴画，贴满自己的背包、文具盒、工具箱。她尝试着用厂子里废弃的边角料焊了一个变形金刚，焊完了再用砂纸细细打磨，把所有的铁锈磨掉。何秀竹还从小店里买来各种颜料，把自己的威震天涂抹得花花绿绿，看起来很像那么回事，但后来又用小刀把那些漆全部刮掉了。她把威震天摆在自己的床头，每当看见它，就会感到浑身充满了力量。她会想起电视里的那种机械的声音：地球人……我们来自赛博坦星球……这件作品，她认为自己会留一辈子，将来传给儿子，传给孙子。

读到三年级，这群年轻人年纪最小的也满十八岁了，一夜之间变成了成年人。在这之前，他们谈恋爱还是偷偷摸摸，学校里的老师、辅导员都知道，但只是睁一只眼闭一只眼，只要你不在公开场合过于亲密，都不太管。一到三年级，学校里的情侣开始公开成双入对，课堂里挨着坐，食堂里一起吃饭。甚至有时候，他们还会互相去彼此的宿舍串门，当然留宿是不可能的。宿舍里，恋爱谈得最疯狂的还是胡杏儿，她长得漂亮，天生有一种妖媚，特别是她的眼睛，总带着一种楚楚可怜的神态，很能激起男生的保护欲。她看你的时候，你会觉得很可爱，但剥开可爱的糖衣，里面包裹着的其实是诱惑。她也知道自己漂亮，更清楚这种漂亮能为自己带来什么。刚开学不久，她就和一个学生会的师兄好上了，那个师兄常常站在宿舍楼外的一个钻探机雕像下等她。她从窗口看见了师兄，但并不马上下来，哪怕她那会儿已经换好了衣服，准备好了一切。她总是让他等几分钟，不长也不短，既不会消耗掉男生的耐心，又要让他觉得这等待是极其值得的。她走出宿舍楼门口，也不急着冲过去，而是看着他微笑。他会主动走过来，明明是她迟到了，明明等一下他们出去还要绕过那个雕像。

然后呢，过了几个月，在雕像旁等她的人就换了。何秀竹她们就问，杏儿，你俩咋分了？胡杏儿说，不合适呗。咋不合适？胡杏儿就说，我觉得他太大男子主义了。大家就惊呼，他还大男子主义？在你面前跟条听话的小狗一样。

这个年代的这个地方，这个年纪的大部分中专生们，还不太知道性爱是怎么回事。她们只是模糊地觉得，只要跟男人睡觉，就是性爱，就是最刺激也最禁忌、最羞报也最甜蜜的事。即便这些想法，她们也大都是从电视和言情小说里听来看来的。男同学们有时翻墙出去，到小城的录像厅去看录像。有人说，他们看的都是黄色录像，至于怎么个黄和怎么个色，却又不甚清楚。

后来，有一天胡杏儿晚饭时偷偷跟何秀竹说，秀竹姐，我求你件事。

胡杏儿说自己晚上要出去，可能会回来很晚，那时候学校的大门已经关了，她只能翻墙。而墙头很高，特别是学校院子里这边，必须得有人接应她一下。前一段时间，学校知道很多同学夜不归宿，出了硬性规定，超过晚上八点的，一律不给开门。何秀竹好奇到底是什么样的事情，吸引着胡杏儿往外跑。她想拒绝她，可是胡杏儿好看的杏仁眼里充满了祈求，她摇动着何秀竹的胳膊，小奶猫一样哼哼唧唧。何秀竹说，谁知道你几点回来啊，我也不能一直在院子里等着。胡杏儿说，十二点半，我一准回来。何秀竹心里忽然想起个事来，说，你是不是跑出去看录像了，看……那种录像？胡杏儿愣了一下，咬了咬嘴唇说，也是也不是。我早就不看录像了，我找了个外校的男朋友，他只能晚上出来见面。何秀竹看着胡杏儿，说，你胆子可真大。

何秀竹真正答应胡杏儿的缘由，她自己不愿意承认，那就是她对胡杏儿爱情生活的好奇，或者是她对男女之间的感情和性的好奇，她想知道一个女人到底该如何跟一个男人发生"关系"：既是情感关系，又是那种关系。在她的身边，如果说有谁能给她一些启示，也只有胡杏儿。

那天晚上，天气凉爽宜人，何秀竹十一点就从宿舍偷偷跑出来，在她跟胡杏儿商量好的接应点附近等着。一直等到凌晨一点钟，才听到轻轻敲墙的声音，还有胡杏儿浅浅的叫声：秀竹姐，秀竹姐，你在吗？

何秀竹故意沉默了好一阵，等到胡杏儿的声音变得着急，甚至带点哭腔了，她才答应了一声。

过一会儿，外面一阵响动，胡杏儿披头散发地爬上了墙头，何秀竹伸手扶住她的腿，她慢慢出溜下来。刚一落地，胡杏儿就搂住了何秀竹，呜呜哭起来。

你哭什么啊？何秀竹说。

胡杏儿说，姐，我……我今天接吻了。

何秀竹惊愣了一下，说，接吻？

嗯，就是……亲嘴，我跟小刚哥。

两人并不直接回去，而是悄悄坐在了小花园的长椅上。

何秀竹忍了半天还是问出来，杏儿，接吻，是什么感觉？

胡杏儿说，我说不好，就是你吃过棉花糖吗？何秀竹摇摇头。胡杏儿说，糖你总吃过吧，棉花糖就是棉花一样的糖，特别软。接吻，就好像是把天底下最好吃的棉花糖塞满嘴，甜软香，等着它一点一点地融化，然后顺着嗓子落到你心里。

何秀竹哼了一声说，那干吗不买糖吃去。

胡杏儿也哼了一声：不一样。可是很快，她的陶醉陡然间变成了委屈，又啜泣起来。

你到底咋回事么，哭哭笑笑的。

胡杏儿说，接吻特别特别好，可……可……我没想到刚哥还想……

啥？

他还想干别的。

何秀竹终于明白了胡杏儿的意思，说：你是说睡觉？你不是已经跟好几个男的睡过了，你还怕啥？

胡杏儿听了，眼睛立刻睁大了，高声喊着：谁说的，谁造谣的，谁这么不要脸！

何秀竹没想到她反应这么大，立刻说，我也是听她们瞎说的。

但是这一晚之后不久，学校里开始公开流传胡杏儿跟很多人睡过觉的传言，说她跟好几个男的一起睡。胡杏儿气愤地找何秀竹理论，问是不是她传的谣言。何秀竹当然否认，但胡杏儿认定就是她，从此之后跟她日渐疏远，甚至在教室或走廊里碰到，也一定要哼一声，翻个白眼。何秀竹本想再找她好好解释，但胡杏儿始终不给她机会，而且，尽管传言甚嚣尘上，但胡杏儿仍然是最受男生们欢迎的女孩，并不影响她的恋爱。

再后来，何秀竹发现，宿舍里的八个人除了自己，都有男朋友了。有几个还是一夜之间冒出来的。只有她没有，但也不能说没有喜欢的对象，比如何教授。她对身边的那些同学始终没多大感觉，只有何教授让她萌动了少女之心，当然，她不会为此付出任何行动的，这至多算是暗恋。同宿舍有一个文学青年，常常从图书馆借来琼瑶、亦舒等港台言情小说来看，有时候还会声情并茂地给她们念上几段，她知道很多学生喜欢上老师的爱情故事，比如那本《窗外》。可是，她也觉得自己跟何教授之间与故事里的人不同，不是吗，她怎么可能说出那些文艺而肉麻的话呢？他也不可能含情脉脉地对着她吟诗作赋。她当然还无力分析出，自己对何教授的情感，不过是一种模糊而懵懂的少女怀春，春天来了，不是这朵花先开，就是那棵草先长，何教授不过是刚好是第一棵在她眼里开花的人而已。

可是，在这样一个半封闭式的学校里，在这个萧瑟的北方小城中，四季和世界的其他地方一样，花开了就有可能被授粉，最后结出半熟不熟的果子。他们总是会在教室、操场、食堂里遇到，如果其中的一个人又总是创造机会去遇到的话，那概率就更高了。从各种各样的嘴巴里，她听说了他的许多事。比如，他的老婆也是学校的员工，在食堂里做红案，挥舞着砍刀剁猪肉或者萝卜。有一次，她听一个同学说，他其实三十岁才结婚。他是怎么结婚的呢？据说，那个彪悍的女人看上了他，把他叫到自己的宿舍里，锁上了门，不让他出去，两天之后，这个本来很坚决的男人被这个更强悍的女人摆平了。更不堪的细节描述说，她脱光了他的衣服，也脱光了自己的衣服，不知道用了什么手段。据说，事后他还哭了，她安慰他说，哭什么，我会好好照顾你的。有时候，她忍不住借助这些传言想象那样的场景。他哭了，是因为委屈？还是因为自己终究没能控制住自己？总之，他通过一种奇特的方式缴械投降了，从此成了她合法的俘虏。他们快速地结婚，生孩子，变成和其他人一样的家庭。据说，就是从那天开始，何教授开始了十年如一日地锻炼身体。在小城和学校里，没有标准的健身房，他大多数时候都是流连于操场和学校教职工宿舍楼前的运动器材上。

她看着他在单杠上大回环旋转，一圈又一圈，像个体操运动员。

他不会晕吗？她想。

他当然会晕。又一次，她有意无意地从单杠旁路过，他旋转了之后跳下来，身体摇晃着摔倒了。她赶过去扶他，何教授，何教授。他用手指指自己的胸口，她看着那健硕的肌肉和皮肤上细密的汗水，不知什么意思。忽然间，她明白了，他以为自己穿着外套，他指的是衣服口袋。她转头看见，他的衣服挂在旁边一根双杠的杆上，快速过去扯过来，从口袋里掏出一个小药瓶，在他眼前晃了晃。他点点头，伸出两根手指。她明白了，是两颗药。她掏出药，喂到他嘴里，又从自己的包里拿出水杯，递到他嘴边。

吃下药之后十几秒钟，他的脸上慢慢恢复正常，呼吸也渐渐平稳，然后慢慢站了起来。他的身体仍然摇晃，但扶住了单杠的铁杆。

谢谢你，他说。

何秀竹说，您别客气。

她又看见了他的身体，背心下的肌肉此刻是松弛的，但他还没反应过来自己没穿上衣。她递给他，他慌忙地接过去，穿上，却不小心穿反了，然后不得不脱下来，重新穿。

你……她问了半句话。

他一听就明白了，说，我心脏有点问题，有时候会犯病，随身带着丹参滴丸。今天真是多亏了你，要不……我就交代了。

身体不好，你怎么还这么大运动量啊。

他没说话。她一下想起了听到的那些传言，赶紧又补充说，何老师经常跑野外，身体确实需要锻炼。

他们略有尴尬地告别了。告别之前，他问她宿舍电话是多少，她说给他了。

此后，他们和之前一样在那些场合遇到，彼此间多了一些亲近和熟悉，但也都是点点头，随口说一句闲话，并没有特别的交流。在食堂里，她许多次看见他的妻子，她应该有一米七五的个头，体重至少两百斤，有时候到前厅值班，站在窗口给学生打饭。对学生们来说，她是一个慷慨的人，不会像很多食堂大师傅那样总是把勺子里的肉抖掉，她会盛得满满的。所以大家看见她在窗口里，都愿意排在这个窗口买饭。她对何秀竹跟对别的同学一样热情，那张又圆又肥的脸上，露出过分亲切的微笑，粗声大嗓地说，就要二两饭？你看你瘦的，年轻人长身体，得多吃饭啊。她给她饭盒里的饭足足有三两。

怀揣秘密的日子，似乎比其他时刻更有生活的滋味。她有时候会走神，想一些跟何教授有关的事情。她有段日子没看见他了，听说这几个月，他带学生去野外做田野调查。他们去的是贵州的一个山区，那里探测到一个镍矿，储量很大。这学期末，她毕业的前半年，也要出去实地考察。他会是带队老师吗？她怀着期待感问自己。

7

九十年代末的时候,国家重工业发展很快,水涨船高,各个地方的小钢厂、小矿场、小锻造厂像雨后的蘑菇一样,一圈一圈地往外冒。有些干不下去黄了,但很快会有更多的小厂子挂上牌子,开动机器。特别是国有企业下岗潮过后,不少在国有大厂干不下去的人,都拼上家底,自己去创业办厂。尽管在三年的时间里,她努力学习,认真操练,成绩很不错,但最后并没有去到自己理想的矿务局或大型国企,而是这一个总共不过一百多人的小厂子。

去厂子前,她回了趟家。那天晚上,家里的空气闷得能拧成绳子。全家人都不约而同地暗暗想起,如果当初她没有考中专,而是考高中,会怎么样。因为在前几天,当年村里的第一个大学生偶然回乡来,到原来住的地方追忆过去,聊天中问起,听说何秀竹竟然去读了中专,大为不解。他跟父亲母亲说,将来是大学生的天下,中专生,只能当个技术工人。她也知道,父亲刚从镇上的医院回来,医生给他定了个病,说是糖尿病,空腹血糖二十多,最好每天打胰岛素。何老头看着那张单子,半夜没想明白,他大半辈子吃的糖还不到半斤,怎么就得了糖尿病?这病不该是那些整天吃大米饭拌白糖的人得的吗?每天打胰岛素,开玩笑,他哪里有这个钱。对他来说,得病就是命,跟村里的其他人一样,到医院去检查,给这个命起一个看不太懂的医学名字,然后回到家里跟它一起活到死。她觉得自己这也是命。人人都有自己的命,就看你认不认。

第一天去厂子里报到,后勤的人给她发了一套工服,蓝灰色的,布料粗糙,肥厚宽大。穿上之后,她就不再是一个年轻的女孩子,而是一个女工。他们工段就她一个女工,主要负责把前一个工序组装好的锤子、钳子或各种小零部件等工具打磨光滑,没有一点技术含量。这种活儿,她在学校就干得熟门熟路,适应起来没什么难度。宿舍也还是集体宿舍,跟在学校不一样的是,三个人住,有一台十四英寸的彩色电视机,画面总是飘着雪花,但也能看。公用浴室和厕所在走廊的一头,食堂就在宿舍楼的一楼。

刚进厂子那段时间，她迷惘而空虚。一周上六天班，而且是三班倒，回宿舍已经特别累了。她偶然在电影频道看了卓别林的《摩登时代》，电影里的人因为整天拧螺丝，下班之后还保持着那种动作，心里就想，自己和这个人太像了。这么一想，那颗仍然算是少女的心便忍不住感到一点儿酸楚和凄苦，如果再赶上来例假，肚子疼得撕心裂肺，又不好跟工友们提。流水线的活一个萝卜一个坑，少了一环整个生产线都得出问题，只要没倒下，她们谁也不敢请假。有一次，她来例假，量特别大，一天要跑四五回厕所去换卫生巾，被工长当众批评。她回去哭了半夜，枕巾几乎能拧出眼泪来。第二天早晨，她看着镜子里红肿的双眼，有点生气，自己什么时候变得这么脆弱了，动不动就流眼泪？可那段时间她就是这么敏感，眼窝子好像突然变浅了，盛不住一滴眼泪。

周围的一切都这么漠然而不可更改，有吃有喝，但就是没什么激情。身体和意识沉闷了一段时间后，就蠢蠢欲动，从其他方面寻找喘息的机会，像她当年对待自己的乳房一样。这一次，她选来选去，选择了爱情，或者说是爱情选择了她。她和隔壁工段的小胡之间那段交往，到底算是爱情，还是两个同病相怜的人的抱团取暖？等到多年后结婚生子，她回想起来，都没法下一个准确的定义。但是她得承认，两个人的交往拯救了她在厂子里的生活，倘若不是小胡，她也许会抑郁，也许会因为一个不小心留下残疾。

他们开始于厂子里的一次事故。

那年冬天，厂子接了个急活，让他们在半个月内赶制出五千个零件，所有人都半个月无休，每天加班到晚上八点多。小胡是电焊工，因为太过劳累，焊东西的时候不小心打了瞌睡，电焊枪直接点燃了旁边的一根电线。她离那里不远，冷静地拉了电闸，才没引起更大的事故。但是因为突然断电，造成了在流水线上的二百个零件全部报废。她没有说出小胡的事，只说是因为赶工用电量太多，电线过热引起短路。

过后，小胡请她到厂子外的小店里吃饭，以示感谢。那天小胡跟她说，其实他眼睛视力不太好，不适合干电焊工，招工的时候他给体检的医生塞了红包，才合格的。在厂子里，电焊工因为技术要求比较高，工资也高些。她就说，你这样太危险了，搞不好将来眼睛会瞎的。小胡说，我也担心。

她说，你还是转岗吧。小胡给她夹菜，把她面前的碗堆得满满的。

不久之后，他们变得熟络，开始在食堂里坐在一个桌子上吃饭，偶尔到厂子外的小路上走走。还有的时候，小胡骑自行车驮着她，到城区去买东西。她会帮小胡缝一下挂坏的衣服，小胡老家寄来风干牛肉，也会特意给她留一份。小胡是一个天生乐观的人，不管在什么时候，都嘻嘻哈哈，什么样的日子都不觉得苦，都能找出乐趣来。比如，他跟她表白的那天，送的礼物就是他自己用废旧铁丝焊的一颗心，足足有五公斤沉。他把那颗铁心放在桌子上时，发出了沉重的咚咚声，惊得她半天合不上嘴巴。他常常出人意料，她喜欢跟他在一块，只是，她总感觉缺少最重要的那种冲动，好像一道特别好吃的菜里，缺了最关键的调味剂。菜能吃，可就是不够好吃，欲望仍然在最深处蠢蠢欲动。然而，摆在她餐盘里的这已经是最好的一道菜了，于是，她收下那颗心，把它摆放在自己床头，跟威震天一起。后来，她发现那颗心最好的用处是摆小花盆，她就在一起去集市的时候买了四五种花。花盆是她自己制的，根据那颗心的形状，用铁丝焊在上面。那些年，周华健的歌《花心》也还流行，这个装饰就被工友们命名为花心，一时传为美谈。

第二年夏天，同宿舍的工友一个结婚搬了出去，另一个去上海看病，要好几个月才回来。小胡就经常来看她，晚上的时候，两个人把饭从食堂打回来，在这里吃。她还偶尔用小电饭煲煮点汤什么的。吃过饭，小胡会抢着刷碗，让她歪在被子上翻看《故事会》和《今古传奇》。一切收拾停当，小胡会有点儿不舍地告别，她当然能看出他眼神里的意思。他想留下来，他想跟她过夜，这毕竟是二十岁的身体，荷尔蒙分泌旺盛，一个身体急需靠近另一个身体，一颗心也想在另一颗心那里找到安慰。但她总是假装看不见，她还没产生足够突破心理防线的冲动。他身上没有肌肉。

直到有一个周末，三伏天，温度快四十摄氏度了。小胡大中午的从外面回来，拎着一个西瓜。他顶着太阳骑摩托去城区，买了一个冰镇的西瓜回来，西瓜身上裹着一层水汽。她正在午睡，浑身是汗，那台不住摇头的小电扇，根本不解决问题。她还是起来给他打开了门，睡衣的领子很低，他一下就能看见她上半个乳房，它们这时已经彻底成熟了。他把西瓜放在桌子上，一转身，没想到那个西瓜很圆，自己滚落到地下，摔得七零八落。

本来有着八分困意的她被西瓜碎裂的声音彻底惊醒，他们开始蹲在地上捡还能吃的瓜瓤往嘴里塞。黑色的水泥地上红色的西瓜汁液流淌，翠绿的瓜皮小船一样在浅红色的海洋里。好像是她第一个把一块瓜皮扣在他脸上。"人家都说瓜皮特别美容。"她说着，自己的脸上也被扣了一块，一种腻腻的凉爽。两人一瞬间玩开了，身上脸上都涂抹了甜甜的西瓜汁。天气太热了，很快那些凉爽就变成一种甜腻的温热，嗅到了气息的苍蝇开始嗡嗡嗡围着他们飞。冲动就在这样的瞬间迸发了，而且是她先开始的。她舔了他脸，那上面西瓜汁和汗液混合在一起的甜咸味道，让她瞬间产生了冲动。他也开始舔她。她感到了另一种热，是从身体内部侵袭过来的，几秒钟的时间就淹没了她的每个毛孔，外界的热再也感受不到。

他们只有过这一次。

她没有感受到所谓的快乐，他好像也没有，他们只是因为燥热引起的发泄，发泄本身是痛快的。结束后，闷热的确消退了很多，但是因为太过匆忙，他们身上的西瓜残液沾染到了床单上，跟她身体流的血混在一起，很难区分出来。等他穿好衣服离开，她就把被单褥单全部扯下，用它们把地上的西瓜汁擦掉，然后去水房里彻彻底底地清洗了一遍。

她把床单晾晒在院子里的晾衣绳上，偏西的太阳仍然明亮灼热，她和阳光之间即使隔着两层床单，仍然能感到刺眼。就是在这个时候，离开这里的念头开始从心里滋生。她甚至产生了一点羞愧，想不通自己怎么会在这里待了这么久。她记起自己小时候，有一次脚底踩了狗屎，然后就在那里呜呜哭，就是想不起来赶紧把脏东西蹭掉。她特别恨自己这一点，遇见任何不好的事的第一反应永远不是去解决它，而是哭或者情绪低落。所以，她决定这一次不给自己留这个时间，走，马上，今天，立刻。

离开当然不可能这么快，父母她可以不在乎，未来还没想过，最大的问题是小胡。自从那一次之后，他已经信心满满地开始考虑结婚的事了。在他想来，一个谈了这么久的女朋友，已经有过这么一次亲密接触，接下来一切都是顺理成章的事了。他们身边所有的人都是这样的。他不知道，也不可能理解，恰恰是这一次亲密接触，唤醒了她。是身体上的羞耻感，唤醒了何秀竹心里的羞耻感。他正准备跟她提结婚，而她已经决定了跟他分手。

何秀竹没想到，这个嘻嘻哈哈的小胡竟然会策划出一场声势浩大的求婚。

那天是礼拜天，他们休息。平时各种机器声、电焊声、打磨声全都停歇了，整个厂区陷入每周一天的安静日，工人们到公共浴池里洗洗涮涮，换上鲜艳的衣服去逛街、看电影。宿舍楼下平日里停满的自行车、摩托车，被人骑走了十之七八。厂子就在城区边上，骑车十分钟就能到商业街附近，那里有商场、电影院、服装店、医院，还有各种餐馆。

何秀竹这天也想去看电影，王家卫的新电影《花样年华》上映。工人们其实对王家卫不感冒，他们感兴趣的是张曼玉和梁朝伟，这两个从很多香港录像片里看到的人，才是吸引他们的根本原因。更重要的是，他们从收音机和晚报里得知，那是一部爱情片。对年轻人来说，去电影院当然要去看爱情片。何秀竹跟小胡提这事的时候，她本以为小胡会毫不犹豫地答应，但很意外，小胡说他今天有事，不能进城，还让何秀竹也别进城。何秀竹问他什么事，小胡说，没什么事。她当然能看出他的一些拼命压抑的局促，好像知道一个秘密，但忍住不说。何秀竹的原计划是，在看完电影之后，如果时机合适，就跟他摊牌。

何秀竹没有听小胡的，自己骑自行车去了城区。在电影院门口，她看着一对又一对的年轻人进进出出，心里怪怪的。其实，她想约小胡看《花样年华》，是因为她知道那是一个分手的故事，她还没有想好怎么去说，或者说，她决心要离开，但还没想好到底怎么去跟小胡讲。何秀竹要离开，但这个决定不仅仅关乎爱情，更关乎她的不甘心：我就这么过一辈子了？这有什么意思？其实她哪里知道什么是有意思的，就是感到不满足，感到不对，一切的一切都不够准确，全都似是而非。何秀竹从来都感觉到了这一点，可到了现在才承认。

从带她的隋师傅那里，何秀竹清清楚楚地看到了将来的生活可能。隋师傅毕业后到工厂，嫁给了一个同事，然后穷尽一生都没有离开过，她自己对此颇为满足。可是何秀竹不行啊，一辈子困在工厂和操作间里，跟一辈子待在农村种田有什么区别？现在，她攒了一点点积蓄了，心里有了底，一时半会儿不会饿死。她想，回到老家去，从最开始出发的地方再一次开始，从自己的轨道被改道的地方再一次开足马力；甚至，回到更早更早的时刻，她第一天上学的路上，跟每个遇到的人都说：我要考大学。

何秀竹一个人看了《花样年华》，记住了那句最经典的台词：如果有多一张船票，你会不会跟我一起走？她并不是一个绝情的人，她想把这句话说给小胡听，虽然她内心深处知道他的答案肯定是否定的。但是，梁朝伟又何尝不知道张曼玉的答案呢？他还是要问，她也要问。从电影院出来，她去一家面馆吃了碗面，然后骑车回厂子。

一路上，她骑得飞快，似乎是在用呼呼过耳的风声来把心底的噪音遮挡住。路两边人影憧憧，父母、弟弟、何教授电影胶片一样从她脑海里掠过，那些留在她意识深处的声音飘忽不定，但听到它们时的感觉和引起的反应，却又在心里真切无比。她听到了汽笛声，仿佛离开的船真的要起航了。她没坐过船，这汽笛声是从电视和电影中来的。那条大船啊，泰坦尼克号一样巨大的船，螺旋桨已经开始转动，卷起漩涡，把冰冷的水切割成白色的浪花。她从远远的码头上跑过来，纵身一跃……

她去宿舍，宿舍没人。给男工宿舍打电话找小胡，宿管大爷说电话没人接。何秀竹有些纳闷，不知道小胡干什么去了，她一路上准备好的那些话不能再等了，今天不说，明天就会被软化许多，就要继续拖下去，她拖不起了。何秀竹已经想明白，他们之间的那一次狂热性爱，其实是自己安慰他、也安慰自己的一个举动。这时候，何秀竹听见一粒石子敲击玻璃的声音，她开开窗子，探出头去，看见一个工友在楼下。

干吗？她问。

快点去厂子的大礼堂，小胡出事了。他急切地说。

何秀竹愣了一下，能出什么事？而且，她敏感地注意到了工友的表情里隐藏的笑意，特别像一个搞恶作剧的人的表情。但她还是下楼了，跟着他去大礼堂。

没有开灯，礼堂里有一种窸窸窣窣的安静。她有点儿忐忑，被工友扯拽着带到了主席台上，正踌躇间，突然礼堂的灯全部亮起来。突如其来的光芒让她有一瞬间失明了，不是那种什么都看不见的黑暗，而是什么都看不见的光明，等她终于从灯光里看见面前跪着一个人时，还有点恍惚，以为是幻觉。那个人抬起头，是小胡，他穿着西装，抱着一束花，说：秀竹，嫁给我吧。

　　他是在求婚。然后，礼堂里座位上突然涌出十几个工友，大声起哄说，嫁给他，嫁给他。

　　你正在干吗？她问。

　　小胡愣了一下说，傻瓜，我在向你求婚啊。

　　你疯了吧，她说。

　　根据电影和电视剧里的情节，这时候她应该激动甚至捂住脸哭泣，然后拼命点头，然后他们亲吻，然后所有人欢呼，然后去厂区附近的小饭馆吃饭喝酒庆祝。可是，她不能这么做，这会把两个人都拖入黏稠的西瓜汁液一样的深渊。

　　小胡看她始终没有答应，站了起来，把花塞到她怀里说：你不愿意？

　　何秀竹摇摇头。

　　那就是愿意？

　　何秀竹又摇摇头。

　　她此刻没办法解释清楚自己的想法，只好说对不起，然后转身跑掉了。

　　所有人愣住了，她只听见小胡声嘶力竭地喊了一声，为什么？！

　　冲进宿舍里，何秀竹倒在床上，可是呼吸急促，心里沉闷，感觉很不舒服，又站起来，满屋子里走。何秀竹无所适从，直到她看到那个变形金刚，把它抓在手里，心里突然安静了下来，慢慢地，呼吸也变平缓了。她长长地吐出一口气，似乎要把所有的愤懑和无力都吐出体外。过了一会儿，何秀竹的内心轻松起来，毕竟这个决定是早早就埋藏在心里的，只不过是以一种完全想不到的方式告诉了对方。她没想到小胡今天不去看电影，竟然是在准备求婚。早晨的时候，她看到了他眼睛里有种隐藏秘密的兴奋感，还以为他要跟朋友去打游戏或者打牌喝酒。

　　晚上，整个厂区的人都听说这件事，大家议论纷纷。在这个小小的王国里，所有人都认识，所有事都是大家的事，平时缺少谈资的人们，终于有了可以好好谈谈的故事。其实，大部分人既奇怪于小胡怎么突然搞了这么一出，也啧啧于何秀竹竟然没有答应。特别是那些女工们，她们打心眼里觉得小胡的做法很浪漫，如果是自己，一定会被感动的。

何秀竹是不是喜欢上别人了？她们猜测。

不可能吧，她整天在厂子里，我们都看得见，除了小胡，没有哪个男的找过她呀。有人马上反对这个猜测。

那你说是为什么？

不晓得，我就是觉得何秀竹可能跟咱们有点儿不一样。

她们有人烫了头发，有人端着脸盆去浴池洗澡，有人洗积攒了一周的内衣，小心翼翼地不让何秀竹听到她们的谈话。这种所有人一起分享一个八卦的感觉真是令人激动。

男工那边呢？几乎所有的单身工友都在一个酒馆里喝酒。包间是早就订好的，原本是为了求婚成功庆祝用的，现在成了小胡借酒消愁的地方。他的朋友和工友们在陪他喝酒，他们都觉得他应该多喝点，喝醉，一个男人的脸被丢在地上踩了一脚，除了喝醉还能做什么？总不能去打何秀竹吧，毕竟人家有权利不接受你的求婚。每个人都跟小胡碰杯，不说话，或者只说兄弟，都在酒里了。什么都在酒里了呢？理解？支持？同情？笑话？一切的一切，反正都在了，你自己去品味吧。小胡喝了很多酒，他是被工友抬回宿舍去的。有好几次，他几乎要吐出来了，但硬生生地压了下去，他不想吐，他就是想沉浸在醉酒的难受中，似乎这样就可以稀释一下心里的痛苦。

第二天，何秀竹按时去上工，她从没旷过一天工，请过一天假。

走进车间时，所有人都轻轻抬眼看了她一眼，然后迅速低下，继续开工的准备。检查机器，换手套，戴口罩，看进度表……他们闭着眼睛也能流畅地进行。何秀竹一夜没睡，但此刻一点儿都不困，她已经彻底想通了，一切已经发生的事情，都不必去纠结，她必须按照自己的计划退回出发点，好再次往前走。

繁重而单调重复的工作，很快把所有人带进呆滞和空白中，没有人有空想七想八，都盯着手里的活儿。临近十一点的时候，有人冲进了他们车间，在机器的轰鸣中大声喊：何秀竹，何秀竹，快点，小胡出事了。何秀竹听到了喊声，但是她以为那是昨天的记忆在作祟，直到那个人冲到她身边，一把拉住她的胳膊。

他变形的脸和带着惊恐的眼睛，以及变调的喊声：小胡出事了。

何秀竹突然感觉到了自己的心跳，怦怦怦，像厂子里有时用重达几吨的铁锤锻造某些零件那种声响，砰砰砰。她的第一反应是小胡可能寻短见了。

他们冲出车间，到了厂子大院里，正好看见有人扶着小胡从他的车间里出来。他的左手抱着一件衣服，衣服上滴着血，另一个人拎着一个塑料袋，塑料袋里是四根手指。因为失了血，那些手指的皮肤变得很白，像他们用的白色橡胶手套。厂子里的一辆车开了过来，众人喊着说快快，去医院。不知道谁推了一把，何秀竹不由自主地跟着上了车。

在车上，小胡闭着眼睛，呻吟着，忍受着剧痛。何秀竹像坐在一排钉子上，她想回头看一眼小胡，可是不敢，她怕看见他苍白的脸，尤其是那四根手指头。刚才碰见的一瞬间，她看到他眼睛里那种带着委屈的恨，像铁扦子一样扎她的眼睛。

小胡的手指有三根接上了，另一根食指因为伤口处骨头碎裂严重，已经无法再接上。何秀竹被厂里安排在医院里照顾他，这是她一生里最艰难的日子。她最不想面对的就是小胡，可是又要每天面对他。护士比较忙的时候，要给他解开绷带，换药，她就会看见那四根肿胀的手指和那根不存在的食指。自始至终，小胡没有跟她说过一句话，他毕竟还有一只手是完好无损的，生活基本可以自理，他不需要也不愿意求助她。

几个月后，小胡出院。这次严重的事故调查报告也出来了，小胡因为前一夜宿醉，属于违反规定醉酒上工，迷迷糊糊把手伸进了切割器里，导致了惨剧。由于是个人原因，厂里不给他算工伤，只是报了医药费，没给任何赔偿。而所有人都知道，小胡喝醉酒是因为何秀竹拒绝了他的求婚，所以，人人心里都把她想成罪魁祸首。何秀竹也充满愧疚，但并不悔恨，她取出自己所有的钱，给小胡。小胡不要，他只拿回了自己送给她的那颗铁心。想想真好笑，一颗铁做的心，仿佛在嘲笑他们，铁被捂得再热，时间久了也得凉下来。

两人同一天离开厂子，小胡属于被变相辞退，而何秀竹是主动离开。在汽车站的候车大厅里，他的车是下午三点，她的是三点半，一个往南一个往北。临上车前，小胡终于说：秀竹，我不怪你，真的。何秀竹不知道该和他说什么，他不怪她，她也不觉得自己该为此负责，可是她必定要一辈子背负这件事。毕竟他们在一起过，毕竟两个人赤身裸体地纠缠过，在她的感情生活里，他处在一个极其特别的位置。不是爱和不爱，不是性和欲望，是什么呢？好像他们彼此互为各自手里的产品，他制造了她的一部分，她也制造了他的一部分，然后他们终将被送往另一个流水线去完善，再然后组装到完全不同的机器上，再然后去远方的工厂里，迎接截然不同的人生。

8

何秀竹抱着一盆吊兰，手里还拎着一盆仙客来和一盆富贵竹，敲开了兰草花卉养植店的门。花卉店的萧姑娘正在给一盆花剪枝，她从浓烈的幽香里抬起头，看见何秀竹有点儿惊讶。这已经是这个月何秀竹第三次抱着花来她这里了。

又有问题？萧姑娘问。

何秀竹把三盆花小心地放好，说，你说也怪了，我都是按照你教给我的方法浇水施肥晒太阳，这花怎么就老是蔫蔫的，半死不活，还有一个都快烂根了。

萧姑娘放下手里的剪刀，起身，仔细看何秀竹的三盆花，的确一棵棵都长得不太旺势，那盆吊兰明显快枯了，富贵竹的根已经有了腐蚀迹象。她用手指捻了一小撮花盆里的土，凑到鼻子底下闻了闻，一股过于潮湿的腐殖味道。

这还是浇水浇多了啊，萧姑娘说。

不可能，我还是上周五浇的水呢，后来我就出差了，昨天回来一看，花就这样了。

那是不是你老公，或你家儿子给浇水了？

那就更不可能了，我家这俩货一个基因，对花草完全不感冒，在他们眼里这玩意没法跟鸡翅羊肉串比，你就算给钱让他们给你浇水，他们都懒得干。

萧姑娘听了，又细细看了看几盆花，说真是奇怪了。

何秀竹说，你再帮我看看，这半年我养的花怎么老是死呢？难道是家里风水不对？

萧姑娘扑哧一下乐了，说，何姐，要不你先把这几盆放我这儿几天，我给你养养，等活泛过来，你再搬回去。

何秀竹说那可太好了，你不知道，这段时间为了这些花，我都快抑郁了。说着，何秀竹从包里掏出一套还塑封着的化妆品来，塞到萧姑娘手里说："这是我朋友出国帮我带的，说是很多明星都用这个牌子。"

萧姑娘当然是一如既往地拒绝，何秀竹当然是一如既往地坚决要送，结果当然是一如既往地萧姑娘拗不过何秀竹。两人一番推送，弄得气喘吁吁，在暖湿的花房里出了一层细汗。萧姑娘说，好吧好吧我收了。何秀竹说，妹妹，我想喝你泡的茶了。

萧姑娘笑了，说，我就知道没有白拿的好处。何秀竹也笑。

两人洗了手，坐到里间一个茶海旁，萧姑娘动作熟练地泡了一泡武夷山岩茶，边喝边八卦各自身边的事。

何秀竹认识萧姑娘，何秀竹还认识开咖啡店的王姑娘、开素食馆的苏姑娘、做保险的杨姑娘、美容院的宋姑娘。这么说吧，何秀竹生活的各个圈子里，都有她认识的姑娘或小伙子，有的是姐妹，有的是兄弟。何秀竹自己也不知道从什么时候起，开始把各行各业的人都认识了。但凡在生活、工作上有一点儿交集的，她都不会当成擦肩而过的陌生人，而是像当一辈子朋友那样去结识。比如，儿子多多从幼儿园到小学所有同班同学的家长，她都认识，连多多课外班的同伴家长，她也认识很多。当然了，何秀竹也并非所有人都加微信、联络，她有着自己的考察标准，这个标准就是，但凡在她的生活或者儿子多多的生活中具有可能性的人，她才会留意。何秀竹的手机通讯录和微信通讯录分了很多个组，有幼儿家长组、小学家长组、补习班家长组、生活组、医疗组，所以，在她的生活里，不管发生任何事情，她都能第一时间联络上一个专业人士，进行咨询。比如，前一阵多多要报一个舞蹈班，她前前后后考察了不下十个，可都是各有优缺点，没有比较突出的。就在拿不定主意的时候，她听说多多的一个同学晓雪报了天之舞舞蹈班，立马就给多多报了。原因很简单，是因为晓雪的妈妈是舞蹈学院的老师，虽然她是做行政的，不跳舞，但平时会接触到各式各样的舞蹈人士，她选的班一定是最可靠的。

每当很多人跟何秀竹说，所谓的学区房，其实毫无必要，教育还是要靠孩子的兴趣，或者说宁当鸡头不做凤尾，何秀竹就在心里鄙夷地想：鼠目寸光。还在怀孕时她就做好规划，幼儿园小学初中高中，能进多好的学校就上多好的学校，教学质量先不说，就算孩子是全班倒数第一，但更重要的是他长大后，他的同学都是什么人。你满世界去看看，那些当官的、赚大钱的，各行各业的顶尖专业人士，到底是从重点学校出身的多，还是从普通学校出身的多？答案很明显，择校择校，择的是你从小到大的朋友圈，是你将来的资源圈。想明白这一点，何秀竹宁可在四环里住一个蜗居，也不去郊区住别墅。就算都是学而思的补习班，四环内的和五环外的教师水平也差着不少呢。

在萧姑娘那儿喝了几泡茶，身体透了透汗，舒服多了，她一看时间差不多了，开车去接儿子。多多今年五年级了，马上要小升初，正是要劲儿的时候。从学校出来，吃口饭，还得赶紧去新中关的英语补习班，没时间复习，只能路上让多多自己复习一下。

车到知春路那儿，堵住了。按平时，堵个七八分钟也就过去了，可今天不知怎么回事，半个小时竟然纹丝未动。何秀竹看了看时间，还有二十分钟多多就下课了，看样子自己不可能及时赶到，就给马勋打电话。马勋现在在中关村的一家公司上班，这会儿赶过去，完全来得及，可马勋的电话始终无人接听。这条路越来越堵，汽车喇叭嘀嘀嘀叫成一团，何秀竹越来越着急。马勋的电话很少打不通，偏偏赶上今天这个节骨眼上不通，真是奇了怪了。何秀竹对马勋死心，冷静了片刻，想好了对策，先给班主任小于发了个微信，告诉她等会儿放学，让多多跟他同学小雅的妈妈黄太太走。然后给黄太太发微信，让她顺便接一下多多。黄太太是全职母亲，从来不会迟到。小雅和多多一起在上英语补习班。十几秒之后，黄太太先发来信息，说没问题，新中关见。何秀竹这才放下心来，打开了车载音响找歌，看到了班得瑞的《寂静森林》，手指点了一下，舒缓的音乐屏蔽了车外的噪音。你堵你的车，我听我的歌，能奈我何？

晚上，从补习班回到家，已经接近八点。多多想吃麦当劳，本来何秀竹不想给他吃，但想到今天自己没能及时赶去接他，心里有点儿愧疚，就给他要了一份麦当劳的鸡腿堡套餐，还有两个鸡翅一包薯条。多多听了欢天喜地，跟妈妈保证说，他今天一定认真做作业。

汉堡是马勋拿回来的，他在楼下碰到了麦当劳的配送员。

刚进门，马勋把汉堡往桌子上一丢，没好气地说：你就给孩子吃这种垃圾食品？

何秀竹本来就对他今天没接电话有点生气，这会儿又被他指责，也气鼓鼓地说：你管得着吗？我儿子，我愿意给他吃啥就吃啥。

何秀竹已经闻到了，马勋喝了酒，而且还不少。她看着马勋微红的眼睛，有些摇晃的身体，还有他醉酒后夸张的脸，心里一字一顿地告诉自己：别吵，孩子在家呢。何秀竹起身，把麦当劳送到正在写作业的儿子房间，让他赶紧吃，吃完写作业。

马勋坐在沙发上，打开了电视机，电视里正放着《甄嬛传》。何秀竹觉得今天马勋有点儿怪，平时他没这么嚣张，尤其是喝完酒之后，总是小心翼翼的。何秀竹给马勋出去应酬或跟朋友聚会的时间做了规定，每周一到两次，每月不超过五次。马勋反抗过，但何秀竹用儿子多多把他反抗的气焰全部灭掉了。

马勋说，老婆，我出去应酬或跟朋友聚聚，也不全是为了我自己，我多交朋友，多积累资源，将来有一天我是要自己创业的，我都是为了你们娘俩。

何秀竹说，你说到点儿上了。我相信你出去不会乱搞，顶多是喝完酒到歌厅里去找个小姐陪着唱唱歌，是吧？马勋，你要真为我们娘俩着想，第一条就是保护好自己的身体，为多多健康工作五十年。就算你不给儿子留几千万资产、十几套房子，你也得保证老了不会生大病，不会瘫痪在床上让人伺候。这才是你这个当爹的最该做的。

从结婚开始，何秀竹就给自己和马勋买了保险，每年两个人的保费要两万多，孩子出生之后，又加了一份，一年将近三万块钱。马勋挺反对这件事的，他觉得与其把钱存在不靠谱的保险公司，还不如拿出来创业、投资，钱生钱。另外，虽然说按照他们现在的收入，三万不算太多，但何秀竹跟马勋的说法让他心里别扭。何秀竹说，你如果不能健康工作五十年，就算生病，也得从病里掏出点儿钱来。马勋气急了，说，你钻钱眼里去了，你也不怕卡死在里面。何秀竹倒不生气，说，我就是想让自己跟孩子的生活有个保障，所以必须事事想在前面，我可不能让任何意外事故影响到多多的成长。

马勋并不是标准的IT男，他属于半路出家。本科时，他读的是北京航空航天大学数学系，辅修了计算机，后来发现计算机比数学有意思，但是考本校计算机系差了几分，被调剂到了地质大学。他觉得数学太枯燥了，而且对绝大部分人来说根本成不了数学家，就算成了数学家，也一辈子登不上那几座最高的山峰。他不希望自己跟其他人一样，在数学的半山腰晃荡一生，计算机的好处是，只要你掌握了最新的技术，你就能对它进行应用，这有点儿像弹钢琴和拉小提琴，钢琴嘛，你只要手指头按对了黑白键，出来的音八九不离十，可小提琴不一样，全凭细微的乐感来表演。在计算机领域，他也知道自己不是顶尖的，甚至连第一梯队都进不去，至多是一个比较有能力的码农。赶上这些年中国互联网的大发展，他这种比较早进入的程序员，积累了一定的基础，只要身体熬得住，收入还是不菲的。

对于创业，马勋并不是这两年才动心，他在研究生时就跟两个同学一起写过一个程序，专门帮学生找自习室。读书时，学校里教学资源紧张，而且很多学院为了赚点儿外快，在晚上或周末开展社会办学，什么老年大学啦、中学生培训啦、教师培训啦，把本来就紧张的自习室抢占了不少。为了占个座儿，很多同学都要早晨五六点起来去图书馆排队。

马勋和宿舍的两个同学也深受其苦，后来他们发现学院路其实有七八所高校，有几个离得比较近，他们在网上把每个学校的排课表都下载了，然后用大数据分析出每天哪个学校的哪个教室没有课，能容纳多少人。很多同学受益于这个软件。有一阵，学院路几乎有百分之二十的学生都使用这个软件，马勋和合伙人满心憧憬，觉得自己就算当不了比尔·盖茨、扎克伯格，也能在互联网行业占有一席之地。但世事难料，马勋和另一个合伙人有技术，可是不懂经营和法律，这个软件被第三个人注册为法人，他直接卖给了互联网大鳄，自己卷着一千万跑到了硅谷。马勋最后就成了自己公司的码农，他一气之下退出。

这之后，毕业，工作，他又许多次在撸串的酒桌上豪言壮语：老子一定还会杀回互联网，以后的中国互联网就是三驾马车，马云马化腾马勋。其实他还真有点儿前瞻性，只不过执行差，而且对自己的前瞻性没有任何判断。比如，网约车刚开始的时候，马勋就说这个将来一定是大市场；网络医疗还没开始，他就到处说，将来很多小毛病根本不用跑医院，只要在网上咨询就可以了，没过多久，春雨医生就上线了。每一次，他都能嗅到互联网发展的消息，每一次他都晚半步，刚好错过。

这一切，他都压抑在心里。说良心话，何秀竹是一个好妻子，能干，顾家，这个家庭的大大小小的事，几乎都是她操心，马勋是个甩手掌柜。就连买房子生孩子上学这些大事，也都是何秀竹拿的主意，而且最后证明这些主意都拿得对。比如这个学区房，如果不是何秀竹干脆利落出手，只过半年，价码就涨了百分之十，他们就买不起了。何秀竹是他们家的话事人，可她又不是那种靠强势和胡搅蛮缠当家的人，她比男人还讲道理。马勋最怕的就是她的道理，一件周末到底要不要上培训班的小事，何秀竹可以花一个月时间来搜集、整理、规划，马勋提出的任何反对意见，都能被她提前想好的理由堵死。有时候，马勋觉得活在一个真空实验室之中，自己是小白鼠，何秀竹是那个温柔而变态的科学家，她不给他试药，就是让他在她的规划下平稳生活。可马勋希望有点儿意外，有点儿随意性。比如出去吃饭，跟以前不一样了，何秀竹会提前想好去哪家餐厅，甚至想好了菜谱和坐哪张桌子，但马勋会对那些没去过的或新开的餐馆感兴趣，总想去尝试尝试。这对何秀竹来说就是挑战，她讨厌这种随性的意外，觉得任何计划外的事都隐含着危险。

何秀竹喜欢花，马勋其实也喜欢花，但他喜欢不开花的花，比如仙人掌、多肉之类。搬进新房子后，他曾经养过几盆，但很快都被何秀竹淘汰了。对何秀竹来说，不开花的就不叫花。用她的话说就是：是花你就得开，是树你就得栽。何秀竹把花摆在家里的每个地方，马勋常常笨手笨脚地打翻她的花盆，这时候何秀竹不会发火，但是会让他坐在沙发上，她就这么盯着他看，看得他心里发毛。何秀竹说，我不需要你干活，没事你就在沙发上看电视，或者到电脑前打游戏，就是别乱动，你一乱动我的花就得遭殃。

渐渐地，马勋把对何秀竹的不满都发泄到了那些花身上。他在网上看到一条新闻，说一个人如果每天跟一朵花说脏话，咒骂它，它很快就会枯萎。一个人在家的时候，马勋会对着每一朵盛开的花骂娘，用最恶毒的语言诅咒它们烂掉。发泄完了，他感到一种不安的放松感。最开始，是放松感强烈，但慢慢地就会觉得不安更强烈，在他又一次打翻某盆花的时候，他会恍惚，分不清自己到底是无意的还是有意的。

那些花继续活着，继续盛开，丝毫没有受他恶语的影响。甚至，看起来自己的诅咒反而滋养了它们。终于有一天，他无法再忍受这一切，他担心自己因此疯掉。他开始动手了，给花浇水、施肥、晒太阳，只不过是按照它们习性反着来的。所以，何秀竹的那些花渐渐腐烂枯萎，她当然不知道自己的丈夫在偷偷地、温柔地杀死它们。这是他仅有的对妻子的报复。常常，何秀竹带孩子去补习班，他在家里给那些花以营养的毒药，然后去厨房炖他们喜欢吃的牛排、猪手、羊肉，他觉得这个时刻做出的饭菜是最香的，因为自己心里那点恶毒已经释放出去了，留下的都是对妻子儿子的爱意。

他不想承认的是，在内心最底层的不安，正在渐渐降低温度，变成一种寒意，甚至是冰冷。他知道，这件事如果不及时停止，早晚会被何秀竹发现的。

何秀竹本想对喝醉的马勋进行家法伺候，却被一个加微信的陌生人打扰了。那个人的头像是一枚头花。何秀竹对这个头花有种熟悉感。她正回忆时，看到了那个人加好友的留言是：秀竹姐，我是肖扬的妹妹，肖莉。

何秀竹一瞬间想起很多事，读中专时第一天就遇到的那个温暖的男孩，他们曾经那么亲密。真是奇怪，自从他毕业回到老家之后，两个人竟然彻底断了联系。有许多次，何秀竹都想去问问他的联系方式，但后来都作罢，她特别担心他过得不好，担心他被自己沉重的内心负罪感压倒。她几乎已经忘记这个人了。

何秀竹通过了肖莉的好友申请。

肖莉说，她送儿子来北京上大学，想见她一面。

何秀竹说好，问她儿子在哪个学校，她找一个方便的地方碰头。两个人最后约在肖莉儿子学校附近的小饭馆。

第二天傍晚，何秀竹打车过去，很远就看见了饭馆的招牌。她走进去，一眼就认出了那个曾经和自己很像的女人。她安静地坐着，完全看不出早年曾遭受过的伤痛的影子。她们握手,互相笑笑,然后面对面坐下。肖莉说,她点了几个菜,不知道何秀竹喜不喜欢吃。何秀竹说,都行的,主要是见见面。

何秀竹细细看着肖莉,她发现肖莉还是跟自己有点像,不是容貌,是神情,只有微微的一点像,但就是这么一点,也足够了。怪不得那时候肖扬第一眼看见自己,就会愣住。

肖莉把那枚头花摆在了桌上。

肖扬呢?他怎么样?何秀竹问。

肖莉没有说话,而是拉开旁边一只包的拉链,从里面拿出一张报纸,递给何秀竹。何秀竹注意到,那只包是个很著名的牌子,不便宜,心里想,看来她这些年过得不错。

何秀竹接过报纸,刚一展开,就立刻在头版的大照片上看见了肖扬的脸。他的头发花白,戴着手铐,站在法庭的审判席上,但是眼神里并没有一般的贪官那种颓废、悔恨和没落,反而是平静的,好像自己对这个结局不但早已知晓,甚至是安之若素。何秀竹的心狠狠地疼了一下,这种疼像条细线一样从心脏一路沿着血管游走到全身,最后整个身体都被这细微的疼痛刺激得有些麻木了。大标题上写着:湟源县国土资源局副局长肖扬严重违纪被"双规"。

何秀竹合上了报纸,她不想看审判的细节,或者他犯罪的细节,这些已毫无意义。

肖莉说,我去看我哥,他跟我说,让我一定想办法找到你,把这个带给你。我打听了很久,都没有你的消息,还是我儿子通过网络查到了你的联系方式。

何秀竹忽然涌出眼泪,她从来没有如此难过过,连自己最艰难的岁月里都没有。她回想起他们最后的分别,仿佛从那一刻起,他就早早地预定了自己的结局,他所做的一切,仍然是来赎少年时那无意中的罪。

他还说了什么?何秀竹问,她把那枚头花拿过来,使劲儿握着。

肖莉摇摇头说,他没别的话,只是让我把这个带给你。

何秀竹说,我记得他说,你也有一个一模一样的头花。

肖莉又摇摇头,说,没有,这是他毕业回家的时候给我的,我戴了好多年，后来他又要了回去。

何秀竹愣住了。

肖莉说，秀竹，谢谢你。我哥说他一点也不后悔。他做了他想做的一切，而且做成了，他心里再也不难受了。

何秀竹哽咽着问，所以你，这些年你过得还好吧？

肖莉点点头说，我挺好，我哥回去不久，我就离婚了，也谈不上离婚，因为我们连结婚证都没有。后来再也没结，我一个人把孩子养大，都读大学了。也不是一个人，我哥也没结婚，他一直在帮我，他最后……也是因为我。我觉得特别对不起他……

肖莉说不下去了，其实也无须再说，两人开始长时间但并不尴尬的沉默。她们各自想着心事，在无形中，她们的心事仿佛在空气里互相交融了。

服务员一盘一盘上着菜，但是她们一筷子都没动。何秀竹看见满桌的菜中，竟然有两种是鸡腿，她的眼泪几乎要掉下来，狠狠地抹了一把眼睛，跟吧台招手，让他们把店里最好的酒拿一瓶来。过一会儿，服务员拿来一瓶茅台，问她确定要开吗。

何秀竹点头，自己拿过酒瓶，打开，把酒倒进三个杯子里。

静默了几秒钟，何秀竹说，我们……跟你哥喝一杯吧。

她们碰杯，干杯。真是好酒，一点儿都感觉不到辣，只有灼烧感从口舌一路向下，烧热到胃部。

分别时，黄昏即将消逝，黑夜来临，街上灯光闪烁。在地铁站口，何秀竹跟肖莉拥抱了一下，在两个人的脸交错的一瞬间，何秀竹忽然想清楚了她们到底哪点像了。她记起来了，肖莉特别像她梦中出现的何翠竹。

9

一九九九年的三月，北方下了一场十年未见的春雪。

那场雪很大，大到很多地方的屋门都被积雪堵住了，人们不得不打碎玻璃，掏一个雪洞才能出门。院子里的雪有一米深，大地白茫茫，天空却灰沉沉。雪后的第二天，太阳高照，天气陡然升温，那场雪就迅速融化，整个世界都变得冰冷泥泞。

他们就在这样的雪后黄昏,到了毕业实习的基地吉林省珲春市小南岔矿区。这里地处中朝俄边界,是吉林省最靠东北的一个市区,隶属于延边自治州。三百多年前,中俄《尼布楚条约》的尼布楚,离珲春很近。没上过高中的何秀竹当然不知道这段历史,但是在学校这几年,她在图书馆里看了很多武侠小说。金庸的小说《鹿鼎记》也写到了这段历史,在小说里,小混混、小流氓韦小宝,在这里跟俄罗斯的女皇有过露水姻缘。对年轻的何秀竹、胡杏儿她们来说,这种遥远的跨国浪漫,是一种奇怪的浪漫,因为这里面包含着刺激性的禁忌。所以,当得知这次田野实习的地点是珲春时,她们都有种莫名的亲切感。

雪水打湿了他们的鞋子和裤脚。他们知道这里的寒冷,但没有想象过会遭受一场春雪带来的湿,鞋子浸泡在泥水里,微风吹过,整只脚都是麻木的。学生们拼命跺着脚,好让自己暖和一点儿,但常常是溅起了更多的泥水。除了寒冷和偶尔走过说朝鲜语的朝鲜族人,黄昏时的珲春跟他们上学的小城没有多大分别。

他们住进了这个边塞小城的招待所。招待所房间不多,学生们住六人间,老师们是双人间。晚上,何教授带大家去了一家朝鲜族饭馆吃牛尾汤饭。朝餐有自己的规矩,牛尾汤上来之前,先上来七八个小碟子,每个碟子里是各种各样的泡菜,看着红辣辣的,但吃起来主要是咸酸味。他们尝了几口,都不太适应。主食上来了,每人一份牛尾汤,一份白米饭,热气腾腾。这时候再去吃泡菜,就觉得特别对味儿了。胡杏儿喝了一口,皱起眉头,说牛尾汤有腥味,不想吃。何秀竹把自己带的一个面包给了她。自从那次事件之后,两个人的关系冷淡很多,但这次出行,在火车上,胡杏儿却主动坐到了她的旁边,亲热地挎着她的胳膊,好像两个人从没有隔阂过一样。

孙君突然站起来说,何老师,咱们喝点儿酒吧,好歹出来一回,天又这么冷,喝点酒暖和暖和。

何教授连忙摆手说,不行不行,学校有规定,出来实习绝对不能喝酒。

孙君说,可明天周一才正式开始实习,今天还是周末呢,属于假期,是不是啊,同学们?

男同学立刻跟着起哄,对对对,现在是星期天,学校管不着。

孙君一听有人支持，立刻来了劲儿，跟老板喊，来两瓶白酒，要当地的啊。

饭馆的老板一听，马上从柜台那儿拎了两瓶红旗河过来。何教授把烫嘴的牛尾汤咽下去，再想阻止已经来不及了，孙君和另一个男同学已经用牙齿把酒瓶盖给起开了。他们找了几个杯子，给每人倒了一点酒。其实何教授也馋酒，在家里老婆不让他喝，他只有出差或出来实习的时候，才躲在房间里偷着喝点。

孙君递了一杯给何教授，何老师，请与民同乐。

何教授接过杯子说，行吧，你们都打开了，那就喝点儿吧，不过一定不能多喝，更不能喝多。

可是一群十八九岁的年轻人，遇见了酒就跟猫遇见了鱼一样，想不喝多也难。几杯酒下肚，劲儿上来了，挽起袖子划拳行酒令。一开始，女同学还很矜持，不敢喝，过了一会儿甚至比男同学还放得开。只有何秀竹没喝，每次她都是把杯子端起来，在嘴唇上碰了碰，然后就放下。人多杂乱，也没人注意她。她旁边的胡杏儿很快就有了醉意，眼神老是盯着孙君，很快坐到孙君旁边去了。老何呢？手里夹着一支烟，被年轻人这种热气腾腾的热闹所感染，在烟雾中似乎看到了自己读大学时的样子。他的青春，也曾经是如此的喧闹而充满激情。学生们唱起了歌，年轻的朋友们，我们来相会，再过二十年……老何不断地独自端起酒杯，他不吃菜，下酒的就是这群人的歌声喊声，是他所模糊回想起来的过去。在他的斜对面，整场唯一清醒的何秀竹悄悄看着他。

从小饭馆里出来时，这群人身上都带着热气，好几个小伙子甚至把外套脱下来。他们就这么互相搀扶着，走在珲春的大街上，无惧泥泞的街道和料峭的春寒，说着胡话，唱着醉歌。清醒的何秀竹看着他们，心里头有点羡慕，也有点疏离，她刚才其实也想喝酒的，但她一直被何教授所吸引，害怕自己喝醉了，说出什么不该说的话，或者做出不合适的举动。她知道自己酒量浅，不敢尝试。孙君他们喝的那种高度白酒，估计两小杯她就得醉。那年，她考上中专学校，请亲戚朋友到家里吃饭，父亲带着她挨桌给七大姑八大姨和街坊邻居敬酒，她每次抿一抿，可抿多了，也醉。那天客人们还没散尽，她就醉了，当着大家的面背起了课文里的古诗：黄河远上白云间，一片孤城万仞山。母亲和弟弟把她强行拉到屋里，让她休息，可她还是喊叫：劝君更尽一杯酒，西出阳关无故人。第二天，她带着头痛醒来，感到丢人和惭愧，可回忆起自己昨天的所作所为，又感到一种舒坦。她在炕上翻来覆去，终于想明白这种舒坦从哪儿来了。其实，在她心里，对自己没有读高中还是有遗憾的，但这遗憾没有任何地方和机会可以去说。这场醉酒，反而让她发泄出来了。

从那儿之后，她再没有喝过酒。

今天她也抿了一点儿，不算多，但已足够让她有微微的醉意。这点酒意明显不太够，她还能清清楚楚地感觉到自己仍然在隐藏和压抑什么，那身体里要满溢出来的东西，被无形的盖子盖着，这是一种柔软但无限的膨胀。她看见何教授走在队伍的最后面，他没唱歌，但嘴里哼着什么。她故意落后，跟他几乎并排了，听见他哼的其实是戏曲，可不知道是什么戏，也听不清具体词。几乎每一秒钟，她都想跟他说话。不知道为何，如果是在学校，如果是任何其他的时间和地方，她都敢跟他聊聊天，可就是今天此刻，就是这酒意微薄却并不充足的状态下，她的内心充满了忐忑。或者说，她绝不会承认自己是喜欢何教授的，这跟胡杏儿与孙君，或者其他人的那种所谓爱没有任何相同点。可是，她到底为什么想要跟他说话，又想要看着他呢？

他是她的老师，是比她大几十岁的一个男人。哦，对了，他是男人，这是最根本的一点。如果说每一个怀春的少女身边，都会有一个人激发她最初的幻想，那何教授可能就是她命定的那个开关。

回到宾馆里，她拿着脸盆去公共水房洗脸，冷水让她体会到自己的身体到底有多么热，也让她渐渐从半痴迷的状态里清醒过来。她回房间时，又在走廊里碰见了何教授，他跌跌撞撞冲进了水房。她听见他的呕吐声和呻吟。她在水房的门口来来回回地走，但是不敢进去。楼道里的灯突然灭了，可能是停电了，她在黑暗中一动不敢动。

过了一会儿，灯又亮起，何教授抹着嘴角的涎水，摇晃着走出来，衣服上沾着食物残渣，刚好跟她碰个对面。

他们谁都没说话，擦肩而过，回了各自的房间。

暖气还没停，屋子里很热，再加上人多，女孩子睡前又都是洗洗涮涮，暖气片上搭了一张旧报纸，晾着她们的胸罩和内裤。温热的暖气把衣服上的水汽蒸腾出来，形成一种淡淡的氤氲，混合着她们的雪花膏、护手霜的味道，是一种脂粉气、女人气。她在这湿润的香气里躺倒在床上，闭着眼睛，脑子里许多凌乱的片段闪回。突然，她张开眼睛，看向胡杏儿的床铺，是空的，她根本就没回来。

她不知道胡杏儿去哪儿了，自从那次事件之后，她们基本上没说过话了。来时的火车上，胡杏儿主动过来示好，她也只是恰当地回应，两个人都不去聊过去，但关于未来又没什么共同话题。她感到遗憾，胡杏儿曾经是她最好的朋友，就因为一句无根的谣言，两个人成了陌路人。从那之后，胡杏儿变得"规矩"了很多，极少在深夜回来了。但是这半年大家都能看出来，她一反被人追的常态，开始对孙君上心了，总是往他身边凑。

所有人都在这温热湿润的气氛中睡去了，那些青春的身体，经过了酒精不同程度的麻醉，还有坐了一天车的疲惫，徜徉在暖意中，感到放松和舒服。但是，凌晨三点时一阵剧烈的玻璃碎裂之声，惊醒了整个招待所的人。窗子分散着亮起，人们迷迷糊糊地起身，问发生了什么事，然后是噔噔下楼的声音，再接着有人大声喊，跳楼啦，有人跳楼了。

跳楼的是胡杏儿，她正躺在泥泞的地上哀号，她的腿摔断了。

在实习的第一天，就出了一件大事。

那天晚上喝完酒，大家都回了自己的房间，但胡杏儿和孙君却进了另一个房间。那是走廊尽头的一个房间，住客出去办事，服务员打扫完没锁门，房门虚掩着。两人走上楼道的时候，本来昏黄的灯光，因为突然停电整个黑了下来。就在黑暗中，胡杏儿的手搂住了孙君的脖子，还把孙君的手塞到了自己的衣服里，接下来，他们的嘴碰到了一起。两人开始从热切变得疯狂，他们身体靠着的一个房间门开了，两人顺势进去。他们停止动作，以为会惊醒屋子里的人，但是静了十几秒都没有任何响动，孙君借着窗口透进来的微光看见，这是一间四人间，四张床铺上都没有人。他们又开始了自己的动作。

他们滚倒在一张床铺上。

激情退却后，两人感到了惬意和疲惫，加上酒精的作用，竟然相拥着睡着了。半夜时，房间里的客人开门开不开，就拼命敲，两人惊醒。慌乱中,他们想跳窗子逃走,可是孙君胆小,他不敢跳,却一把把胡杏儿推了下去。

胡杏儿在冰凉的泥水中躺了半个小时,嗓子都号哑了,才被医院姗姗来迟的救护车拉走。

这件事之后,他们的实习被临时取消,全体人员两天后就回到了学校,包括腿上带着夹板的胡杏儿。何教授因为带队饮酒,而且出了这么大的恶性事故,被学校处分。孙君和胡杏儿留校察看。有了处分,将来毕业分配会受到影响。半个月后,学校换了个老师,带着他们在附近的一个小地方实习了一个星期,算是完成了任务。

最后的半年过得兵荒马乱,所有人都在想方设法分配到好一点的单位,矿务局、地质局、专科学校等等。何秀竹三年来成绩优秀,表现良好,她信心满满,觉得自己能进东河市的矿务局,成为正式的国家工作人员。但派遣证下来的时候,却发现根本不是这个,她竟然被分到了一个小机械厂。这个机械厂跟她的专业不完全对口,而且不算是国有单位,属于半私企,效益一般,偏远,没人愿意去,导致招不满名额,学校才把何秀竹塞进去的。

她去找领导问情况,领导只告诉她,上面就是这么安排的,至于她向往的矿务局名额,已经填上了别人的名字。

10

从厂子离开那天,正是她二十岁的生日。

并不是她非要挑这么个日子矫情,她原来的计划是要早一周的,但是每年到生日那天,厂子里会发一个蛋糕券,她要等这张券,好带一个蛋糕回去。何秀竹第一次吃奶油蛋糕,就是到厂子的第一年,用工会主席发给她的蛋糕券买的。

她坐在长途车上,挎着一个黑皮包,捧着一盒奶油蛋糕,生怕颠簸的车把蛋糕颠碎了。她知道,这一次回去,如果告知父母自己辞掉了工作,他们一定会很恼怒。她要从各种细节上去消灭这些恼怒的小火苗,不让自己因此被烤焦。给她底气的,是黑皮包里层的五千块钱,这是她两年多来攒下的全部积蓄。何秀竹从邮政储蓄银行取出这笔钱时，心跳剧烈。她回到宿舍，关上门一张一张地数，越数越平静，她甚至忍不住跟自己说了一句：其实你早就有这个心思了。何秀竹这才恍然大悟，当第一个月拿到工资，到邮局去给父亲汇钱，她鬼使神差地从四百块钱里抽出了一百，只汇走了三百，就已经暗中为今天做着准备了。

两年多来，她一点一点地积攒着对未来生活的保障，小心翼翼地守着这点儿钱不被感冒、月经不调和各种应酬消耗掉。她知道，如果这笔钱的数额不够让她安心，她就得在这里忍耐下去，继续这平常无奇却又安稳的日子。

在小城生活的岁月，敏感的她看到一家又一家小商店涌起，那些卖零食日用服装的不说，就连五金店都遍地开花。厂子里的效益也可见出端倪，这些年房地产、汽车领域发展越来越好，相关的五金制造跟着水涨船高。他们是个小厂子，做不了大件，但那些装修用的门窗、折页、汽车门把手、修车的扳手这一类小东西，订单一年比一年多。何秀竹想回到镇子上开一家五金店，她基本摸透了进货的渠道，只要有货源，销量问题不大。去年春节回去，她就听留在老家的初中同学说，县政府跟秦皇岛一家大的地产公司签订了战略合作协议，县上所有的商品房都由他们来建。她还看到以前空荡荡的马路上，小汽车越来越多，尽管都是大城市淘汰的高油耗、重污染的二手车。这一切都在暗示她，开一家店最好的时机到了。

何秀竹最大的困难是家里，是生病的父亲和母亲。只有搞定了他们，她才能安心地把这家店开起来。回家之前，何秀竹给村里的赤脚医生打了个电话，让他转告父亲，自己两天后坐长途车到家。

何秀竹从长途车上下来，胳膊因为长时间捧着蛋糕，已经麻了，只能请司机帮她把行李从底箱里拎出来。她站在村头，没有看见来接她的父亲，这里空荡荡的，连一条狗、一只鸡都没有。难道赤脚医生没有传话给家里吗？就算父亲不来，母亲或弟弟也应该来呀？她小心地把蛋糕盒放在一块石头上，缓慢地活动着胳膊，血液流到已经很长时间缺血的臂膀，她双手的知觉慢慢恢复。何秀竹深呼吸几口气，闻到了猪粪、鸡屎的味道，一瞬间就回到了家乡，这两种东西，她小时候要背着粪篓来拾，沤好了之后给母亲去施给园子里的茄子、辣椒。

何秀竹背上所有的行李和包裹，然后拼尽全力才让双手空出来，艰难地捧起那个包装盒已经略微变形的蛋糕，往家的方向走。她能感觉到，盒子里的蛋糕在长途跋涉之后，已经不再完整，但她不敢打开看，她还抱着幻想，不停地告诉自己没事，蛋糕变形了也是蛋糕，依然美味。

是邻居家的小孩子帮何秀竹开了院子的门，又冲进去大声喊，何大爷，我姐回来了。屋子里有一个沉闷的应答声，但并没有人出来。何秀竹的心一沉。

走进屋里，何秀竹看见父亲躺卧在床上，母亲端着一碗药在喂他。她连忙把蛋糕放下，凑过去问，我爸怎么了？

父亲有些歉意地看看她，说，没事，老毛病，这几天又犯病了。说是要去接你的，可就是起不来，你妈也不敢离家。

何秀竹接过母亲手里的药碗，去给父亲喂药。

一直沉默的母亲空出了手，狠狠地拍了自己的大腿一下，突然大声咒骂起来，这小瘪犊子，怎么就这么能折腾啊。你爸这病就是他给气的，他把我们俩都气死得了。

何秀竹说，到底怎么回事？

是弟弟何秀山闯祸了。

去年秋天，何秀山压线进了镇上的高中，因为这个，何秀竹还专门给他寄了一套运动服、一双假的耐克运动鞋，花了将近一百块钱。但何秀山到了镇子上之后，跟同学里的一群好玩好闹的人交上了朋友，那群人大都是家在镇子上或矿上的，家庭情况好，常常一起跑出去打台球、看录像、喝酒。何秀山没钱，又想跟人家一起玩，就只能鞍前马后当小弟，跑腿，打架的时候冲在最前面，下手最狠。他就靠这种方式赢得了这群人的认可，让他跟着蹭吃蹭喝蹭录像看。何秀山为了显示自己的仗义，跑到学校外的小卖店去赊烟赊酒，欠了不少钱。等商店老板找他找不见，追到了家里，父亲母亲才知道儿子在学校干的这些事，只能东拼西凑把账结了。父亲要收拾何秀山，可没打到儿子，却被他一甩手摔了个跟头，犯了心脏病。

这还没完。何秀山不敢回家，整天躲在镇子上学校旁边的出租房里。这间小房子，是他同学租的，这两个同学家在一百多里外的矿山，住不惯宿舍，就合伙租了一间房子。有天晚上，何秀山跟他们一起躺在被窝里抽烟，烟头没掐灭，引发了大火。刚好隔壁的人下夜班回来，看见着火了，把他们喊醒，几个人逃了出来，可火势却难以控制，两间房子全都烧了。本来这事三个人都有份儿，但另两个人都一口咬定烟头是何秀山扔的，而何秀山竟然为了所谓的"哥们义气"，自己承担下了所有的责任。

何秀山被派出所带走了，老何就躺在床上再也没起来。

听了弟弟的事，何秀竹脑袋晕乎乎的，她不相信这些都是当年跟在自己屁股后面，整天姐姐姐姐喊着，因为怕做噩梦而不敢睡觉的弟弟何秀山干的。那时候，他是多么胆小而羞怯啊，即便是最熟悉的亲戚来家里，让他喊人，他也总是低着头轻轻地喊一声。何秀竹还记得，两个人一起去田里捡麦穗和豆子，麦芒把他的小手划得到处都是细微的伤痕，他就用这双手捧着金黄的麦穗递给她：姐姐，姐姐，你看我捡的麦穗多大啊。捡豆子时，他用自己稚嫩的手翻开土块，一颗一颗地凑成一小捧，还是递给她：姐姐，姐姐，好多豆子啊。豆子也是金黄的，他的手却黑乎乎，指甲里蓄满了泥土。

如果说，何秀竹对自己的出身和故地有什么怀恋和温情的话，一大半都来自弟弟。她比他大七岁，从小父母在忙地里的活儿，大都是她拖拖拉拉地带着他。自从她读中专后，他们就分开了，一开始还会每个月通几封信，后来书信渐少，而她也似乎要刻意跟自己的过去保持距离，连带着对弟弟的事也不那么关心了。她写信，也只是问问学习怎么样、吃得怎么样，从来没想过他长到了青春期，开始叛逆了，开始结交各种各样的朋友并受他们影响。其实，弟弟很小时偷偷抽烟的样子，已经露出了将来的苗头。何秀竹这时候才发现，弟弟其实已经早就不是那个捧着豆子和麦穗的孩子了，他现在手里拎着酒瓶子、嘴里叼着烟，对一切都满不在乎。作为一个早熟的女孩，何秀竹当然也在自己的青春期见证过那些假装"混社会"的男同学，甚至在一大部分女孩子的心里，他们染着颜色的头发、流里流气的穿着和满嘴脏话的语言，还带着一种特殊的魅力。她哪里会想到弟弟也会变成这样？

安顿好父亲，何秀竹就去路上拦车。等了好半天，才有一辆四轮车开过来，何秀竹赶紧拦住，问师傅到不到镇子上。开车的是一个四十多岁的男子，从隔壁村来，刚好要去镇子上拉猪饲料。何秀竹爬上四轮车车斗，扶着栏杆颠颠簸簸到了镇子上。她先找了个公用电话，给自己在镇政府上班的初中同学孙鱼打了个电话。孙鱼跟她做过一个学期的同桌，因为长得特别像一条鱼，得了这个外号。他初中毕业去读了中师，毕业后回镇子上的中学教书，两年后调到了教育局，也算是在政府系统了。

孙鱼的眼睛比念书的时候更鼓了，嘴也变得更大，见了何秀竹，嘻嘻哈哈说，啥时候回来的？也不说一声，给你接风啊。他一开口，何秀竹就闻到了他嘴里浓重的口臭味，混合着他吃的大蒜的味道，几乎令人作呕。她强行压住恶心的感觉，笑着说，老同学，我有事麻烦你。

何秀竹把秀山的情况才一提，孙鱼就摆手说，他是你弟啊？他这个事现在轰动全县了，好在火灾被控制住了，也没有人伤亡，要不更麻烦。何秀竹说，老同学，你一定得帮帮忙，看能不能请派出所先把人放出来，他还是个孩子，再说这也不是刑事犯罪。孙鱼说，这样，我先打个电话问问。

孙鱼拿起电话，嗯嗯啊啊了半天，放下电话跟何秀竹说，秀竹，这个事说大不大，人家房东也不想为难孩子，就是把损失赔偿了就行了，这是民事纠纷。派出所拘留秀山，也不会超过二十四个小时，现在我带你去领人，但你必须在一周之内把钱赔给人家。

谢谢谢谢，何秀竹连忙感谢。

孙鱼带着何秀竹去派出所，就在政府大院后边，走路不到十分钟。一个民警把何秀山领了出来，头发蓬乱，满脸烟灰泥垢，可见进去之后脸都没洗一把。何秀山看见姐姐，眼神里怯懦又雀跃，他知道救自己的人来了，也知道姐姐肯定会骂他。他凑到何秀竹身边，何秀竹举起手想给他一巴掌，可他这会儿的眼神，像极了小时候做错事的样子，让她忍不住心头一软，手只是轻轻落在他脸上。

脸都不洗一下吗？还是自己知道没脸见人？

姐——何秀山小声地喊了一句，眼泪在眼睛里打转。

何秀竹带弟弟出来，又跟孙鱼道谢，说请他去吃个饭。孙鱼说，老同学，别客气，举手之劳，好好教育教育你弟弟，别再闯祸了。出了政府大院，何秀山拉姐姐的袖子说，我饿了。何秀竹就带他去旁边一家面馆，他秃噜秃噜吃了两碗茄丁打卤面，摸着鼓起来的肚子说，终于吃了顿饱饭。

为了平息这件事，何秀竹把自己准备开店的钱都赔给了房东。她别无选择，父母没钱，弟弟更没钱，硬拖着不给人家说不过去，闹到法院上，更难收场。当何秀竹把用手绢包着的五千块钱递给房东，又从房东手里接过一条几厘米宽的收条时，差点哭出来。她那家五金店，她计划了好几年的事业，竟然还没开始就破灭了。但是她没有为这个去伤感太长时间，她知道，只要你活着，总会有什么事来折腾你，反正躲也躲不过，只能硬着头皮往上冲。

　　如果说这件事有什么好处，那就是何秀竹终于不用为辞职的事在父母面前小心翼翼了，无论如何，她搭上了自己的全部身家，摆平了弟弟闯的祸，父亲和母亲再也没理由去数落她。但是何秀竹自己得想这件事，五金店开不成，她干什么呢？

　　何秀竹干了很多事。她借了点儿钱，跟着一个堂姐去临沂进服装，然后到大街上摆摊卖。这事有赚头，但辛苦，而且很快各类商场商店都知道了进货渠道，争相效仿，她们的利润就越来越低。她还跑去矿山应聘，结果人家这会儿至少要大学专科，她这种中专学历完全不考虑。她跑到市里去考了一次公务员，成绩不错，面试的时候铩羽而归，有关系的比她更年轻的人，拿到了那份工作。何秀竹几乎尝试了所有能尝试的路子，都没能走通，但是她仍然坚信前面有一条路在等着自己。就算前面是东墙西墙南墙北墙四面铜墙铁壁，她也会闭着眼睛撞上去。不撞南墙不回头，撞破南墙也许就活过来了。

　　"置之死地而后生。"那段时间，何秀竹的脑海里一直在翻滚着从《读者》上看到的这句话，可她总是弄不明白怎么个死法，又怎么个活法。直到一次她在深夜惊醒，再也没能睡着，就这样看着整个世界一点一点从黑暗走到清晨。阳光照进房间的一刹那，何秀竹知道自己该干吗了，她要从头来过，从她当年初中毕业时选择中专那一刻来过。她要回到那个命运之轨被扳歪的时刻，再做一次选择和努力，命，如果有的话，她也只认自己拼过全力的命。

　　何秀竹再次出门了。

　　这一回，她去了市里，花了一年时间，一边打工一边念书，在夜大拿到了同等学力的本科文凭。但这不是终点，何秀竹的目标是考研，她要去大城市读研究生。现在，在何秀竹面前已经没有任何障碍，她身后更是空若无物，什么都不去想，只是去做就是了。她坚信，自己可以做到。"世上本没有了路，只要你不停地在一个地方走，早晚能走出一条路来。"这句话，也是从杂志上看到的，不是原话，何秀竹改了后半句。

11

她最隐秘的那部分，是跟任何人都不会说的，连她自己都只是在极其必要的时候才想起。她更愿意什么也不想地去享用那种快乐，混杂着意淫和想象的快乐，她又开心又悲哀。她的开心在于，那是她全部人生的唯一例外；她的悲哀也在于，她明确地知晓这一生最大的放纵也只是如此了。她像一个心无旁骛地在沙场上征战若干年的战士，回到阔别已久的家乡，只能通过杀掉一只鸡、一只兔子来品尝血色。她如此努力所争取的，不过是她既不是女儿、母亲、妻子，也不是单位的谁谁谁、某某人的闺蜜朋友之类，她仿佛躺卧在阔大的海面之上，任由自己缓缓沉入海底的午夜区。

但她总会在即将窒息的一刻浮上水面。

Hery的手指轻柔地划过她的头皮，她感到自己的身体在微微颤抖，头皮是酥麻的，像是每一个细胞都被最合适的阳光、空气、温度唤醒了，伸展着自己的纤维。她渴望那双手继续下去，甚至渴望它们能肆无忌惮地从衣领伸进衣服里面，越过蕾丝边的胸罩，去抚摸暗暗发胀、发烫的乳房，而且要用力。她几乎要呻吟起来。

力度怎么样，姐？

Hery带着南方口音的普通话，沿着水痕钻进她的耳朵，顺着耳道一直蔓延到鼓膜。鼓膜在轻微的潮湿中微微颤动，她也随即发出轻轻的一声嗯。这不是对Hery的应答，而是一个女人对自身的感叹。她不想从刚才的想象和体验中出来，这个彻底忘掉家庭和社会的瞬间是多么美妙，这个灵魂赤裸的瞬间多么让人陶醉。当然，他的手只是在头发里游走、抓挠，不可能伸进衣领去撩骚她。他的话再次有些不合时宜地响起：姐，今天就洗个头吗？不剪一下？要不烫个离子烫吧？

结束了，她得回到现实里，那个每次给她做干洗的洗头小弟，真正感兴趣的是推销贵宾卡，是让她在店里烫发、染发、美容，他对她本身丝毫不感兴趣。她不在乎他感不感兴趣，每周一次，她都会到理发店去做干洗，这个习惯她保持了有两年了。

两年前，一个电话把她的前半生扎了个针眼，何秀竹绷了几十年的那股劲儿，就这么一点一点地放掉了。电话是胡杏儿托人打来的。自从中专毕业后，何秀竹跟胡杏儿再也没有联系过。对方电话里说，让她去东河市。何秀竹记得，当年自己曾有机会分配到那里，但后来名额给了其他人。

何秀竹是在东河市的医院里见到胡杏儿的。胡杏儿得病了，癌症，已经做了大半年的化疗，但效果不明显，癌症转移到很多器官，医生说活不过三个月了。看着脸色雪白、头发掉光的胡杏儿，何秀竹号啕大哭。她的眼泪既是给这个读书时最好朋友的，也是给自己这些年所经受的一切的。很长一段时间以来，她觉得自己是世界上最惨的人，可现在面对着胡杏儿，她发现自己仍然是幸运的那一个。胡杏儿身体很虚弱，她真的不行了。她有一个未婚夫，不是孙君，是她单位的同事，自她生病后一直不离不弃地照顾她。胡杏儿的未婚夫告诉何秀竹，说她一定要见到你，有些话，一定要在死之前说。

病房里只剩下何秀竹跟胡杏儿，她握着她的手，那双手仿佛没有骨头，是一团融化的肉。何秀竹几乎无法从这双手里感觉到她还活着。胡杏儿断断续续地告诉了她，当年毕业分配的事。

对不起，秀竹，是我占了你矿务局的名额，现在这可能是我的报应。

原来，当年分配时，胡杏儿怀了孙君的孩子，但是孙君并不想跟她结婚。他和她在一起，就是为了身体上的贪欢。孙君让她把孩子打掉。胡杏儿知道自己不可能收服这个浪子，就以此为条件，让孙君找他父亲，帮她安排工作，她不能赔了感情最后什么都没剩下。孙君的父亲通过暗箱操作，把本来要给何秀竹的矿务局名额，转给了胡杏儿。在那个年代，这不是多难的事。

胡杏儿按照约定打掉了孩子。当她得知自己抢走的是何秀竹的名额时，曾有过短暂的挣扎，可她不敢也不愿意放弃，她觉得自己比何秀竹更需要这份工作，更需要这个保障。这么多年来，她一直心怀愧疚。她一直通过各种方式关注着何秀竹,每一次何秀竹换了地方,她总是第一时间想办法找到她的联系方式,可是她一次也没有联系过她。她不知道自己该怎么说,该如何面对昔日的朋友。到现在,她命不久矣之时,这件事再也不能拖下去了。她于是央求那个无条件爱她的未婚夫,帮她联系上何秀竹。

何秀竹听得震惊不已,她脑海里有千万个疑问在翻滚,可那些疑问在已经不可更改的一切面前又是如此虚无缥缈。她感到自己深陷困境,胡杏儿即将死去,她又能对曾经的掠夺怎么样呢?所以,她既没有办法对胡杏儿说出原谅的话,也说不出安慰的话,她只能握着她软绵绵的手流泪。

何秀竹没有马上返程,一直陪胡杏儿走到最后。她们见面之后,胡杏儿也只是多活了五天。一个阴雨天里,何秀竹跟她的未婚夫一起,把那个瘦到只有六七十斤的身体送到了火葬场。

回北京的火车上,何秀竹翻来覆去地想自己这些年的日子,想那些在她生活里来来往往的人,想命运的乖张和残忍。如果那时候,她如愿去了矿务局,自己的人生肯定跟现在完全不同。然而生活里没有如果,也幸好,没有如果。她忽然明白了什么是无常,也看清了眼下自己面前的路,很宽,甚至有好几条可以选择,但现在,她会选最多人走的那条。

从火车站回家,遭遇了大堵车,她实在等不及了,直接拎着行李箱下车往回走。离小区还有两站地左右,她低头赶路,却被一个少年拦住。原来街边是一家新开的理发店,门口旋转的花灯影影绰绰。少年站在光影里,顶多十八岁的样子,拿着一摞宣传单,用很小的声音问过路的人办不办卡,现在可以打七折。她也收到了一张,正要跟平时一样随手扔掉的时候,她看见了他的眼神。那是一双初出茅庐,还没有被生活磨炼过的眼睛,带着一丝可怜巴巴的祈求,可她又在这祈求里看见了某种隐秘的倔强,仿佛是整个湖面结冰时在最中心留下的一小片波纹。他有一张婴儿般光洁的脸,俊俏,白净,特别是他的鼻子,那是她在男人的脸上见过的最漂亮的鼻子。

她鬼使神差地问,你们这儿能做干洗吗?

他立刻活跃起来,说,有的。干洗、美容、保养,什么都有,而且新店开业,打七折。办卡储值一万元以上,终身半价,特别划算。她说,我想做个干洗,而且就你洗,做得好了,我就办卡。他愣了一下,说,我……我现在负责发传单,我……

那就算了，她说。她转身离去的一瞬间还在想，自己这是疯了吗，可还没有等想法全部闪现，就听见身后的声音：姐，那咱们去店里吧，我给你洗。她已无法再走。她走了太多年了，终于找到一个停下的理由。

后来她知道，如果这一个月他再没有业绩，很可能会被炒鱿鱼，她是他能抓住的最后一根稻草。他们走进装修豪华的洗发店，店内到处的镜子，把人照得恍恍惚惚，音响里外国歌手声嘶力竭地唱着，好像所有人都被这个时代遗弃了。他跟门口那个化着精致妆容的经理小声说了些什么，经理点了点头，他放下手中的东西，走到她面前说，您要存包吗？她反问他，你说呢？她从家里气冲冲出来，除了手机什么也没带。他脸红了一下，说，姐你跟我来。

他把她引导到干洗区，躺卧在一张柔软舒服的椅子上，脖颈下的凹槽让沉重的颈椎感到一种轻松。他拿了洗头液，挤在自己的手心，双手揉搓出泡沫，然后涂抹在她头发上。她闭着眼睛，但能感觉到自己的头发缝隙被泡沫充满，整个头仿佛漂浮在水中。他的手指伸进了她的头发里，梳理揉搓，海面开始翻滚着温柔的浪花。她心里跟马勋，跟生活梗着的那股劲突然松懈，眼泪唰的一下就流了出来，他并没看见，还以为是水龙头溅上的水。后来，他们又去洗发区清理了泡沫，再回到干洗区的躺椅上，他给她捏额头和耳郭，然后用一根棉签采耳。他把棉签一头的棉花扯得细细长长，轻轻伸进她的耳洞，似乎是他隔着口罩的呼吸钻了进去，她身体微微抖动了一下，然后感到了极其熨帖的舒服。她仿佛睡着了，但能感受到他轻盈而小心的动作，她的耳朵里什么也没有，她的头发也不脏。她这会儿觉得，人长头发和耳朵，就是为了做这些的。

离开时，她办了一张一万元的贵宾卡，刷卡的那一刻，她看见这个少年的眼神里再也不全是怯懦了，而是多了一种兴奋。他把她送到门口，热情地开门，说，姐您慢点，您常来。她走下台阶，又听见他喊了一声，我是25号小源。

她一身轻松地回到家里，马勋正在沙发上打游戏，见她推门进来，有些茫然。他没想到她在这么快就回来了，也没想到她开门关门的声音如此平常，而不是以前吵架时的猛烈摔打，而且她还拎着两个外卖盒。她把装着三文鱼寿司的餐盒放在茶几上说，我吃过了，就进了卫生间。里面很快响起来淋浴的声音，一切都仿佛跟其他日子毫无不同。他愣神的刹那，游戏里的那个他丢掉了一条命，他赶紧重新集中注意力，再次端起了冲锋枪。

她在卫生间里，把刚刚洗过的头发又冲洗了好久。刚才，在脱衣服的时候，她羞赧地发现内裤是湿的，她恍然间醒悟，之前在洗头的时候，自己的身体竟然涌起了潮汐。本来她不打算洗头的，但现在，似乎不洗就留下了某种罪恶的证据。温热的水敲击着她的头皮，那个少年的手指触碰的感觉从身体里涌现出来，继续冲击着她的感官。借着温热的水，她尽情地流了一会儿眼泪，但是她此刻并不悲伤，也不难过，她忽然发现自己以前所纠结的很多事情都是庸人自扰。她总是以一种别扭的姿态去对抗，搞得辛苦疲乏，但只要换个姿势，一切似乎都很简单。

在此之后，她每周都会到那家理发店去做干洗，有时也剪一下头发或者烫发；干洗的话，总是找那个25号叫小源的少年。他们渐渐熟络起来，她眼看着他的青涩洋葱皮一样一层层褪去，露出本性的另一面。他的手指在她的头发里，再也不是最初的小心翼翼，而是驾轻就熟的老练，她依然能感觉到放松和舒适，可再也体验不出原来的战栗感了。他会跟她说自己交了个女朋友，每天晚上十点多下班，他们一起骑自行车一个小时回到西山附近的出租房里。

路上好安静啊，他说，有几段还特别黑，我摔倒过一次，把手都磕破了。

她脑海里忍不住想，啊，他有女朋友了，还住在一起，他们肯定做过了，他们肯定每天都在做。她总是被自己的这些想法吓一跳，忍不住扭动一下身子，想用身体来掩饰心里不堪的想象。他已经不再注意她的这些细微动作，对他来说，她跟其他洗头的人毫无两样。他还说自己是家里的老小，上面有三个姐姐，说她特别像他大姐。她听了，心里很不舒服，但又知道这毫无理由。她有次曾亲耳听到，他跟另一个来做美容的女人说，她像他大姐。他可能并没有那么多姐姐，甚至一个都没有，连小源这个名字也是进店之后才起的。

总体来说，她在工作中、家庭里遇见什么不太顺心的事，第一时间都会到这里做个干洗，她沉溺在这种合情合理的陌生亲密接触中。她不喜欢去洗脚城捏脚或做什么SPA之类的，哪怕那里也有好看的男技师。她只是渴望一双温柔的手穿过头发。一年多后，他已经不再是洗头小弟，而是这家店里的一线理发师，他的头发有时候是直的有时候是卷的，有时候是红的有时候是黄的。他熟练地操持着剪刀和吹风机，跟所有的女客户谈笑风生，她用自己上百次洗头，目送他从一个少年变成一个男人。她能想象，过不了多久，他就会跟马勋或她单位的那些男人一样了。但是无所谓，她已经找到了生活之路，她已经学会了改变形体去穿过奇形怪状的人体森林。这张卡还有三千多块钱，她转让给了一个朋友，然后到另外一家办了新卡，因为那里有新来的少年，也能做干洗，她也只需要做个干洗。

两年的时间，她换了三家店，现在是第四家。

其实，三天前她才来过一次，本来要等下周再过来。但晚饭时她无意间发现的一件事，让她心情低落到了极点，她必须出来放松一下。

把多多送到家附近的课外班，她回去收拾了一下屋子。她拎着在阳台晒好的水去浇花时，发现每个花盆里都湿润润的，有的甚至还滴着水，她记得清清楚楚，自己这几天并没浇水。那只能是马勋浇的，但是，自己专门晾晒的水一点没少。这只能说明，马勋是用其他水浇的。他怎么会突然给花浇起水来了呢？

有一个想法突如其来，让她自己也感到害怕：他，会不会是故意弄死我的花的？这个念头一出来，她浑身战栗，如果这时候马勋在家，她可能会吃了他。她坐下，开始翻两个人的聊天记录，除了日常的吃饭买东西接送孩子之类的信息，没什么奇怪之处。她闭着眼睛回想自己每次浇花的情形，似乎花盆总是湿的，还有些不能多接触阳光的花，总是出现在阳台上。之前，她都以为是自己忘记搬回来了，现在想来，也有可能是马勋故意搬过去的。她还想起，自己去花店里咨询时，店主几次都说那些花按照方法养，是绝不会死的，可是都死了。

她颤抖着拿起手机，要给马勋打电话，但是电话在接通之前挂断了。她发了条微信给他：没事，不小心摁到了。这一会儿，她冷静了些，她想到自己对马勋，也有过许多不能示人的小心思。比如，多多两岁时，有一阵马勋的父母过来住，她悄悄实行的冰山政策。她对公婆没什么意见，双方属于最常见的关系，不亲密但也没什么矛盾，她的意见是对马勋的。他们在这儿住了一个月，她对公婆都是热脸相迎，嘘寒问暖，但对马勋始终冷若冰山。

　　还有，她和马勋之间的性生活，也是她掌握着主动权。曾经有过一段时间，她的欲望比较强烈，几乎每周至少要两三次。那时候她还没生孩子，年轻，荷尔蒙旺盛，但是马勋和所有男人一样，已经过了那个新鲜刺激的阶段，对身边人有了初步的审美疲劳了，他大都是打卡完成任务。但是自从她怀孕之后，他们就很少再做爱；生完孩子之后，她身体的激素发生变化，对于男女之事越来越淡，相反马勋因为长期的禁欲，又变得需求旺盛起来。她掌控着性生活的节奏，一切都是按照她的时间点来的，以至于很多次，马勋为了一次求欢，会干干净净地洗半个小时澡，甚至喷点香水，奴颜婢膝地钻进她的被子里，探索着抚摸她的乳房和小腹。她感到他的可怜，所以满足了他。她并不担心马勋会出去乱搞，他没有那个胆量，并不是说因为他不敢去，而是他本身就没有。他是一个危机感很重的人，不相信洗头房里的女孩子身体健康，也不相信他们说的警察绝对不会来查，他深深地害怕偶然性的噩运落在自己头上，特别是前几年爆出来的一些热点事件之后。

　　她想起来和马勋之间的那些温情，都是极其细碎的，但在她的心里扎下了根，缓慢地被日常生活浇灌着。它们长不成大树，可是架不住犹如青草蔓延，日积月累，就把大部分空间都侵占了。比如，她生多多的时候，二十多个小时还没生下来，马勋不停地劝她说，剖吧，剖吧。可是她坚持要自己生，她觉得这是对自己的考验，等第二天终于把孩子生下来，那个主治医生跟她说，你老公不错，你知道吗，进产房前他跟我说，万一有什么事，一定要先保大人。她听了心里顿时热腾腾的，这有点儿让她意外。还比如，他知道她宝贝那个铁做的变形金刚，某一年的生日，便特地找朋友在一家厂子里仿制了一个，说万一那个丢了，还有个备份。这俩铁疙瘩都摆在客厅的窗台上，背靠着那扇窄小的窗子。

　　何秀竹已经想通了，婚姻里总会有各种各样的暗战，但是最好不要挑明，一旦挑明，暗战就变成了宣战。所以，她不打算跟马勋说花的事了，但是她会找个合适的时机提醒他,让他知道自己已经发现了他的猫腻,并且,非常大度地原谅了他的任性。不是吗,一旦你把男人的这种抗争当成孩子般的任性,他们在你的眼里也就跟孩子一个等级了。

Hery是个90后,其实比她之前见过的所有洗头小弟都大胆,他常常会低低地俯身,嘴唇几乎就在女客人的耳边,轻轻地说,姐,水温怎么样,舒服吗?他像现在同样年纪的青年人一样,善于这种暧昧的撩骚,但其实并不想也不会跟任何客人发生实质性的越界,他们徜徉在这种道德边缘上的行走中,以此为乐。他的呼吸钻进了耳朵里,又麻又痒,她忍不住耸了下肩。他的手滑到了她的脖颈那里,轻轻地揉捏着,似乎就要钻进内衣了,却蝴蝶般飘然闪开,给她留下徒然的渴望和失落的空荡,尽管她已经准备好了在他深入时低声制止。

这二十分钟的时间里,她已经想好了接下来的应对策略,一味地进攻只会适得其反,杀敌八百自损一千的事,她干不起了。毕竟,她的目的不是压倒马勋,而是让这个家更美好,让自己活得更幸福。

晚上,马勋回到家时会发现一地狼藉,到处都是花的尸体。她把所有的花都拔掉,花盆里的土和肥料全部清理。马勋会大吃一惊,问她,怎么回事?她将告诉他,也许他说的是对的,她就不适合养花,她跟花相克,与其养死,还不如直接毁掉。他心里会产生内疚,然后劝说她,哪有什么相克不相克,都是偶然现象。她会问,老公,你说我还能养花吗?我是不是就不该有自己喜欢的东西啊?他肯定会说,当然能养啊,没事,咱们换一批新花来养,这回肯定行。

他们家里还会绿植葱郁、鲜花盛开的,她确信;而且这些花再也不会轻易枯萎了,她也确信。

原载《十月》2020年第4期

评鉴与感悟

这是个乡村青年在城市里奋斗的故事。值得注意的是，它并没有变成某种城乡二元对立范畴内渲染挫折和不公的道德故事。何秀竹充满激情的奋斗并不来自某种被美化的理想和超脱的理性判断，而是聚焦于生存法则和世俗规则的认真观察、模仿和熟练运用。作者在叙述中有意回避了道德评价和价值观关照，在逼真而密集世俗生活细节的叠加和交织中，让这个实现了阶层上升的故事得以直观、充沛地呈现出来。也正是因为道德感和价值观被有效抑制，种种意蕴反倒在这个元气淋漓的世俗故事的铺展中缓缓升腾、混杂。（方岩）

一块滚石

/李晃

　　这条老街不过五十米，却有四间便利店，店头有着统一的装修风格，灯箱里几道红蓝黄线条托着店名，什么凯什么辉，看上去像一家人开的，有一间还二十四小时营业。他望着便利店落地窗里的那个人，头发蓬乱，眼眶更深，颧骨从脸上顶出来，显得脸颊很长，身上是透着汗味的T恤加泛白的牛仔裤以及一双看不出标志的跑鞋，这就是他的全部形象。他仰着脸，摸摸嘴角冒出来的短须，觉得自己该收拾一下。

　　他去年过了三十岁生日，是事后想起来的。那天他和一群工友诈金花，输了半月的工资，最后那把牌他拿到一副大对子，他只看了其中两张，两只A匕首般冒出尖来，他窃喜，开牌却遇到一副花花绿绿顺子，JQK，三个全副武装的老外，据说是国王骑士和皇后，活该倒霉。他的牌技从未跟随年纪增长。

　　他进店买了盒十五块的烟，够劲，不像从前抽的五元烟那样火爆，但还远远不够纯净，那股被急速吸入肺部的烟雾中好像夹带着尘土，让他的喉咙遭受一次次磨砺，不过比起沙石料场的扬尘，这都不算什么。他从冰柜里拿了一瓶可乐，架子上的饮料品种让他眼花缭乱，什么时候连饮料也变得这么难选了？结账时，他顺手取过一包槟榔，这就是他在电站上的标配，可以消磨一整天。

他掏出手机扫柜台上的二维码，抬头时发现店里进来一个女人，手机屏幕中的扫码框跟着摇晃，许久才传来"叮"的一声，他迟迟没有输入金额。女人头顶扎着一只发髻，额角刘海的发梢掠过他的眼睛，因为背光，他没能看清女人的长相，脸型倒是他喜欢的样子，并不过分地尖，有些圆，像他喜欢多年的蔡卓妍。一股淡淡的香水味这才与他插肩，可他看清的只是女人海军蓝紧身裤里包裹的屁股，那么圆那么紧致，连缝隙都过度完美，腰间是一截白森森丰腴的肌体，恰到好处地显露出来，不过分张扬。他很快打了个战栗，店里冷气充足，邓紫棋翻唱的《情人》正播到最后。

　　他才从金沙江边一座在建大型水电站工地回城，电站装机容量与世界第二大水电站伊泰普水电站相当，在1400万千瓦左右，能排进世界前三。听工程部那帮年轻技术员讲，施工过程一再刷新纪录，什么仿真技术、精确温控技术、卫星导航技术以及信息传播让这座电站成为智能体，有望冲击菲迪克奖。他听得一头雾水，却无意中记住了这些与他无关的信息，毕竟他参与了这项工程，可他知道自己才不会在电站史上留下什么名字，除非他被浇灌进混凝土与大坝同在。预计九年的工期，过去了三年。他在安装分局下的精加工队做车工，每日与车床铣床刨床为伴，对付零部件也对付大坝闸门，这些都是精细的活儿，队长是师父也是父亲老友，一个做了三十年车工的老头，技术一流，脾气也火爆，对他倒还宽松，许是子弟的关系，师徒俩不时还会喝上一杯。

　　有次酒后师父问他，有没有那种网站可以看，安全一点的，没有病毒。师父问得认真，好像隔着屏幕看女人也需要一种安全似的。他一口啤酒倒灌进鼻腔，呛了大半天，才调侃说，可以嘛师父。心里却感受着这把年纪男人爆发出的强劲欲望，竟丝毫没有泯灭。他很快笑不出来，想到自己，以后会不会也这样，很难说。

　　女人的背影很快转到卫生用品的货架前，从他的角度只能看见一只细瘦的胳膊伸出来，挑着架子上的物品，手臂雨刮般摇动，他看痴起来，身体的一部分也跟着动。染着一头黄发的收银员埋头瞧着手机，在读小说，没有察觉他的逗留与异常，是他掩饰般吐出一句，操，信号不好。结完账，他才走出店门，在门前的荫翳里停下脚步，点上一支烟，脸上调整出等待的神情，一点焦急和更多的漫不经心。他等着女人出来。

女人出现时，从店里带来一团凉气，屋外的气温仿佛也跟着低了两度，女人一脚迈入午后的街道，压根儿没注意门外的他，那双腿交叉不停，阳光蜂拥而上，亮到刺目。他扔下烟头，缓缓跟上。女人步速不慢，他有点意外，得调整出一个新的步调才能跟上。他以为女人都很慢，工地上的婆娘尤其如此，遇上哪里放炮，警报拉得满山满谷响，那些女人也不予理会，好像有理由这么慢似的，好像整个工地都变成了皇宫，不得不保持某种仪态。是一朵伞让女人慢了下来，女人的脖颈消失在伞檐下，胳膊间的草编包随着女人身体的前行而轻微摆动。他灌下一口可乐，享受着从胃里泛起的气体慢慢途径气管顶出喉咙最后在嘴边骤然爆破的过程，多年的练习，他已能掌握这时间，延长那终将要到来的快意。这一次他压制了自己的声音，让那嗝在嘴边像微风拂过，只有他能听见，而往常，这声音能击碎流窜的风。

女人沿着人行道走，黑色高跟鞋敲击着地面，也敲击着他的心，他多久没有听到这样的声音了？女人没有察觉身后的他，路边一溜绿晃晃的银杏为他打着掩护，他享受着这好处，光天化日，所有人都失去了戒备。午后的阳光对他完全构不成威胁，他经历过更暴烈的骄阳，比起那些毒日头，这里的阳光只能算娇生惯养了，反正他也没什么事好做，离婚宴还有好几个钟头。

他是为这个回来的，儿时最好的伙伴结婚，他怎能缺席，兴许还能认识几个伴娘，像电影里演的那样发生些什么。他只为自己不能成为伴郎而略感不快，以他和新郎的关系，应该没有更适合的人选，可他落选了（甚至没有人通知他入围）。他并不怪他，那个哥们有体面的工作要紧的朋友，自然不会照应到这样的小事，这只是生活中微不足道的偏差，和他这些年的经历比起来，又能算什么。

他也风光过。是高中的最后两年，他告别了陪伴多年的任天堂，一头扎进网游里，不需过渡与衔接，他凭着天赋瞬间完成了游戏的更新换代，也没有人像他这般迷恋技艺全身心投入，他总能很快找到游戏中的漏洞，如果每一个漏洞都能让他挣上一笔的话，他会成为少年富翁。他就是靠着这个成为当年某一区里不靠金钱而立足的几个顶尖玩家之一。一旦他出现在网吧，身后总围拢着一群观摩的家伙，好像能一睹他的操作就是件享受的事情。他只是没有想到有一天他会穿上工装替代父亲出现在电站上，放下虚拟中的刀剑，拿起现实中的扳手锤头，货真价实地洒下汗水，锤炼着自己不得不面对的新技艺。如今，仍有不少同学还记得他当年的名声，冷不丁他会接到陌生电话，询问他是否愿意跟他们玩某款新出的游戏。他想起那些名字，在头脑里一一对应，当年他们可是班上的好好学生，与游戏从不沾边，那时他可没什么话好跟他们讲，想来他们更是如此。高中最后一年，他几乎每一个月才露上一面，他过早地成为同学中的稀客，可眼下，稀客倒最被人惦记，那些同学念了大学有了工作、家庭甚至孩子，到头来竟过起了他从前的生活，甚至比从前的他更加狂热，他就疑惑了，他错失了什么吗。

女人转过街角，摆脱了这一片低矮的建筑，前方的楼群陡然升高，一式的玻璃幕墙折射着阳光，车声在这里更响了，响得理直气壮。刚过市西路的十字路口，红灯转成绿灯，人群开始稠密，有更多的女人加入进来，他不想分心看她们，他看她们的眼神也是淡漠的，这符合路人的角色，那朵伞才是他的目标。可走着走着，他才发现那朵伞消失了，是女人收起了它，他一下看不见她了。他有些心慌。为什么要跟踪这个女人，他也说不好，他们之间可不会发生什么勾连，就算有人介绍，以他现在的样子也只会不知所措，只是眼下走在人群中，走在两侧汹涌大楼的阴影下，在双手不知如何摆动的时候，他才觉得一切都错过了，也许以前还有机会，他的数学曾称霸过年级，可他搞砸了。他加快步伐，不相信穿跑鞋的还走不过穿高跟鞋的。他险些撞到另一个女人，满脸雀斑有点微胖的女人，好在他及时顿住脚步，脚下跑鞋传来摩擦地面的嘎吱声，橡胶鞋底有些老化，效果却好。女人本能地往身旁一闪，嘴角发出夸张的声音，他倒被这声音吓了一跳，好像他对她做了什么，他来不及说声抱歉，又起身，就算对方再骂几句难听的，他也不在乎。他又看见她了，那个美妙的背影开始上路口的环形天桥。

一个流浪汉拖着一只蛇皮口袋走下天桥，与他擦肩时他听到口袋里传来塑料瓶身的磕碰声，犹如一串打击乐。他手里拎着那瓶喝下一半的可乐，瓶身上古天乐的脸看上去和眼前的流浪汉没什么区别，这么硬朗长相的人也流落到这般田地，让人怀疑。他踏上天桥的第一级台阶，女人已走过天桥的大半，她的步速让他很不习惯，人群中走这么快，是不合群的表现吧。从他这个角度望过去，女人更高挑了，腰间的那一抹白在栏杆中时时闪现，每一帧画面都定格下来，投影在他那蜘蛛般大小的眼球里，却有着孔雀开屏的效果。女人海军蓝的裤子让他一度想起了在西双版纳见到的那些鸟。

他走上天桥顶端，女人却已走下天桥朝一旁的商场走去。他应该想到的，这时候的女人不逛街又能做什么呢。商场前的小广场上有人顶着阳光在发传单，却没人逗留。一架巨型自动扶梯从广场旁伸向大楼的侧边，看上去有七八层楼的高度，几朵墨绿色阳伞在商场一楼的星巴克门前撑开，女人朝那里走去，他放下心来。

靠近广场时，女人已在阳伞下端坐，留给他的还是一道背影，女人的对面露出半张中年男子的脸。原来是一场约会。他说不上有多失望，但还是失落，也犹豫着要不要靠上前去找一张隔桌的椅子坐下来，听听他们在聊些什么。

他没有动。

许是父女。他想。他退到一棵行道树下望着他们，在这有限的阴凉处，他点上一支烟，想休息一会儿，他确实有些累了。

这两天他睡在母亲家，在客厅的沙发上，那沙发过于绵软，他难以入睡，他躺着玩《狼人杀》，声调放到最低，直到窗外的天色开始交接才浑身疲软地睡去。这些年他早已习惯睡工地硬得硌骨头的简易木板床，那才够劲儿，对付一天的疲劳有着意想不到的效果，称得上以暴制暴。母亲清晨起床，在客厅里对着电视跳广场舞，声音虽轻，他也醒来，他和母亲难得一见，却也没什么话讲。他出门吃早餐，问要不要带碗粉回来，母亲也只是摇头，说一句，不要睡这么晚，对身体不好。他闷头出来，回味母亲的话，好像一种关心，可他不想深究，他知道只要他一走，她连个电话都不会给他打。

母亲有自己的生活，可这也曾是他的家呀。他一年级才随父亲离开，到离城八十公里远的小镇上，单位在那里还有一个留守处和一所子弟学校，父亲在那里安下家来。母亲再嫁后他就很少见到，父亲没有再娶，可娶不娶都没什么关系，父亲常年在外，那家里就只剩他一个人，起初还有一个他叫婆婆的人管着他的生活起居，是父亲师父的女人，一个过早白头的寡妇，父亲每月会寄钱回来，直到女人做不动了，才把他退了回去，像退一件什么货品。那时他念了初中，父亲问他愿不愿意住校，他拼命摇头，父亲就没再勉强，只说，你大了，要学会安排自己。从那时起，他开始一个人过。母亲后来生了一个女儿，和单位上另一个职工，那人和父亲还是朋友，走动频繁，也是多年前的事了，妹妹如今在外省一所大学念研究生，他更少见到，以前他来城里，母亲会带上一脸不快的她和他出门吃饭，那个男人在电站上，常年不在，所以看上去母女俩也是孤孤单单的，和从前的母子没什么区别。

　　阳光有些移动，不再白刺刺地像他手下车出来的金属刨花，手边的烟燃到过滤嘴，他也没有抽上几口。他盯着不远处那朵厚实的遮阳伞，伞下的女人露出侧脸和一条光溜溜的胳膊，手臂长到像被PS拉抻过。那个男人穿着蓝白杠马球衫，领子没有立起来，身形微微发福，倒也显出派头，手边一支细长雪茄袅袅冒着烟气，男人抽上一口，就架在金属烟缸里，不再动它。两人清淡地谈着什么，没有激烈的肢体动作和面部表情，他很快排除了情侣的可能，又不十分肯定，能在这里碰面挥霍时间，想来有其他关系。更不可能是父女，这一点他能肯定，哪一方都没有表现出父女应有的亲密，女人还很拘谨，双腿并拢在桌下，身子像堵墙般笔挺，没有放松地搭在椅子上，始终保持礼节性聆听的样子。

　　他等着他们结束。

　　赶到那间叫诺富特的酒店时，天色低沉，起风了，午后的热潮被瞬间驱逐，高原里的城市总是这样，气温随太阳移动而大幅变化。他汗水冷却，T恤贴在身上像另一层皮，脚下的跑鞋看上去酷似他的脸。旋转门内空无一人，迎宾环节撤除，只有一张彩色婚礼展板还立在大厅，没有人迎接他，他心里预演好的表情和问候一时没了去处，也无须掏出那只鼓鼓囊囊带着体温的红包。一个人时，竟有种婚礼散场的感觉。他灰溜溜钻进电梯，希望仪式还未开始。

　　过堂上被布置一新，清新的海洋主题，海蓝色的拱顶和幕墙，如同走进海族馆，有人在这里合影拍照，尽头的婚纱照被放大到真人大小，他几乎认不出新郎，还以为走错了场，是有人眼尖地发现他的，金莱，这里。

一个女人朝他举起手。

多久没见了，黑了啊，李端说你回来两天了，怎么才来？他想起对面女人的名字，孟怡，上学那会儿全班人都管她叫孟二，印象中是个反应迟钝的女生，那外号还是李端取的，他还记得。

使他诧异的是女人的表现，仿佛昨天才一同放学。

是啊，他说，新人呢。

在化妆间，今天摆了二十桌，李端很低调嘛。孟怡努努嘴，示意他往婚宴大厅看，透过朱红的门框，他看见宴会厅里烟气腾腾，花亭扎在中间，一式的紫色灯柱随着T台延伸向他看不见的舞台，这才觉得人声喧哗。他转过身来，看着眼前的女人，女人身上的连衣裙有些紧，人就尽量保持不动，他也控制着自己的目光不往别的地方滑去。

还在等人？他问。

等陈庭呢。对方说。

他眼皮跳一下，久违的名字，满屋人竟在等她，他不敢相信，但考虑到新郎是李端，一切又是可能的。

她从深圳过来，还是李端面子大，我都很久没见到她了……孟怡讲起来，他却走神，开始后悔自己这么潦草就出门，早知道该去商场买套行头，婚礼这种场合，多少该光鲜点。

结婚了？他问。

陈庭？结了，男人是广东那边的，还没小孩——你没她微信？我们先加个，回头给你名片。

俩人掏出手机，新郎却从一旁的化妆间里出来，乘他不注意伸过一只手，落在他肩上时却变成了拳头，他险些要被那拳给打倒。他转身，看见对方西服上的胸花，郑重地写着"新郎"两个字，好像不这样，李端就会反悔似的，那张脸果然也没显得有多高兴。

来支烟？他问。

新郎说，赶快。

他递上自己的烟，李端也没嫌，凑着火吸起来，还是这烟够劲儿。李端朝天花板狠狠吐出一口，也没有问他为什么才来，他也不准备说。俩人相视而笑。

回来待多久？对方问。

请了十天。他说。

住你妈那儿？

他点头。

要回去看你老子吧。老头好玩，在楼顶搞了棚屋养鸽子，还差点和楼下的干一架。

这情况他竟不清楚，又不便表露，只好说，过几天回去看看，等你忙完。

我是忙不完了，马上要出去。李端说。

蜜月吗，去哪里？孟怡插话道。

日本，都他妈去了两次了，现在什么情况，明天我可能就是流浪汉。

你媳妇穿和服很好看啊，上次你不是晒过？孟怡说，我们都以为你娶了个日本媳妇。

我哪有那福气，李端笑，你不知道，脾气大得很，金莱知道。

他并不知道，只偶尔听李端抱怨，说对方脾气不小，名堂多得很，很难伺候。你知道《甄嬛传》里有个纯元皇后吧，我这位是纯玩皇后。李端曾开玩笑说，他却困惑，拿不准李端是否在炫耀。那个叫南南的新娘和李端是报社同事，同一年进去的，在一起五六年了，他见她的次数不多，最初几次只是在外间吃饭，李端请客她跟着，饭吃到一半女人就有些心不在焉，谋划着接下来要做什么。他和俩人还去看过一场电影，《北京遇见西雅图》，李端喜欢汤唯，他倒没什么感觉，那天的气氛有些怪怪的，三个人并排在电影院里看一场爱情电影，他简直不知道自己为什么要去。有时他从电站回来也会住李端家，在他买房后，是新区近两百平的复式，整天都能听见一旁林子里的鸟叫和附近建筑工地的打桩声，连绵的脚手架和塔吊望不到尽头，他晾在阳台上的短裤总落满灰尘。他问李端为什么要选这里，李端说，你不懂，现在不方便，以后就牛了。有一次李端不在，南南开车过来，屋里只剩他一个人，费劲儿地玩着李端推荐的《黑暗之魂》，他告诉南南，李端出去了，不知道去了哪里。南南倒也没当即离开，只问他吃过没有，她可以带他出去吃点什么，他指指厨房，说下了面。南南就笑了，说比李端强。那次是他和南南话说得最多的一次，几乎把他和李端的过往都说了一遍，当然聊的是南南感兴趣的话题，比如李端和谁有过瓜葛之类。从对方的反应来看，也不像后来李端告诉他的那些。

新郎很快被一个伴娘模样的女人叫走，那个穿紫色纱裙的女人连看都没看他一眼，他干脆灭烟，朝大厅走去，他不想再站在这里。孟怡说，我给陈庭打个电话，也该到了。

他走进婚宴大厅，朝孟怡指点的方向走，在末座上，人差不多来齐了，还是那十几张熟悉的面孔，男男女女，和他打着招呼。这群人里倒成了好几对，肥水不流外人田似的。他还没坐下，就有人喊快点，来一把？他摇头，看着他们玩双升。

他掏出手机，问身旁人，密码多少？

那个叫罗婷婷的胖女人说，回来也不说一声，越来越神秘了啊。

他笑，我倒不想走了。

女人说，在外面多好，可以装死，我这个月吃了三场酒，再有人结婚，只能玩消失。话说完，对面有人接嘴，什么时候也结一个，来个一网打尽。

女人说，你娶啊。

对方说，有金莱啊。

哄笑声里谈话中断，他得到了Wi-Fi密码，可实在没什么看的，刷了一回朋友圈，看到对面几人发的照片，和新郎新娘的合影，他点开来细看，主要为了看伴娘，一共五个人，一式的紫色纱裙衬着新娘，都瘦得不像话，只是个个浓妆，看不出真切的样子，他挨个点完赞，像完成任务。

隔桌也是这班人马，有个叫枫景的过来发烟，俩人聊了聊，他们一同玩过几个游戏，算有另一种关系。枫景说，没意思，准备去玩个私服，你要不要试试。他敷衍地回答一句，对方就情绪高涨起来，说还不如自己开一个，租个服务器就行，比上班强多了。

我们没时间管，不如你来入伙？枫景说。

我们？还有哪个？枫景说，陈磊和老管啊，你只用负责运营，投入也不大，就是前期打广告要烧点钱。

对方说得煞有介事，看来并不是心血来潮，他问，要投多少？

对方比了个手势，跟着说，不急，就是个想法，我听说有人做攻击，明码标价，保护费一年就能收几百万，不是开玩笑。

这些事他确实听说过，私服他也偶尔玩玩，人气还不错，只是靠游戏吃饭是不是太晚了？他从未想过要靠游戏挣钱，哪怕是做老板。

你可以考虑一下，待在工地，连个妹子都他妈摸不到，有个鸟意思，不搏一下，怎么翻身？他看着枫景，想着从前也没见此人这么有头脑，他父母是职工医院的医生（他们这一窝人都在出生在那里），连带着把他也培养成了半个白衣天使，枫景是个麻醉师，说起话来，也确有几分麻醉感。他当然也想过回来，可回来能做什么，大把的子弟跑回城里四处碰壁，最终都去做了黑车司机，这些他见多了。

枫景刚回座，孟怡和陈庭就过来了，两个女人一前一后，陈庭走在孟怡身后，应该是她，他不会看错，昔日那个恬静的女生如今变了模样，再不是梳妹妹头穿泡泡裙的女孩，可那双眼睛不会骗人，他一眼看出来，那头波浪卷的披肩发浓密如盖，身上衣衫素雅，他也说不好那是种什么风格，仿佛换个场合就能谈项目。他还没看够，陈庭的目光就已扫过众人，薄唇上的口红扎眼，多出一份锐利。他心里祈祷起来，千万坐到隔桌去，陈庭要是坐下来，整桌人都会不安吧。他看来看去，这桌人都活得不仔细，毫无光彩可言，他们还在假装玩该死的扑克。

两个女人还是就近坐了下来，大伙这才自觉放下手中的牌，陈庭挨个叫出名字，竟无一偏漏。到他时，陈庭莞尔一笑，抿抿嘴，说还这么瘦，人倒是精神。他想着这算不算表扬，T恤里又泛起冷汗。孟怡跟着说，是啊，发际线也很牢靠。大伙笑。陈庭腮红一动，施施然又到隔桌打一圈招呼，顿时引来惊呼，枫景那帮家伙疯狂吹捧起来，嚷着女神来啦。他却看见几个女人微蹙的眉头和几道不易察觉的白眼，就像儿时陈庭得到的那些。

进行曲响起时，人群的喧闹才片刻止息，大厅的顶灯熄灭，只有两侧的射灯还亮着。在这黯淡的光线里他看见陈庭微微转身，目光朝向舞台，侧脸有着惊人的柔软幅度，手臂细长，拢在身前，身形保持不动。跟着射灯熄灭，全场陷入黑暗，人群里只有手机屏幕还闪着光，齐声爆发的叫喊中还夹带着几声亮丽的口哨，人群骚动起来，仪式开始。

一盏聚光灯骤然打亮，打在大厅入口，新娘一袭白色婚纱站在这唯一的光源里，头顶的银冠闪闪发光，成为全场焦点，一个神情严厉的中年男子挽过她，俩人随着音乐的起伏缓缓朝花亭走去，主持人煽情的串词响起，他头皮一阵发麻。花亭里，李端站着，一道黑色剪影，他看不清他的脸，不知道这一刻的他是否还有想逃走的打算。

身边人都站了起来，纷纷掏出手机记录这动人的一刻，他也起身，却没有驱身往前反而退到桌椅背后，他不想看李端如何单膝着地向女人献上捧花，也不想听他说"嫁给我吧"这样的规定话语。他只是想从另一个安全的角度看看陈庭，此前罗婷婷在他耳边说"还是淑女好看吧"让他着实尴尬。他点起一支烟，看着陈庭插在人群中和孟怡说着什么，有一瞬间他感觉她也朝他的位置看过来，可没看见他，虽然他只捕捉到了这转瞬即逝的举动，却也足够让他激动。

仪式进行着，等李端牵着新娘步上舞台时，在主持人深情地烘托下，在现场气氛达到顶点时，令所有人都没想到的一幕发生了，李端竟当着所有来宾发表了一通莫名其妙的言论，关于婚姻又似乎不是，他没有真正听进去，等他反应过来时，李端的话已说到尾巴上。

……我希望能有一种婚姻，打破以往的观念，让自由、平等真正进入我们的生活。

这是李端的结语，他听得清楚无误，话音落下，大厅里顿时安静，只有上菜的服务员没有停下手里的活儿。大伙都有些反应不及。他也没想到李端会说这些，像发表演讲，他自然不明白李端的意图，也听不大懂那些话语的指向，"打破以往的观念"，这是哪样意思？这些话似乎不仅针对这场婚礼，更像是李端对人生的态度。他不了解这样的李端，李端对很多事都有自己的看法，通常还很愤怒，可这一切和他的生活有什么关系？他不明白。他知道的只是，如果这些看法和愤怒也值钱的话，那李端也是富翁了。

是陈庭带头鼓起掌来的，掌声从这一片不起眼的角落响起，他也跟着拍，盲目中还有些坚决，他还有很多没有想通的地方，可哪里容他细想，他只听见掌声瞬间浪潮般朝前涌去，形成滚滚巨浪，这让后来新娘的发言黯然失色，他只听到一句，谢谢大家。

高潮去后，大家像什么也没发生一样只顾着吃，似乎饥饿才是婚礼最重要的主题。

敬酒环节，新郎新娘姗姗而来，李端脱了外套扯了领带，新娘子的婚纱换作了旗袍。李端举起一杯真酒，一改此前的凝重，用一种故意的腔调说，兄弟唐突了。大伙忍不住笑，话从李端嘴里出来就总有种喜剧效果，这是女人们喜欢的吧，似乎刚才的宣言早已翻页，李端又变回成那个他们熟悉的人，他放心下来。在与新娘碰杯时，南南才对他说，好久没见你了，谢谢你来。语气里的客气成分让他有些诧异，他这才掏出那只红包，准备解释一下，可南南根本没有在意这些，那微笑始终没有离开她，让她还维持着一个新娘应有的尊容，这让他佩服，只是看到陈庭时，新娘眼神里才划过什么，像游戏里的闪屏，又很快过去。两个女人浅浅地碰碰杯，然后分开。只有李端还站在那里和陈庭说着什么，他听到一句，唉，你该注意一点，还没吃过亏啊。陈庭话说得委婉，李端只是苦笑。

不懂的只是他。

婚宴结束，他没有理由再待在城里，母亲家不便久住，她人也总在麻将馆，混上整个白天，两餐都在那里解决，还让他跟着过去吃，他不乐意。他一个人待在这个家，家里的一切都与他无关，没有上一段生活的任何痕迹。他的房间早是妹妹的，屋里还残留着一个少女经年累月留下的味道，有一丝香甜，木床上堆着玩偶，床单是粉色的，没有褶皱，像书桌的表面，他的指肚抚过妹妹书柜里的几十本书，留下微微的战栗感。他想要是他一直生活在这个家，现在会是另一个样子吧，至少会去念一个什么大学，像其他人那样留在城里。

昨晚加了陈庭微信，看过她半年的朋友圈后，他才庆幸自己没有向她表白过，那喜爱始终被埋藏，连李端都不知道。听孟怡说陈庭在银行任职，是个理财高手，眼下正做网贷，点对点，收益不错。孟怡问，你要不要试试，每个月都能进项，陈庭自己都投了一百多万，稳赚的。他摇头，我哪有钱。再问，她老公做什么的？孟怡说，一家房地产开发公司的副总，听上去好听，还没陈庭挣得多呢，他们各花各的。他了然，他看陈庭朋友圈就是这样，永远一个人，一个人吃饭逛街看展览，画面里没有另一个男人的半点影子。

中午，陈庭主动发来一段语音，组饭局，她想请李端两口子吃晚饭，再请几个老同学。这么多年没见，要好好聊聊，金莱，你要来呀。陈庭说。

这段语音他放了一遍又一遍，好像只为了听听对方的声音，是当年稚嫩声调的成熟版。他迟迟没有回复，想去又有些犹豫，直到李端打来电话，他才脱口而出，不来了，我回雾水了。李端说，不早说，陈庭明天就走，要不我来接你。

算了，他说，别麻烦。

李端没再坚持，只说，你也得跟人回个话啊。

他说，好。

是该回去了，看眼时间，还来得及，下午四点还有一班车回雾水。他干脆收拾起包，给母亲发信息说走了。临走时，他从妹妹书柜里顺走了那本封面新新的《三国演义》。他记得小时候得到过一盘三国志游戏，全日文，没有任何翻译，他硬是靠着一条条操作逐条摸清了其中的含义，把游戏顺利玩翻版，这是他游戏才华的初现。初中的一个暑假，他还把《三国演义》找来啃完，这是他唯一喜欢的书。一个半小时的车程，书只看了一回，随手翻到"却说曹仁忿怒，遂大起本部之兵，星夜渡河，意欲踏平新野"。说的是玄德用计，元直荐诸葛，他以为自己记得大部分内容，其实竟像没读过一样。

跳下车时，人才感到松弛，是熟悉的味道，镇子又改了容貌。车站所在的这条街变成了民国风情一条街，临街的一面一律青瓦白墙，阳台是一式的铸铁花式栏杆，街头还立着黄铜雕塑，拉黄包车的伙计、穿大褂的先生、举算盘的少年……早听说这里要发展旅游，没想到竟是眼下模样。四周都很新，只有西边群峰中的大坝老了，混凝土坝身越发暗淡，被青苔覆盖，儿时熟悉的那抹清辉不见，山崖上的青松还是那样，四季深沉，江水倒浅了，夕照之下的沙滩大面积裸露，好像能从这一头直接走过去。脚下是新铺的沥青路，划着清晰的路标，路口的斑马线让他下脚犹豫。他从桥墩下转入老街，这里倒还没变，地面开裂着，街沿下冒出几丛斗鸡草来，靠河堤的一侧是新楼新景，栽了树修了广场，石栏杆砌出长长的距离，背面却依旧如故，两旁低矮的门脸上着排门，只有配钥匙修鞋的小摊还摆着，顽固地守着什么。他从百货大楼的路口左转，上坡，进入单位小区，三四十年前的老式筒子楼和办公大楼早已拆除，建起了如今标准式的六层小楼，粉白相间。

回来前给老头打过电话，让留晚饭。父亲说，好，水箱里还有两条江团，等你来消灭。父亲语气很淡，他却听出愉悦，他们一年里也说不了几句话，他只能靠这不多的字句来揣摩父亲的情绪。

　　正是晚饭后，院子里有人纳凉，无一例外的老人和孩子，冷不丁冒出一个青年男子，倒要引起一番注意。他的出现就是这样，几个老阿婆先是警觉地盯着他，待他走近，分辨清楚，脸上的皱纹才跟着平复，金莱，就回来啦，还是一个人，也不带个媳妇回来，光棍不能打太久哦。有人讲。

　　他回一句，是你们不给我介绍啊。

　　老太们笑，一个说，我们手里有什么好货，你不从外面带，倒想占我们一个。

　　他顺着老人的话讲下去，我不挑，是个女的就行啊。

　　阿婆们笑得更开心了，一两个正要靠拢拉住他说一通，他赶紧开门闪身到防盗门内，不等着铁门自动闭合的哐当声传来，在老人们的议论声中，他大跨步上楼。

　　进门，父亲端坐在沙发上，目光呆呆地盯着电视屏幕，在看一档海钓节目。茶几上摆着饭菜，一锅豆腐鱼，一碟泡菜，还有瓶剩了一半的清酒。

　　老头。他喊了一声。

　　来了。父亲看他一眼，确认是他，才把手中的遥控器放下，搓着手，等他入座。

　　酒是为他备下的。去电站前他还滴酒不沾，七八年过去，才渐渐练出来，父亲却一直不大沾酒，他记事起就这样，家里来了客，也不过浅浅地陪上两杯就主动扣了杯子，不晓得的还以为主人家小气。父子俩彼此斟上酒，仪式般碰了碰杯，父亲小口抿，两钱的杯子，也分上三口，他主动问起李端的婚礼情况，还说李端带新娘来看过他，很有心，语气里透着满意。他拣着无关痛痒的说上两句，要照实说，他怕父亲不理解，他也不理解啊。他想起父亲好像从没有问过他是否想找人结婚，这样的事他一次也没有提过，好像女人永远是俩人间的谈话禁区。倒是母亲还曾问起，说现在工地上都没女人了吧，不像他们那时候，女工能占上一半，以前做车工的全是女人，还有烧电焊的，电工班里也有女人，拌合楼和抽水房就更不用说，那全是女人的天下。你没赶上好时候，也是造孽。母亲感叹。

见他沉默，父亲又讲，你回去给李端捎几条鱼，城里的鱼都喂了激素，女人吃多了会不孕。他不知道父亲哪里看来的消息，别人的事他倒很上心，他闷闷地回答，就不用你老操心了，李端要带新娘子出门。父亲才转而问起他在电站上的情况，提起师父，说老唐快退了吧，三十年工龄早满了，还舍不得走。他唔唔嘴，回味着白酒穿喉的辛辣，说老唐哪像你，他姑娘还在念书，想走也走不了的。父亲哼一声，酒杯倒扣过来，示意他不用倒了。父亲说，你师父这辈子就是被女人害的，色字穿心，你莫要学他。他不接话，心里暗暗不爽，就是想学也得有女人啊。他给自己注个满杯，二钱入口刚好，将将能堵住他的愁闷。他知道父亲的意思，他是想说师父都结了三次婚，有一双儿女，年纪一把还只能在电站上熬着，哪里像自己，就算有个不争气的儿子也用不着太担心。他这个儿子倒像是捡来的。不容他不乐，父亲跟着问起母亲，说你妈怎么样，上次打电话找我借钱，我没借，有钱也不借。语气里透着得意，跟着问，她没找你吧。他支吾地说没有。借钱的事他知道，是去年年底，母亲破天荒给他打了电话，开口就要三万，也不提什么事，那时他卡里还有些存款，比三万将将多一点，是他这些年来唯一的积攒，他汇了两万过去，不过他可不敢和父亲说这个，不然依照他的性格明天就可能去讨回来。父亲完全干得出，这么多年过去，他还是无法原谅她。

多少年了，离开那个家。

其实离开前他就知晓父亲和母亲要分开来，是母亲告诉他的，为这个，他不知哭过多少次，每次家里爆发争吵，他就缩回到房间的小床上，听窗外零星的沙粒撞击玻璃的声响，直到母亲传来号啕，是父亲打人摔东西了，他才下床拍打起被反锁的房门，嘴里喊着妈妈妈妈我来救你呀。想来多么可笑，可那时是真的，他甚至产生过趁父亲睡着杀死他的念头，用工具柜里的那把红木柄斧头，反正这个常年不归家的男人对他和母亲也没什么用，还不如那个叔叔。

他是睡着后被父亲抱走的，醒来时，天已昏黄，他躺在父亲怀里，父亲却坐在一辆依维柯狭小的座椅上，那时去小镇还没有高速，他们就在盘山路上兜兜转转，车身颠簸，他的心也跟着一次次失去重力。他感觉有什么东西正在离他远去，还不仅仅是母亲。是父亲伸过一只手，勾了勾他的眼角，却抹不掉那连绵的泪线，父亲说，不要哭，是你妈妈不要我们了。他怎么可能相信，开始用手捶打起父亲，打到不耐烦，父亲才伸过双手牢牢箍住他，他也实在是累了，挣扎得太过卖力，他只好想象母亲能看到这一切，看到他的努力，他从未如此辛苦过呀。等他声嘶力竭到连一个简单的音节都发不出时，身子才再度软下去，一下瘫在父亲怀里。再次醒来，天已透黑，房间被夜色笼罩，四周出奇的静，细听能听到流水的声响。这是一个他从未来过的地方。他从床上起来，发现盖在身上的毯子已耷拉到地上，他没有管它，径直奔向窗口，窗外昏沉，有风吹过，像小马跑过树林，可窗外没有树，几块灯光映照出一片杂草地，草地尽头就是巨蟒般的江水。他惊恐起来，朝门口奔去，刚把脑袋探出门框，就被另一阵黑暗压住，怎么到处黑咕隆咚的？他试着喊了一声，回答他的是一支骤然亮起的烟头，随着那惊鸿一瞥的微光他才看清了父亲的轮廓，看见他，他的忧虑才再度泛起，他已哭不出来，他还隐隐抱着一个希望，希望他们只是出来玩一玩，散散心，过几天父亲还会把他还回去。他迈动步子朝男人走去，男人还埋着脑袋，有些沉思，可离他愈近他就愈感到一股失败的味道，那味道就像飘进他鼻孔的香烟的味道，这才发觉房间里满是烟气，空气节节败退，他被呛了一下，眼泪又莫名其妙顶出来，滚在他脸上火辣辣的，他哭不出声，声带早已干瘪脱水，一用劲儿就像被锯子锯过。他不闹，只是伤心欲绝地望着那个男人，那个人也发现了他，声音穿透烟雾，开始缭绕，饿了吗，爸爸带你去吃饭吧。

那一幕，还像是昨天。

这一顿，他吃下四碗饭，饭菜踏实地压在胃里，人就容易满足，会忘掉伤心的事情。饭后，父亲撇下他出门打牌，他无事可做，这个家他总共也没回来过几次，一切看上去还是崭新的，没有多余的陈设。他以前的家可不在这里，而在谷地另一端的设计院大楼里，那间有着巨大窗扇的房间如今人去楼空，他后来去过一次，他房间的墙上还残留着两张招贴画，八神庵和梁咏琪。很多个夜晚，他和李端就在这里，在这四壁之下，他玩游戏，李端则抱着一本小说书啃，他玩累了或者李端看书乏了，他们才会挑上一张碟片看看，大多是香港电影，有他喜欢的《东成西就》和李端喜欢的《东邪西毒》。成百上千个夜晚就是这样，也不知最初是谁带的谁，屋里渐渐人多起来，这些同学来过周末，从街上的麻辣烫店里端了汤锅来，大家围着吃，吃到后来人就散落在他家里。他家的这几间房格局奇特，曾作为办公场地，几乎各不相通，两两相对，中间隔着一条宽敞的走廊，所以即便人多，也显不出拥挤来。有人在客厅看自带的碟片，有人在他房间打牌，而那些公开或半公开的情侣则待在父亲的房间幽会，所有人都各得其所。有时他从外间回来，屋里就有了人，他的出现倒像是个客人，那帮人毫不见外，也并不让出一个位置，如果遇到门被反锁的情况，他就会自动转身，再去一趟网吧或者走到楼外的平台上抽烟，看夜幕降下，等有人主动从楼道里出来，通常是班上的几对情侣，男方一如既往地讪笑着，对他讲，金莱，我请包夜啊。女生则闪身在男生身后，一言不发。

如果仔细回想，那时的他对男女之事并没有太深的探究，甚至有些笨态，电影中的情色镜头在他看来也不过是成人间的游戏罢了，他单纯地设想来他家的男女只是想找个地方聊聊天说上些废话，就算有亲密举动也仅限于亲亲嘴什么的，算不得什么。直到李端透露说，你家都快成淫窟了。他才恍然，可怎么会呢。那床上的被子和他离开前没什么两样，还是凌乱地搅成一团，看不出形状上的改变，只是身体的余温不会骗人，偶尔掉落的毛发更是证据，他后来对比过，那确实不是自己的，那些少女可疑的细丝让既他惊奇又沮丧。

父亲回来时，他正缩在床上翻书，看到张飞使计大败张郃就听到重重的关门声，他合上书，问一句，就回来了？父亲在屋外嘀咕一声，埋怨着什么，他就猜要么是今晚战绩糟糕要么是和人拌了嘴，等他出门看他时，父亲已反身掩门，进了自己屋子，对面阳台射过来的光线将将让他看清房间的轮廓，院子里还人声不断，没有人回到床上，这里却早早安静下来。

他也索性掩门，可夜还长着，他没有睡意，只好找点事做，这是他多年的习惯，似乎唯有这样，才能在这样的时刻使大脑放空，让身体平静下来。他很快把手机屏幕中的女人想象成了陈庭。白花花女人的熟练动作和尖锐的呻吟让他体验到快感的同时也陷入了莫名的沮丧之中，像当年他知晓那些女孩所做的那样。他还是看了一眼陈庭微信，看到她发出来的聚会照片，她居中，李端在侧，俩人都凝重地望着镜头，新娘没有出现，他突然想到，他和她是不是也上过他的床呢。

一大早，他被父亲叫醒，问他去看不看鸽子，他起身，跟在父亲身后。鸽棚就搭在楼顶靠楼道和护栏的一侧，油毛毡的屋顶，木板搭建的棚身，开着两扇纱窗，六七十只鸽子在笼格里咕咕叫唤着，食槽和盐土槽里还剩着些配制的饲料和沙土，鸽子粪和羽毛落满了地坪。父亲将鸽棚打开，躬身进入，他也跟上，鸽子们扑闪起翅膀，一身油晃晃的羽毛让他手痒，他随手朝一只笼子伸过手去，父亲却厉声制止，不要摸！跟着才解释，鸽子认生，小心吓到。他讨了没趣，干脆走出鸽棚，站到另一端的护栏上看父亲解开笼扣，让鸽子们拍打着翅膀出笼，直到鸽群腾起又乌云般飘远，空气中还残留着一道模糊的哨音和几朵随风飘散的羽毛。

父亲在棚子里清理鸽粪，他再度钻入，看到一只单独的笼子里还剩着一只鸽子，一只灰鸽。生病了？他问。父亲摇头，是迷了路。你喂的是金子吗，迷到你这里来了。他调侃。父亲不接话，放下铲子，开始拌鸽食，是玉米和小麦，父亲将小麦盛入灰鸽的笼子，那鸽子后退一步，神情还有些高傲，有着被俘的气节，他看见红褐色的鸽脚上还套着一只银色铝环，上面编着号，细看竟还有二维码。他觉得奇怪。这是只赛鸽，父亲说，你看这体型，翅膀像不像瓦片？再看眼砂，红得很不一般，大桃红，用放大镜看更好看，吹口气都不眨眼，说明耐力很好。父亲的欣喜他听出来，他只好装模作样打量一圈，这只灰鸽确实有别于其他鸽子，眼神炯炯，被囚禁了还这么泰然自若。他忍不住问，你说这么好还会迷路，赛鸽也会迷路吗？父亲说，你懂什么，大坝那一片磁场强得很，会干扰定位，这是鸽群带回来的，正好第十只。那九只呢，合群了？他问。放了，父亲说，都是公开赛的鸽子，那几只都不如这一只，要是能留个种就好。他笑，留种还不容易，放只母的进来，不怕它不配。父亲睖他一眼，你懂什么，鸽子是一夫一妻，一旦交配上就不会再找——

比人有情有义。父亲又添上一句。

他听出些什么，好像有所指，这是父亲养鸽子的原因？他没有问。

忙完后父亲下楼，骑上那辆女士电动车消失在院子里，小镇这么小，父亲还是买了代步工具。那辆车他知道，险些把老头子报销，是前年的事，还是邻居给他打的电话，说你爸去坝上钓鱼出了车祸。那时他正在前方用磁力钻给闸门钻眼儿，手一抖，手机差点掉到基坑去。邻居说，是腿受了伤，楼都上不去哟。他随后求证，父亲说，没动着骨头，你不用回来。他没有回去。这也不是父亲第一次受伤，退休前父亲还差点失去一根手指，是修电机被轧断的，在酷热的八月天，送医路上那根连着皮的中指还险些坏死，接上后仍有些歪斜，看着很不协调，像被截掉了一截。他也是隔了一段时间才发现的，这些事父亲从不主动对他讲，这一次也不例外。他只好想象那天的上坝公路，雨雾中父亲驶出山顶隧道，在隧道下的拐弯处那辆电动车失去抓力一个侧翻就载着父亲冲出了毫无保护的路基，若不是路基外的排水沟挂住了车身，父亲就会滑向落差百米的山谷底，人车俱毁，不知要等上多少天才会被发现，待发现时，尸体肯定高度腐烂，或许只能从那根被重新接合的手指辨认出父亲来⋯⋯他一再想象这画面，甚至精确到细部，比如坏死的眼睛上蠕动的蛆虫和飞舞的蚊蝇，或者一摊被尸水染了色的石头，石缝中还有几条殉葬的游鱼。这些场面一次次出现，在他头脑里盘旋，怎样也扼杀不了，愈想扼制那画面便愈加清晰连贯，犹如身临现场。他曾把这大脑失控的感觉描述给李端，好像不将事情设想到最糟糕最透顶的境地就无法面对一样，他想让李端解一解，这算不算一种病？李端后来告诉他，这是临渊。他问什么意思。李端说，就好比你站在悬崖上，脚下就是深渊，不论多危险，你是不是都想往下看一眼？他说，也许吧。李端说，不是也许，是一定。他只好点头，李端才又说，直到你被完全吸引，这就是临渊，当你望着深渊的时候，其实深渊也在凝视你。他问然后呢。然后，李端说，要么你掉头离开，要么你就成了深渊⋯⋯李端一径说下去，他却被那句"你就成了深渊"所吸引，这解释有些奇怪，超出了他的理解范畴，他煞尾说，操，我还以为我会掉下去。

这感觉是什么时候萌发并开始缠绕他的，他没有告诉李端，只有他知道，那个清晰的日子，那是他所有噩梦的源头，和父亲有关。

他还能记得那个女人的模样，这些年来他时时想起那个人，想起那个夜风大作的夜晚，孤立无援的处境是如此难以忍受。起初，他不知道发生了什么，前方的消息被所有人守口如瓶，至少没有人当着他的面谈论。他是在小镇网吧被一个女人叫走的，那个叫三姐的女人，他不熟，只晓得她在街上做服装生意，她的婚礼他和父亲还参加过，在小镇最好的饭馆千禧园，三姐的老公是父亲在机电部的同事，叫罗诚。这个发茬贴着头皮的青年在某一年里还带他去过父亲的电站,两人在城里碰面,乘火车赶往成都,那年他念初二,火车一路北上,在傍晚时分还路过了镇子,他第一次在火车上目睹自己生活的地方,除了角度不同外,他看不出有什么好来,罗诚却对这里赞不绝口,直到聊起游戏俩人才算找到共同话题,罗诚手里竟有几套他没玩过的智力卡,以至于他人还没有到达那个川中小镇,心就被早早吊起来。那个暑假他正是靠着罗诚的《吞食天地》和《重装机兵》打发过去的。所以女人出现时,他还以为罗诚回来了,是他让她来的。女人对他说,你跟我来,有事找你。他转过头,好半天才看清来人,却忽视了女人的口吻,他一下起身,像被召唤,很快和女人走出了空气混浊的网吧。女人带他朝大桥走去,女人的店开在桥头一带,他自然没有怀疑,只是路过那间服装店时才犹豫起来,这个女人要带他去哪里?仿佛察觉到他的心思,女人转过身来,对他讲,我们去桥上。他愣了愣,有不好的预感,可女人不容置疑的语气让他只好跟上,他这才注意女人一袭黑衣。走上拱桥时,夜风盛大,从库区过来的风沿着河谷地带呼啸,穿过他的身体带着透骨的寒意。那是深秋,他十七岁,身体的变化开始显现,他更高也更瘦了,可这个夜晚少年的体内之火荡然无存。

他不明白女人为何带他来到这里,更不明白自己为何如此听命于她,这一切过分地自然,自然到让人起疑,直到女人停下脚步,站在大桥当中对他说,罗诚死了。

这一句就镇住了他,他一眼看见桥下乱石滩上翻动的白色浪花,女人带来的消息也像是浪,一句就吞没了他。不容他细想,女人很快抛出了那颗炸弹,是你爸爸害死的——

他来不及惊恐和质疑,在他毫无准备时,女人厉声说,是你爸爸推的闸刀,罗诚在搅拌机里啊——

他大脑一片轰鸣,努力去想那画面,想到罗诚是怎样钻进搅拌机,而搅拌机又是如何突然运转起来的,画面的最后是一片浓重的血雾从搅拌机口喷涌而出,罗诚来不及叫上一声,一颗脑袋就被高速运转的搅拌机弹出仓口,像一发炮弹。他被自己的联想吓住了,以至于面对女人的控诉,一句也说不口。

女人说,那是一条命啊,罗诚做了什么,你爸爸要这样对他——

女人说，罗诚死无全尸啊，你知道吗——

他扶着栏杆，几乎就要扶不住了，桥面有卡车驶过，带来的震动让他的身体险些失去控制，他简直就要从桥上跳下去了。他觉得这正是女人希望的。

那个夜晚无比漫长，江上的风和女人带来的消息让他颤抖不已，他没有父亲的消息，所有的信息都出自女人之口，在女人口中父亲是凶手和罪犯，是个罪该万死的人。他没有办法证实。

几天后他才接到一个电话，在邻居家里，来人催促着他，等待他去揭开谜底。快去接呀，是你爸爸。可他害怕了，短短的距离，他走得像一生那么长，失魂落魄。他不知道父亲什么情况，或许已被控制起来，会被判刑吗？他预备好了最糟糕的结果，自己会在这一天失去最后一个亲人。耳朵凑向听筒的那一刻，他眼里才悲愤地迸出泪水，他多年没有这样，曾以为眼泪都在离开母亲的那一天流完了，直到听见父亲明白无误的声音，那声音微弱嘶哑，也像是被什么机器搅拌过，父亲说，金莱，是我。

那一刻，犹如重生。

他不知道那段日子父亲是怎样熬过来的，据说有好几拨人轮番看守着他，虽然事后调查那只是一场意外事故，与女人口中的阴谋无关，父亲是听到对讲机里传来"送电"的口令才将闸刀抽上去的，而那个喊"送电"的人也不知道近在咫尺的搅拌机里竟还有一个人。事实就是这样，可带来的结果却没什么不同。

那一年父亲整四十岁，流年不利，瞬间苍老。

父亲进门，一手的塑料袋，他向他递来一张油炸饼，他看见那根枯枝般的手指在袋口不经意地抖动一下。饼还热着，除了入口有些绵软外，还是儿时的味道。父亲还记得他爱吃这个。他吃得满手油，好像塑料袋翻了个面。父亲在厨房将买来的菜分类，父亲做得细，样样摆开，他却看到心酸，这本该是女人干的活儿，离开母亲二十多年，他不明白父亲为什么不再找一个。

老头，你说我回来怎么样。他挑起话头。

回来，回哪里。父亲问。

城里啊，难道回来陪你，你养我啊。他说。

想得好，我没让你养就是你小子的福气。父亲回答。

我想回来找个事做。他说正题，他考虑了枫景的提议，觉得是个摆脱工地的机会，他不想父亲的悲剧在他身上重演又或者他上演什么新的悲剧。

你能做什么，开黑车？我可没钱给你买，先说清楚，父亲说，你回来住哪里，你妈会让你住吗。

这些你不要管，反正有个机会。离你也近一点，还能常回来。后面这句他没有说出口。

我不管，你的事你自己决定。父亲把什么放进冰箱，一把关上冰箱门，他的话也是这样，像被什么冷藏过，听不出任何情感温度。他想起当年走投无路决定去工地上班，父亲也只是说，你想清楚，工地可不是一般人能待的，去了，就不要后悔。这就是父亲唯一的忠告。

他当然不甘，父亲没有问他回来具体做什么，有什么打算，更别提问需要什么帮助，哪怕只是口头上的，这些通通没有，他咬着牙，如果说父亲身上有什么让他难以理解的部分，那就是这个，是他过早地让他开始依靠自己。

他又看见那光了，从山坳里远远地射过来，钻石般穿透黑幕和群峰，转过一道隘口，拌合楼鬼魅般的运输塔就显露出每一根钢臂，工地仍在昼夜运转。进场的路被装渣车和水泥罐车轧得稀烂，行车如同坐轿，摇晃间疲惫就又添上一层。他钻出皮卡，感谢了来接他的老刘，递去的那包烟又被老刘顺手甩了出来，他一把接住，老刘油门一踩，尘土从车身下席卷而来，碘钨灯下一片惨白，他甩了甩脑袋，朝宿舍走去。

屋里只住他一个人。

他通上电，打开电脑，习惯性把游戏挂上，因为等级，他一登录，系统就会全区提示：夜摩天·释冰降临玛法大陆。如果他身上还有什么特权的话，那就是这个。他短暂享受了一下。电脑旁的小Y也醒了，他险些要忘记"她"，他说，小Y，我回来了。

小Y的眼珠在灯柱上弹跳，随后冒出一句，你死哪儿去了。

他说，唉唉。

小Y说，少废话，快点招！

他笑，说，我碰见一个女人。

小Y说，你这个死变态，又跟踪人家！

他说，我也没有办法啊，算了，今天累了，明天再说。

小Y说，不行！你给我说清楚——

他不讲话，小Y就自动进入休眠模式，乳白色柱体上代表怒容的表情平复下来，他想着下次要不要重新写入一个脚本，这个小Y也太凶了些，他想换个口音萝莉性格温柔的试试，可迟迟下不了决心。

他躺上木床，机油和浸着人体汗酸的馊味再次包围了他，他实在不想动，沉沉睡去，耳边回荡着一串火车穿洞的声音。

醒来已是清晨，小Y的叫床服务还未开启，他走出宿舍，营地里的铁皮喇叭竟提前响了起来：左手右手一个慢动作……他骂了一句，他总猜不透那是个什么动作。他朝食堂走去，望一眼天，又是个晴热的天气，云很低，天就显得矮。面吃完，他搭乘交通车去前方，车上一片高高矮矮的安全帽，年轻人不多，又换了些新面孔，几个学生模样的人在最后一排座椅上调整安全帽的内衬，看上去还不习惯戴这硬邦邦的玩意儿。他一路沉默，几支烟的工夫就到了厂房。"保安全，抢工期，大战100天"的横幅还挂在那里，挂了有几百个日夜了，没有风，横幅纹丝不动。

他闻了闻盐渍未消的卡其色工作服，还是离开前的味道，他忘了洗。厂房里，师父正猫腰看着测量仪，他递一支烟去，师父夹在耳朵上，说，回来了。他说，嗯。

妈个×，又有两个续假的，多半是不回来了。因眯着眼，师父那话就显得尖声尖气。

哪个？他问。

还有哪个，那两个他妈的华北电力的。师父朝脚下吐一口痰，用脚一蹭，划个圆，痰迹就在地上化开来，像一张人脸。

他就知道是谁了，小陈和小罗，两个"90后"，一个河南人一个山西人，俩人是同学，去年一同分配过来，还是分局领导领来的，为此队里还开了迎新会，会上师父表态说要做好传接带，俩人也发言，说要扎根电站，做一名新时期的水电建设者。那一幕他还记得，只是这风光与隆重，与他无关。他想起第一次来局里报道，是父亲领着来的，那年他二十三岁，没有任何工作经验,那双长期熬夜玩电游的眼睛让师父皱眉,第一句话是,不近视吧。

几年过去,除了师父,他竟成了队里最老的员工。最初的几次,他从城里回来,师父总会调侃,哟,还以为你不回来了。可准时回来的总是他呀,他不知道师父会不会因此失望,他只是坚持下来。

他回到岗位,开始铣水轮机的座环平面,确定了基准线尺度和数值,先加工基础环,座环是整个机组的支撑,关系重大,他接过手,师父就走到一旁。

原载《中国作家》2020年第11期

评鉴与感悟

电站工人金莱与身边的人事喧闹总是若即若离,且他的生活现状与周围世俗意义上的成功确实存在着落差,所以,这一切都像是为一个"失败青年"的故事铺垫了基调。但是在回忆与现状的交叠、对比中透露出的疏离和冷漠,其实是金莱对过往岁月及其个人选择的冷静回顾,是个人选择与周遭世界关系的重新辨认和肯定。于是,金莱的度假便成了人生重新出发的起点。所以,金莱重新走向机器的那一刻,整部小说的基调变得深沉、硬朗、辽阔起来。金莱用平淡、琐碎和些许的伤感消解重新定义了"成功",从这个意义上来讲,李晃写出了一部重新定义"失败青年"的小说。(方岩)

莫比乌斯的蚂蚁

/王松

> 在传统的三维世界里，所有的维度都是直线式的。但如果把旋转也视为一个维度，这样再解释莫比乌斯环似乎相对容易一些。
> ——另一种特性的分析

一

方知行每天早晨出门，总习惯朝那个亭子望一眼。这亭子在中心广场旁边的树林里，飞檐出梢，红木碧瓦，很漂亮。但这个早晨，他出来时抬头看看，却没看到。

这才发现，有雾。

雾很大，一团一团的，弥漫着，翻卷着，如同天上的云坠落下来。方知行又看了一下，才在浓雾的缝隙里看见那个亭子的尖顶。此时，它变得虚无缥缈，似乎悬在云雾里。方知行的脑子里忽然跳出苏轼的《水调歌头》，"不知天上宫阙，今夕是何年"。

他一下站住了，愣了愣。

他当然熟知这两句脍炙人口的诗词，但从不知道这首词叫《水调歌头》。这时又想了想，还是奇怪，这个"水调歌头"是从哪知道的？

来到街上，雾更大了。

这雾不是均匀地分布在空气里，就像一个巨大的汽团，似乎很重，不往上走，只是贴着地面翻滚着蔓延。方知行发现，这雾的颜色也有些奇怪，不是白的，也不是灰的，而是蓝的，蓝里还透着一些黄。黄和蓝混在一起，颜色就有些变幻莫测。一缕早晨的阳光照射进雾里，虽然无法穿透，却使这浓雾的深处变得色彩斑斓，也更扑朔迷离。

这时雾里有人喊了一嗓子，方老师，今天还去上课啊！

喊话的是老朱。老朱叫朱长乐，住在对面的小区。老朱过去在地铁站前的一个停车场看车。但这样的看车本身得会开车。老朱从没开过车，总给人家瞎指挥，一次让一辆"帕萨特"把一辆崭新的"沃尔沃"蹭了，这以后就不看车了。正好小区门口有个报亭，小老板是外地人，不干了，老朱就把这亭子盘下来。不为卖报，就为卖点学生文具和饮料零食。

方知行走过来，近了才看清，老朱正从报亭的小窗里探出秃脑袋冲自己笑。于是随手买了一份当天的《每日早报》。现在已没几个人买报纸了。人们的手里都拿着手机，形形色色的媒体平台每时每刻都在推送潮水一样的新闻。在这世界上的任何一个角落发生一点事，几分钟后就会出现在公众号之类的各种自媒体上。但方知行还是习惯看报纸。在他看来，手机和电脑上的新闻都不过是些泡沫一样的电子符号，一刷新就消失得无影无踪了，总不如报上的白纸黑字可靠，也更可信。老朱的秃脑袋还在报亭的小窗口伸着，两个胳膊肘挂在窗台上，笑着说，知道吗，您又上报纸啦，这回在文化版，还有您的一张大照片儿呢！说着又摇摇头，可惜啊，现在看报的人少了，不过这报纸有公众号，我关注了，已经发到朋友圈儿了！

方知行一听就笑了。老朱是个敞亮人，说话大嗓门儿，平时爱喝酒，把蒜头鼻子喝得像个大草莓。方知行觉得跟他聊天很舒服，也轻松，不像在学校跟系里的同事说话，总得先在肚子里打好腹稿儿，然后还要在嘴里转几圈儿，才敢字斟句酌地说出来。

老朱说的这篇文章，方知行知道，几天前一个记者刚来家里采访的。这时打开报纸，果然在第三版登出一篇题为《莫比乌斯之谜》的文章，下面还有一个副标题，"访著名数学教授、拓扑心理学专家方知行"。方知行一看就笑了，"拓扑心理学"，现在真是盛产概念啊，简直张口就来。在这篇文章的旁边，还配发了一张很大的照片。现在的报纸已不像过去，清晰度极高，看上去连脸上的皱纹和头发丝都一清二楚。这是在方知行的书房，身后的书柜上凌乱地放着一些书和手稿。人就是这样，平时对自己的相貌，由于经常洗脸照镜子，会有一个大致的感觉。但这个感觉并不真实。这种不真实的感觉平时自己意识不到，只有拍成照片或上了电视才会看出来。这时，方知行端详着报纸上的照片，发现自己确实老了。每个人的心理年龄和生理年龄都会有一定差距。从心理年龄说，肯定比生理年龄要小，就是六十多岁的人也会本能地认为自己只有四十来岁，这叫心理误差，或者说是错觉。而从生理年龄说，一旦意识到这个错觉，心就会猛地一沉，这也就是心理落差。方知行倒不像别的同龄人，没误差，也没落差，好像从来就没认真想过这件事。但这时看了报纸上的照片，才突然意识到，自己真的已是六十多岁的人了。照片上的自己确实很像这个年龄，不是老了，是苍了。老和苍还不是一回事。老是颓败，是弱，而苍则是旧，看着不鲜亮了，用古董界的行话说，整个儿人就像有了一层"包浆"。

这个《每日早报》的记者此前打过几次电话，方知行一直推说忙，安排不出时间。他不想跟这些记者打交道。现在有的记者跟搞自媒体的已经分不清谁是谁了，个别记者甚至比搞自媒体的胆儿还大，也更豁得出去。这些人就像俗话说的，都是"看热闹的不嫌事儿大"，还不光是不嫌事儿大，简直就是嫌事儿不大，没事还想编笆造模地给你整出点事来，表面跟你说得好好儿的，其实心里指不定揣着什么心思，画个圈儿就能把你套住。所以，还是躲着点儿好。但这个记者，听电话里的声音似乎是一个挺成熟的女性，稳重，也执着，后来干脆说明采访意图，她只是想了解方知行的"莫比乌斯式心理分析"，又从拓扑学的角度，先简单说了一下她对这种心理分析方法的理解。这让方知行很意外。现在"莫比乌斯环"就如同"量子纠缠"，已是一个很时髦的词儿，随便谁都敢拿来说一说。但真正是怎么回事，尤其它在拓扑学的意义，却没几个人真懂。方知行是个很严谨的人，最讨厌人云亦云。一个科学概念普及当然是好事，但如果普及成一种像时装一样的流行文化就可疑了。

也正因如此，方知行才决定接受这次采访。

这时，老朱又说，您大学教授也不容易啊，这大雾的天儿，还得出来。

方知行笑笑说，你不也是一样，照样得出来。

老朱说，我出来是为吃饭，你是为学问啊。

方知行说，为学问，也得吃饭。

老朱揉了揉蒜头儿鼻子乐了，点头说，这倒是。

好像忽然想起来，又说，哎，别忘了吃早点啊！

方知行看看他，有些奇怪地说，过去，你不是一直拿酒当早点吗？

老朱摆摆手，改毛病啦！尚老师说了，过去都说饱吹饿唱，尤其你们当老师的，好像早晨空着肚子去讲课才有底气，其实这不科学，容易得胆结石，早晨还得吃早点！

老朱说的尚老师，几个月前刚搬到方知行的楼下。起初方知行并没注意这个女人。方知行住的这个小区比对面老朱的小区高档一些，环境好，密度也小，平时邻居都不熟。方知行起初在楼里碰到这个女人，总感觉有些奇怪。方知行不是个见人爱打招呼的人，平时在小区里走路就是没思考问题，也总低着头。他发现这个办法很好，即使遇上半熟脸儿的邻居，没打招呼也不算失礼。但一个楼里的邻居就是另一回事了。方知行在楼梯上遇到过几次这个女人，都是一个上楼，一个下楼，也都是方知行主动让路。起初方知行也想过，毕竟一个楼里住着，是不是该打个招呼。不过感觉对方好像也没有想打招呼的意思。但又发现，这女人从跟前走过时，两眼总直盯盯地看自己，有时似乎还停一下。其实这样目不转睛地盯住一个不认识的人看，应该是很不礼貌的。这女人六十来岁，看样子也是个知识分子，应该不会不懂这个道理。方知行想，她这样看自己只有一种解释，大概认错人了，或确实曾在哪里见过。方知行也觉得这个女人有些面熟。人和人经常会有这种情况，本来不认识，一见面却有一种似曾相识的感觉。但也有人把这种感觉说成是前世曾经见过。

方知行从不信前世，觉得这种说法简直是无稽之谈。

关于这个女人的事，方知行后来是听老朱说的。据老朱说，这女人姓尚，是从上海来的，退休前在一家医院工作，好像是个护士长，这次来天津是治病的，大概要住一段时间，估计一时半会儿走不了，所以才在方知行的楼下租了一个两居室。方知行听了嘴上没说，心里却有些奇怪，这女人既然曾是上海医院的护士长，干吗跑到天津来看病？况且上海有那么多的大医院，又何必来这边呢？老朱倒不以为然，笑着说，这您就不懂了，远来的和尚会念经啊，咱天津人为嘛觉着上海的医院好？一个道理啊。老朱是自来熟的脾气，又整天在街上，两边的小区谁家怎么回事，没他不知道的。只几天时间，他就已跟这个尚老师混得很熟了。

这时，方知行已转身走了，还听老朱在身后的雾里喊，吃早点啊！

方知行走着，忽然感觉有些异样，似乎自己置身在一个陌生的世界里。陌生，是因为这对面不见人的大雾。平时走在这条街上，两边的商店、饭馆就是闭着眼也能一家一家数出来，只要看一看走到哪个店铺门口，就知道自己是在这条街的什么位置。但现在，前后左右没了参照物，眼前只有翻滚的浓雾，这种失去方位意识的感觉让人很不舒服。方知行只能凭直觉朝地铁站的方向一步一步走着。其实老朱的提醒是多余的。方知行每天早晨必须吃早点，还不仅是习惯，也是担心自己低血糖。方知行倒没有糖尿病，学校每年体检，血液的各项指标也都正常，但就是稍一饿就会低血糖。这已是很多年的毛病了，具体从什么时候开始，已经记不清了。有几次，正在阶梯教室给学生上课，突然感到心慌气短，接着就浑身上下大汗淋漓。方知行曾看过一本健康科普方面的书，书上说，这种低血糖的状态对人的大脑伤害很大，尤其脑力劳动者，如果在这种低血糖的状态下还继续用脑，对大脑的伤害会更大，甚至后果是不可逆的。这以后，方知行只要上午有课，早晨出来第一件事就是先吃早点。

从老朱的报亭往地铁站的方向走大约一百米，街边有个小早点铺，门脸儿不大，里面也就几张桌子。这早点铺是一对老夫妇开的，男的姓马，街上来吃早点的人都叫他马大爷，女的姓柳，人称柳姨。马大爷不爱说话，柳姨爱说。但柳姨说话也不是跟来吃早点的人说，是冲马大爷说。其实也不是说话，就是数落。柳姨好像对马大爷做的所有事都不满意，而且认定就因为马大爷的笨，他们的小早点铺才总是不能赚到更多的钱。但柳姨经常这样数落马大爷也有一个问题，早晨谁来吃早点，都希望耳朵根子清静一点儿，柳姨总这么没完没了地数落，就算马大爷不说话，来吃早点的人也觉着烦。日子一长，这小早点铺的回头客也就越来越少。这一下柳姨更急了，觉着回头客少了也是马大爷的错。后来有一次老朱来吃早点，老朱跟马大爷和柳姨都熟，就说了一句别人一直想说却没说出来的话。他冲柳姨说，你要是再这么数落老马，你这早点铺儿就离关门不远了！这以后，柳姨才收敛了一点。

这个小早点铺卖的是大馅儿馄饨，也卖烧饼油条。方知行每天早晨都来这里吃早点。这时，他站住了。从刚才走的距离判断，现在应该就是在这个小早点铺的门口。他走过来，果然看到了早点铺门口的台阶。这个台阶是三磴，用砖砌的，抹了一层水泥。在第二磴的右边掉了一个角，露出里面的红砖。几天前曾有一个四五岁的孩子在这里绊了一下，孩子的母亲不依不饶地冲铺子里嚷了半天。当时马大爷出来一再道歉，说一定尽快把这个台阶修好。

这时，方知行抬脚进来了。

小早点铺里没开灯，外面又正下雾，光线很暗。方知行朝四周环顾了一下，感觉不太对劲。平时，这个早点铺的柜台明明是在一进门靠右手的地方，是一个长桌，桌上还放着一个玻璃罩子，里面用灯烤着烧饼和油条。这时看了看，柜台没了，原来的地方只摆着两张小木桌。旁边一个三十多岁的年轻人正用抹布擦桌子。方知行过来问，这是早点铺？

年轻人回过头，上一眼下一眼地看看他说，是啊。

方知行说，我买一碗馄饨，在哪儿付钱？

年轻人扔下抹布，朝前一指。方知行就跟过来。

柜台窝在一个角落里，是一张破旧的白茬儿桌子。这边没窗户，光线更暗。年轻人走过来说，没馄饨，有锅巴菜、豆腐脑和豆浆，还有烧饼油条。

这年轻人说的"锅巴菜"，也就是天津人说的"嘎巴菜"。方知行一听更奇怪了，这个小早点铺从没卖过豆腐脑和嘎巴菜。他想问，这早点铺换人了？

但话到嘴边，只问了一句，有豆浆吗？

年轻人说，有。

接着就有些不耐烦了，问，买不买？

方知行连忙说，买，一碗嘎巴菜，一碗豆浆。

年轻人说，锅巴菜六分，豆浆五分，一共一毛一。

方知行怀疑自己听错了，抬起头，看看这年轻人。

年轻人又说，一毛一，烧饼油条，要不要？

方知行有些蒙，含糊地说，要，要。

年轻人说，烧饼三分，油条四分，总共一毛八。

这时，方知行已经清清楚楚地听明白这个年轻人说的话了，六分钱一碗嘎巴菜，五分钱一碗豆浆，烧饼和油条是七分，总共一毛八分钱。但让他不明白的是，这是什么价儿？他无意中一抬头，看到这年轻人身后的墙上贴着一张用红纸写的标语。方知行又看一眼跟前的这个年轻人，他穿一件蓝上衣，戴着白套袖，头上还戴一顶绿军帽。方知行又朝他端详了端详，想不出这是个什么打扮。

年轻人敲敲桌子，意思在催促。

方知行赶紧在包里翻了一阵，找出两枚一毛钱的硬币放到柜台上。年轻人把一枚两分的硬币扔给他。方知行有心想说，不用找了。但突然想到，如果五分钱一碗豆浆，两分是可以买小半碗的。他当年经常这样买，而如果六分一碗嘎巴菜，四分也可以买大半碗，这样，两分钱的小半碗豆浆和四分钱的大半碗嘎巴菜，就着白面和玉米面两掺儿的饽饽也可以吃一顿早点，如此一来，本来一毛一的早点钱也就可以省下五分。于是，他拿过这枚两分硬币小心地装起来。年轻人用一块草纸托着烧饼和油条递给他，就扭身进里面去了。

一会儿，这年轻人端着一碗嘎巴菜和一碗豆浆出来。豆浆很满，他为了不让自己的大拇指蘸到碗里，特意翘起来，就这样一直端到标语下面的一张木桌上放下，又抬头朝屋顶看一眼，回头对方知行说，上面经常掉塌灰，小心点儿。

说完，就转身进里面去了。

方知行在桌前坐下了。凳子很旧，木腿有些松，感觉晃了一下。抬头看了看，由于光线很暗，倒没看到屋顶上有塌灰。这时，他坐在这里，闻着熟悉的味道，感觉像在梦里。

这个早晨，方知行直到吃完早点出来，还没明白是怎么回事。嘎巴菜和豆浆混着烧饼油条的味道还真实地留在嘴里。他在街上走了几步，拿出刚买的《每日早报》看看日期，没错，今天就是2019年5月6日。翻到第三版，那篇对自己的专访文章和大幅照片也都还在。

这时再回头,这个小早点铺已经隐在雾里了。

二

方知行在认识老朱以前,觉得现在已没有闲人了。

今天这世界上只有两种人,一种是有钱的人,还有一种是没钱的人。但不管有钱还是没钱,好像所有的人都在忙。有钱的人在忙着挣更多的钱,没钱的人也在忙着想挣钱的办法。然后,有钱的人和没钱的人再一起回过头来骂"钱",似乎这世界上的一切丑恶和罪恶都是因为钱,钱是万恶之源。当然,事实好像也的确如此。但如果仔细想,一个人每天从早晨一睁眼,不要说每时每刻,就是每分每秒也的确离不开这个"钱"字,甚至可以说,就是本事再大的人,没钱也寸步难行。过去有句俗话,一分钱难倒英雄汉。今天更是如此。所以,大家骂归骂,即使整天累得连自己都快不认识自己了,也还是得打起精神去接着忙。司马迁在《史记》的《货殖列传》里说,天下熙熙皆为利来,天下攘攘皆为利往。街上的老百姓说,拉锯就掉末儿。其实说的是同一个道理。只有忙,也才有机会挣到钱。

但老朱不忙。不光不忙,还挺悠闲。

方知行第一次见到老朱,是在地铁站。地铁站前有一个不大的停车场。这停车场只在立交桥的底下围了一小片空地。当时方知行刚搬到这个小区,每天去学校,乘地铁很方便。那是个中午,方知行从学校回来,一出地铁站,忽然听到一阵咿咿呀呀的声音,好像是收音机在播相声。地铁站在立交桥的跟前,辅路上车来车往很乱,在这样嘈杂的地方听到收音机的声音,方知行有些好奇。方知行平时也爱听相声,他听出这是郭德纲和于谦说的《我这一辈子》,寻声望去,就看见老朱坐在路边的一个帆布靠椅上,身边的地上放着个大塑料杯,里面沏着酽茶,正跷着二郎腿,一边抽着烟在听收音机。那时方知行还不认识老朱,看看这人,是个秃脑袋,鼻子头儿又大又红,就觉得挺神,在这么喧闹的地方还能闹中取静,真不容易。而更让方知行觉得新鲜的,还是这人悠闲自得的样子。人的悠闲也分几种,常见的悠闲是无事可做,也就是穷极无聊。除此之外,一种悠闲是赋闲,还一种悠闲则是自在的闲。前者是被动的,本来也想不闲,可又没人让自己不闲，所以才不得不闲。而后者则是如果想不闲也可以不闲，但不愿去不闲，所以这样的闲，才是真闲。当时方知行朝那边看着，觉得这人的闲就是真闲，是一种心满意足与世无争的闲。他眯着眼坐在那儿，任凭来来往往的大小车辆在跟前过来过去，抽着烟，喝着茶，收音机里的郭德纲和于谦每抖一个"包袱儿"，就跟着"噗"地一笑，这种状态不光看着可乐，也让人挺羡慕。

这以后，方知行就养成一个习惯，每次从地铁站出来，都会朝停车场这边看一眼，好像一看到这个秃头红鼻子的男人坐在那儿听相声，心里就会有一种踏实的感觉。但后来不知为什么，这个人突然不见了。起初，方知行以为不是他当班。但又过了些天，还是没见这个人。方知行这才意识到，这种看车的工作流动性很大，今儿干明儿不干的，也许这人早已不知又干什么别的去了。这时他曾坐的那个地方又换了一个大胖子，但他不是坐着，是倒背两手站着，皱着眉，拧着脸，甭管谁从跟前过都用一种居高临下的目光上下打量，好像所有的人都不合他的心思。方知行想，这胖子当初在单位大概是个什么小头目，不知下岗了还是退休了，才来这里看车。这停车场雇这么个人来看车，用句时髦的话说，也算"高配"。

后来的一天早晨，方知行从小区出来，到门口的报亭买报纸。这报亭原来是个德州人开的，德州出烧鸡，这人长得也像个烧鸡，脑袋尖，脖子长，说话细声细气，俩眼珠一转一个心眼儿，用北京人的话说也就是"鸡贼"。他这报亭说是个报亭，其实什么都卖，简直就像个小杂货铺儿，还经常卖些伪劣的东西，街上的人对他都挺反感。后来这报亭就关了。方知行这个早晨出来，一看这报亭又开了，就过来买报纸。这时报亭的小窗里探出个秃脑袋。方知行一眼就认出来，是那个在地铁站看车的红鼻子。这才知道，他姓朱，街上的人都叫他老朱，他已经不看车了，盘下这小报亭，改卖报纸杂志了，当然不光卖报纸杂志，也卖些学生文具和冷饮零食。

这老朱是个自来熟，人也热心，盘下这报亭没几天，小区门口的这条街上就没有不认识的人了。他老婆挺黑，挺胖，又挺高，是个噘嘴，还双眼皮儿，长得像个印度女人。她原来在一个菜市场里给人打工，卖大饼，后来又卖牛羊肉。老朱看老婆太辛苦，心疼。小区旁边有个小学，老朱去跟校长说了说，就让老婆去这学校的食堂做饭了。但老朱的报亭虽在这学校门口，却从来不吃学校食堂的饭，说避嫌，每天中午宁愿自己花六块钱买盒饭。

老朱经常跟街上的人聊天。报亭旁边有个收废旧物品的老胡，是甘肃天水人，不久前老婆刚跟着一个安徽的小包工头儿跑了。老朱没事就跟老胡说闲话，夸自己的老婆。老朱不光爱听相声，说评书的袁阔成、刘兰芳、单田芳、田连元都爱听，一说话也就像评书，一套一套儿的。他对老胡说，俗话说，贫贱夫妻百事哀，这话不假，家里过日子，每天开门七件事，柴米油盐酱醋茶，哪一样也离不开钱，所谓贫贱，说白了也就是没钱，没钱的日子当然不好过。可还有一句话，酒肉朋友，饽饽夫妻。光能有酒一块儿喝，有肉一块儿吃的两口子也长不了，真正白头到老的，还得说能一块儿啃饽饽的夫妻。老朱晃着秃脑袋对老胡说，我不是吹，就我这老婆，有一天她真跟我要了饭，就是要到一块饽饽她也会给我吃。

方知行来买报时，在旁边听老朱这样说，心里就不免有些感慨，难怪都说，真正的真理在民间，其实越深邃的哲理，越能用浅显的语言表达出来。方知行想想自己，结婚这几十年，还真说不出跟老婆是酒肉夫妻，还是饽饽夫妻。方知行的老婆在中学工作，是教务主任，从结婚那天起，这几十年好像也没说过太热乎的话。就这样直到前几年，女儿怀孕，后来又生产，她借着去帮女儿照看孩子，也就不回来了。方知行倒也乐得清静。偶尔她回来取东西，倒不适应了，觉得屋里突然多个人，有些乱，一乱也就无心做事了。

三

方知行跟老朱熟，也是因为一个采访。

其实那次也不算正式采访。一天下午，方知行去图书大厦闲逛，顺便看一看自己刚出版的一本新书卖得怎么样。来到二楼的社科类书架跟前，遇到两个外国留学生。这两个留学生一个是法国的，另一个是卢旺达的，一男一女，一黑一白，他们曾听过方知行的讲座，这时认出他来，就都围过来。方知行的英语很好，一听这两个留学生听过自己的课，又都是学数学的，而且对自己研究的"莫比乌斯式心理分析"很有兴趣，也挺高兴，就跟他们聊起来。也就在这时，让《每日早报》的一个女记者看见了。这女记者来图书大厦，本来是要为一本别的书做宣传。她并不认识方知行，也就对方知行没兴趣，但是对那两个外国留学生却有兴趣。一见他们跟方知行说得挺热闹，而且方知行毕竟是大学教授，看着气宇轩昂，跟一般人也不太一样，就在旁边偷偷拍了一张照片。等这两个留学生走了，才过来跟方知行搭话。一听方知行是大学教授，这两个留学生跟他说话是因为听过他的课，立刻灵机一动。心想，如果搞一个"图片新闻"，外国留学生对中国文化越来越感兴趣，大学教授亲临图书大厦，为他们讲解中国传统文化博大精深的丰富内涵，应该是一个很好的选题。但回到报社跟领导一说，领导又看了这张照片，就觉得还可以更充分地利用这张照片的价值。这次派这个女记者去图书大厦，是要为一本古玩收藏和鉴赏的书做一个推介专版。于是就决定把这张照片移花接木，登在这个专版上，说成是这本古玩收藏和鉴赏的书如何在社会上产生很大反响，又如何引起中外读者的热议。这个报社领导也是把这事想得太简单了，以为现在没几个人在看报纸，就算登了这张照片，这照片上的人也不一定会看到。可是把这报纸拿去给出版社和这本书的作者，他们肯定高兴。

这天中午，方知行从学校回来，走到小区门口，老远就看见老朱从报亭里探出头，冲这边招着手喊，方教授，您来！来！

方知行这时跟老朱并不熟，不知有什么事，就走过来。

老朱问，头几天，您去图书大厦了？

方知行说，是啊？

老朱又问，还跟两个外国人说话了？

方知行一听笑了，说，两个留学生。

老朱说，您上报纸啦！我一看照片就认出是您，敢情您还是个大学教授哪？

方知行立刻明白了，一定是自己那天去图书大厦跟那两个留学生说话时，被记者拍到了。方知行已出版过几本书，但不像别人，他从不愿花力气，更不想花钱去为自己的书做宣传。他认为一本书出版了，也就属于社会了，影响大不大，有没有人关注，不是靠自己折腾的，而是由这本书的自身价值决定的。但这本刚出版的书就不一样了。这虽然是一本谈应用几何学的书，方知行有意把自己已经研究多年的关于"莫比乌斯式心理分析"的方法也在书中做了介绍。所以这时老朱一说，就想，如果能在报上介绍一下这本书，也是好事。但他从老朱的手里拿过报纸，打开翻着看了看，并没找到自己的照片。

老朱比画着说，后面，在后面。

方知行翻到最后，是广告版，好像是介绍一本别的什么书。在这广告版的下方，还有一些古玩玉器和瓷器的图片和介绍文字。方知行这才看到自己的照片。因为当时并不知道有人在拍照，又正说话，自己瞬间的表情有些怪异，旁边的两个留学生也一个睁大眼，一个张着嘴，似乎都在为什么事惊讶。方知行一看，心里的气立刻不打一处来。现在的记者也太不像话了，竟然敢这样胡来，本来是自己跟两个留学生随便说几句话，他们偷拍照片也就拍了，现在竟敢这样堂而皇之地用在别人新书的广告上，把自己说成是为别人的书站台，而且还是这样一本不着四六儿的书，简直太过分了。这样想着，把这张报纸往报亭的小窗里一扔就转身走了。老朱一下愣了，不知方知行说着好好儿的话，怎么突然就不高兴了。

方知行走出几步又站住了，想了想，回来把这张报纸买了。

方知行这时已经想到另一个问题。这个记者没经过自己同意，就把这张照片用在别的新书的广告推介上，这的确很气人，但问题还没有这么简单。如果从法律角度讲，这应该是典型的侵权，这种新书推介是纯商业行为，他们擅自把自己的照片用于商业宣传，这就不是一般的问题了。这个下午，方知行在自己的书房来回踱着，越想越有气。

方知行知道自己的脾气。他的脾气，就是连自己都摸不准自己是怎么回事。如果遇到事，什么时候爆发，爆发到什么程度，事先都没有任何预估。一旦发起怒来，自己好像就变成两个人，一个是理性的自己，另一个是发怒的自己，而且这个自己好像根本就不认识那个自己，也就无法控制住那个自己了。这几年上了些年岁，那个自己的脾气似乎也好了一些，但还是不行，每次只要感觉快要发怒了，自己就好像突然变得陌生起来。也正因为这样，每到这时，方知行的做法就是故意让自己回避一下，不直接面对。这时，他想到安妮律师。

安妮律师是专搞名誉权和知识产权保护的，再早，数学科学学院曾聘请她当法律顾问，专门为老师们追讨稿酬或处理别的侵权事宜。后来跟学院的合同期满，安妮律师又太忙，也就没再续签。但学校的老师们谁再有这方面的事，还请这个安妮律师代理。

方知行给安妮律师打了个电话，把这件事简单说了一下。安妮律师一听就说，这件事很简单，我让助理给他们报社发个律师函吧，看他们怎样答复，再决定下一步怎么做。

四

让方知行没想到的是，几天以后的一个下午，报社的人打来电话。方知行有些意外，他想不出这些报社的人是怎么搞到自己手机号码的。来电话的大概是个小领导，虽然说话挺客气，但嗯嗯啊啊地带着一股官气，如同嘈人的口臭。他先就没有经过方知行的同意就用了这张照片表示歉意，说是底下一个外聘的小编辑不知深浅，擅自用的，已经把这小编辑处理了。接着话锋一转，又说，其实把这张照片这样登在报纸上，对方知行也是一个宣传，现在很多人想花钱，甚至想花大价钱在报上登自己的照片，因为不够宣传资格，报社都没同意，《每日早报》不比那些刊登八卦新闻的娱乐小报，也不是什么人的照片都可以随便上的。也就是这报社小领导最后的这几句话，一下又把方知行给气着了。方知行本来觉得他前面说的还算中听，但后来就越说越不像人话了，听他这意思，他们用了这张照片，又没收钱，方知行还应该感激他们才对。方知行这时已经感觉自己的脾气又要上来了，但还是强忍着把这个小领导的话听完，然后才尽量放平声音说，我的律师，已经给你们报社发去律师函，你们收到了吗？

小领导在电话里愣了一下，说，收到了。

方知行说，那好吧，你们有什么话，只要答复律师函就行了。

这小领导一听还想说点什么，但方知行不等他再说，就把电话挂了。

这以后连着两天，报社的人就不停地给方知行打电话。方知行起初还是这句话，你们只要答复我律师发去的律师函就行了。但电话一直不停地打，而且软磨硬泡，翻来覆去就这几句话，有什么事好商量，没必要走法律程序。后来方知行终于不耐烦了，再来电话索性就拉黑。但拉黑也没用，报社的人一回换一个电话。最后方知行真急了,在电话里冲他们嚷起来,你们这样已经是骚扰!再打电话,我就要报警了!

这一嚷,电话才不打了。

接下来的事,让方知行更没想到。一天下午,方知行出来散步,看见老朱在楼下,正蹲在花坛旁边跟几个老头老太太说话,一见方知行就起身迎过来。方知行看出来,他好像是来找自己的,就站住问,有事?老朱说,是有点事,怕您中午睡觉,不敢按门铃对讲,估计这会儿您也该下来了。方知行笑笑问,你怎么知道我这会儿下楼?老朱一晃脑袋说,你们这些有文化的人,几点干吗都是准时准点儿,不像我们,想干吗干吗。

方知行这才问他,究竟有什么事。

老朱说,也不是嘛大事,有两个朋友,想请您吃饭。方知行一般很少出去吃饭,一是对饭馆的菜不放心,二是也不喜欢外面吃饭的那种气氛。老朱看出方知行想推辞,赶紧说,我这两个朋友想认识您这大教授,我已经大包大揽,您可别不给面子啊。方知行本来正在心里想着找个什么理由谢绝,一听老朱这样说,也就不好再说别的了。

这个晚上,方知行来到附近的一家酒楼,一进来就觉出不对劲。这个酒楼档次很高,如果只是老朱的两个朋友想跟自己认识一下,不会来这种地方,这个请客的架势显然是有求于自己。果然,一进包间,见老朱和两个人已坐在桌边,方知行一眼就认出来,其中一个戴眼镜的年轻女人,正是上次在图书大厦见到的那个女记者。方知行立刻明白了,扭头就出来。老朱一见赶紧追出来,拉住方知行说,哎,您别走啊,您这一走,我的面子往哪儿搁啊?

方知行站住了,转身忍着气问,你不是说,是你的两个朋友吗?

老朱眨着眼说,是啊,是刚认识的朋友啊。

方知行一见老朱这装傻充愣的劲儿,气得更说不出话了。

方知行并不知道,他后来在电话里跟报社的人急了,嚷了一次之后,报社的人就不敢再打电话了,经过商量,决定改变战术,索性登门来给方知行道歉。事情往往就是这样,人跟人最怕见面,本来已经剑拔弩张的事,也许双方一见,一说,也就化干戈为玉帛了。那个拍照片的女记者在图书大厦时曾问过方知行,知道他是一个大学的数学教授,就来到这个大学的数学科学学院。她当然不能说出真实意图，只说是慕名来的，要采访方知行教授，想问一下方教授的住址。学院办公室的人自然不能随便提供老师的住址，但这个女记者出示了记者证，还带着报社的介绍信，于是只告诉了她方老师住哪个小区，又提供了电话号码。办公室的人想的是，这个记者可以给方知行打电话，如果方知行同意接受采访，自己说出具体住址，那就是他的事了。但学院提供的这个号码没任何用处。这时报社早已有了方知行的电话号码，而且打了几天，就因为把方知行打急了，警告说要报警，才想出这个登门道歉的办法。方知行的律师发来的律师函规定了时间，报社须在十天之内答复，否则就要进入法律程序。这时眼看期限就要到了。报社情急之下，干脆就让这女记者来到这个小区，看有没有办法打听到方知行的具体住址。这女记者来到小区，自然没处去打听，物业不会说，问小区的人甭管真的假的，也都说不认识这人。最后，这女记者只好想了个最笨的办法。她发现这小区一共有四个门，一个是机动车的进口，一个是机动车的出口，只有南门和北门是让行人进出的。但北门较偏。南门可以通向地铁站，而且这边的街上也相对繁华，方知行最有可能从这个门出来。这女记者想，方知行不会一直待在家里，他总得去学校上课，也得出来买东西。于是索性就在这个南门蹲守，下功夫死等。老朱的报亭就在这小区南门的旁边。他这时已经注意到，这个年轻女人一直在小区门口转悠，也是好奇，就多了一句嘴，问她是不是想找人。这女记者先还没拿老朱当回事，见他是报亭卖报的，就爱答不理地说，找个大学老师。

老朱问，你要找的这大学老师，是不是姓方？

女记者一听立刻来精神了，说是啊，是姓方。

又问，你认识？

这下老朱倒端起来了，上下看看这女记者反问，你是干吗的？

女记者赶紧掏出自己的记者证说，我是记者。

老朱拿过记者证，仔细看了看，是《每日早报》的记者，心里就明白了。

几天前的中午，方知行拿了那份《每日早报》气哼哼地走了，后来老朱又问过他，到底怎么回事。方知行这才告诉他，是这个报纸侵了他的权。老朱一听就懂了。他整天在报亭卖报纸杂志，自己没事的时候也经常看，所以法律上的事也明白一些，如果没经过本人同意就使用人家的照片，这侵犯的应该是肖像权。现在一看这女记者一直在小区门口转，原来是想找方知行，就知道肯定是为这事来的。这时，女记者一听老朱这样问，再想他在这小区门口开报亭，方知行每天出来进去，很可能认识，一下就像抓到了救命稻草，连忙问他，跟方知行熟不熟。老朱也是热心肠，一见这女记者这么急，先正颜厉色地把她教训了一顿，说你们这些搞媒体的，应该更懂法律，怎么可以随随便便就这样侵害别人的合法权益，如果连媒体都这样胡搞乱搞，这社会还要得？岂不是更乱了？女记者这时正求着老朱，给训得大气不敢出，红着脸连声说是是是。老朱教训完了，心里挺痛快，最后才说，他跟方教授确实认识，也还算熟，但不能说太熟。又说，方老师现在正在气头上，你这会儿去了也是白去。这女记者一见终于找到了敲门砖，赶紧对老朱说，她先回去向报社领导汇报，这事还请老朱一定帮忙。老朱一见自己已把这个女记者数落得服服帖帖，心里高兴了，一高兴也就点头答应了，对这女记者说，行啊，只要不是太过分的事，我去跟方教授说说，应该还会给点面子的。

这女记者一听就欢天喜地地走了。

回到报社，立刻向领导做了汇报。报社领导毕竟比这女记者狡猾，眼珠一转就想出个进一步的主意。既然有了老朱这么个人，索性就让他帮忙帮到底，想办法把方知行请出来，跟他吃顿饭，如果方知行再会喝酒就更好办了，觥筹交错之间，也许这事就化解了。但又叮嘱这个女记者，一定告诉这个老朱，千万不能让方知行知道是谁请客，只说是他自己的两个朋友，慕名想跟他认识一下。女记者来跟老朱一说，老朱听了，心里也暗暗佩服，到底是搞媒体的，鬼点子就是多。这个下午，来跟方知行一说，方知行碍于面子果然答应了。

这时，方知行一听原来是这么回事，心里的气更大了，没再说话，扭头就走了。

这一下老朱就为难了，用句街上的话说，是坐蜡了。第二天，这个女记者就哭着来找老朱，跟他说，你没把握的事，当初别答应啊，一张嘴大包大揽，说没问题，肯定有面子，等把这方知行请出来了，又弄成这样，这一下我在报社的饭碗也要砸了。

原来头天晚上，方知行这样一气之下扭头走了，把报社的这两个人都扔在这儿，这女记者倒无所谓，可报社的这个小领导却受不了了。这小领导已经习惯到哪儿都是远接高迎，被身边的人恭维着，哪受过这种气。这时一见这个方知行这么给脸不要脸，竟然不辞而别，拂袖而去，一气之下也起身走了。这个女记者哭着对老朱说，现在领导不见她了，打电话也不接，这事儿闹成这样，她也不知该怎么办了。

老朱一听也急了，冲这女记者说，你年纪轻轻的怎么这么说话？这事儿本来就是你们报社侵权在先，你们惹恼了人家方教授，想找人家道歉又找不着大门，我不过是帮个忙，给你们撮合一下，撮合成了更好，撮合不成也没我嘛事儿，现在怎么一下都扣到我身上来了？这女记者说，话不是这么说，你当初要不是满应满许，我们就想别的办法了，现在好了，事儿你没办成，跟这方教授的关系又雪上加霜，后面这个扣儿再想解开就更难了。

但老朱跟这女记者这样说着，还不知道，他家里这边也已经起火了。老朱的老婆是个醋坛子。在她眼里，她老公虽是秃头，又长个酒糟的蒜头儿鼻子，却是天底下最帅的男人，所以平时也就看得很紧。来报亭买东西的只要是女人，多跟老朱说几句话，她看见了立刻就急。老朱家的房子在四楼，又临街，老朱的老婆只要在家，从厨房的窗户就可以监视报亭。这两天一见有个年轻女人一直在这楼底下转，还总去报亭跟老朱嘀嘀咕咕，又长得有模有样儿，心里就多了个心眼儿。头一天晚上，老朱没敢撒谎，如实告诉老婆，他是给报社的人帮一个忙，报社记者得罪了对面小区的方教授，他给搭个桥儿，让他们坐在一块儿吃顿饭，把这事儿说开了。这个早晨，老朱的老婆一见这女记者又来了，一直在报亭跟老朱说话，从楼上远远看着，好像还在抹泪，一下醋火就上来了。当即给老朱的手机打电话，让他马上回来。老朱正跟这女记者说话，一看人家哭起来，也没了主意，这时老婆一来电话就知道，家里又打翻了醋坛子，心里一烦，就在电话里冲老婆吼了一嗓子。这一下就捅了马蜂窝，他老婆嗷儿的一声，拎着电话就冲下楼来。老朱也意识到，自己惹祸了，不想在这女记者面前丢丑，赶紧扯个理由先把她打发走，又给报亭上了板儿。不等老婆出来，就赶紧往家跑。

方知行从那个晚上以后，心里一直憋着老朱的火。他知道老朱热心，平时街上谁有事都爱帮忙。可帮忙也不能瞎帮，更不能越帮越乱。现在既然已让安妮律师发了律师函，跟报社的这件事也就已经不是吃顿饭，说几句话就能解决的了。老朱当然是好心，可他想得也太简单了，报社的人也就是利用他这个简单，才想借着他把这事稀里糊涂地糊弄过去。

这么一想，也就越发觉得报社的这些人可气。

到第三天早晨，方知行从小区出来，一见报亭开了，想了想，就还是走过来。老朱没像平时探出头说话，只从里面把一张《每日早报》递出来。方知行本来还对老朱憋着气，这时感觉不太对劲，弯下腰从小窗往里一看，吓了一跳，就见老朱成了个"三花脸儿"，从脑门儿到下巴，横三竖四的全是血道子。老朱一见方知行看见了，有些不好意思，哼了两声说，没事，前天晚上喝大了，回来时在街上摔了一跤。方知行当然看得出来，这应该不是摔的，如果是摔的，脸上的伤是成片的，不会是这样一道子一道子的，这显然是让人挠的。

方知行当时没说话，拿了报纸就走了。

但到了学校，还一直想这事。如果老朱脸上这伤真是让人挠的，就应该是跟谁打架了。可老朱在街上一向人缘儿挺好，脾气又随和，不可能跟谁打架。于是中午回来，就又来到报亭。这回一问，老朱才说出实话，果然，这脸是让他老婆挠的。那天早晨他老婆从家里冲出来，在楼梯上就碰到赶回来的老朱。老朱还没张口说话，他老婆张开五根手指上来就是一下子，顿时把老朱挠了个满脸花，接着就又是一下子。老朱捂着脸一晃，险些从楼梯栽下去。他老婆一见事儿要闹大了，仗着人高马大，上前一把把老朱薅住了，然后就这么薅着回到家里，老朱这才一五一十地把这事都跟老婆说了。但老朱的老婆有个毛病，一旦怀疑老朱什么事，决不听他解释，只是沿着自己的怀疑想，而且老朱越解释也就越怀疑。这一次，她认定是那个年轻女人没事跟老朱闲搭咯，老朱也是犯了骚筋，就想跟这个女人搭咯。但既然已把老朱抓成个大花脸，也就不想再跟他动手。老朱的老婆平时惩罚老朱的第二招，就是不给他做饭。这两天，这女人就天天在学校吃食堂。老朱又懒，宁可不吃也不愿做饭。可顿顿花六块钱吃快餐，又心疼钱，于是只好买大饼就臭豆腐凑合，要不就吃方便面。

这时，方知行一听，老朱为自己的事受了这么大委屈，心里立刻有些过意不去。老朱看出方知行的心思，没想到自己让老婆折腾了这一下，反倒成了个苦肉计，就赶紧趁机说，算了吧，得饶人处且饶人，又不是嘛大不了的事，咱都是养儿女的人，为这点事，让那个记者丢了饭碗也不值当的。方知行这才叹口气说，那个记者再来，你让她跟我联系吧。

当天下午，这个女记者就给方知行打来电话。方知行告诉她，这事他可以不再追究，不过，是冲老朱的面子，他们报社的人必须出面，去跟老朱的老婆当面澄清，不能让他家再为这事闹得鸡飞狗跳。这女记者一听，第二天就和报社的领导一起来找老朱的老婆，把这事详详细细地解释了一下。老朱的老婆一听，才知道真的错怪老朱了。不过再想，挠他这两下子也不冤。她瞪着旁边的老朱说，这回知道锅是铁打的了吧？早跟你说过，别没事净管街上的闲事，你就是不听，这回倒好，管闲事落不是，费劲巴力地忙半天，自个儿反倒坐蜡了吧？

不过这以后，用老朱的话说，他跟方知行反倒有交情了。

五

方知行的"莫比乌斯式心理分析"在社会上影响很大，在学校的影响也很大。但在学校的影响和在社会上不一样。在社会上是越来越多地引起人们的关注。现在已不像过去，无论什么新东西，只要往朋友圈里一放立刻就会传播出去，比电波的速度还快。

方知行的这个"莫比乌斯式心理分析"看似很简单。一个人，当他和另一个人谈话时，他面对的是两个面，一个面是自己的心理，另一个面是对方的心理。自己这一面，也就是自己的心里在想什么，自己当然很清楚。而对方的那一面却永远无法看到，也就是说，不可能知道对方在想什么。这个问题如果用"莫比乌斯环"就可以解决了。一个纸条，倘把它对接起来，它就是一个普通的纸环。这个纸环会有一里一外两个曲面，也就如同谈话者和被谈话者双方的心理。如果这个谈话者把自己想象成一只蚂蚁，那么它在纸环里面的一侧，也就是自己的这个曲面无论怎样爬，也不会看到外面的曲面。同样，如果它把外面的这个曲面想象成自己的心理，那么在外面无论怎样爬，也永远无法看到里面的曲面。这也就是在正常情况下，谈话者永远无法知道被谈话者心理的道理。但是，如果把这根纸条的一端扭转180度，再对接起来，令人意想不到的结果就出现了，这个纸环原来的两个曲面会奇迹般地变成一个曲面了，这也就是著名的"莫比乌斯环"。这时，这只谈话的蚂蚁也就可以在两个曲面之间任意爬行了，也就是说，它不仅清楚自己的心理，同时也对对方的心理了如指掌了。这个想法显然并不难理解，只要稍微了解莫比乌斯环的人都会明白。但难就难在如何把这个谈话的"纸环"成功地"扭转"180度，因为只有这样，才能把自己变成这只"蚂蚁"。

曾经有人向方知行提出这个问题，信誓旦旦地说，他凭想象，已经成功地把自己变成一只纸环上的蚂蚁，但还是无法看到对方的那一面。方知行不知该怎样回答这个问题。这个"莫比乌斯环"听起来很好懂，其实是个很复杂的概念。显然，也许这个人真的已成功地把自己想象成一只蚂蚁了，但他爬的这个纸环，应该并不是真正的莫比乌斯环。

让方知行没想到的是，他研究的这种"莫比乌斯式心理分析"本来只是用于心理咨询和心理疏导，却有人从中发现了巨大的商业价值。可以想象，倘把这种方法用于商业谈判，一边不动声色地谈，就已经知道对方的心里怎么想，这就太厉害了，正所谓知己知彼，百战不殆。后来果然有几家大公司想高薪聘请方知行去当顾问。方知行立刻看出对方的意图，当即一口回绝了。当然，回绝得也很客气，他说，他的这种心理分析只用于人的精神层面。

但学校方面却不这样看。学校认为，方知行作为一个数学教授不研究数学，却整天搞这种莫名其妙的"莫比乌斯式心理分析"是不务正业。方知行为自己辩解，现在跨学科研究是一个方向，况且这种心理分析的理论基础是"莫比乌斯环"，而莫比乌斯环这个概念本身就属于拓扑学领域，从数学的角度讲，也并没跨学科，这怎么能说是不务正业呢。但不管怎么说，当他向学校提出建议，在数学科学学院开设这门选修课，还是立刻遭到院方的拒绝。

也就在这时，出了一件事。

数学科学学院的院长姓于，叫于水根。于水根院长突然十几天没来学校上班。后来才听说，是家里出事了。于院长当年是美国伯克利大学的数学博士，所以后来，他自己的儿子在国内读完硕士之后就让他去投奔自己当年的导师。于院长的这个导师这时已将近八十岁，还很念旧情，对于院长的这个儿子也一直另眼看待。这儿子也争气，攻读博士期间，在导师的指导下，在函数论方面就已取得了几项研究成果，获得博士学位之后就留在学校工作。这些年本来一直工作得很好，可最近，却突然回国了。起初于院长也没当回事。于院长是浙江温州人，老婆是天津人，儿子也在天津长大，从小最爱吃天津的嘎巴菜，这些年也从美国回来过几次，每次一回来，第一件事就是先来天津。来天津不为看老爸老妈，就为吃天津的嘎巴菜。所以于院长以为，儿子这次终于决定回国，是想念祖国，也想念天津的嘎巴菜。但去机场把他接回来，在路上就感觉不对劲了。他发现儿子说话也能说，交流也能交流，可总是含含糊糊的，似乎词不达意。到家又过了几天，这种状况好像越来越严重，于院长这才意识到，看来儿子是在美国那边遇到什么事了。可是问他，他又不说，也不是不想说，似乎说不出来，又好像不是说不出来，似乎自己也想不起是什么事了。

  于院长一下就急了。于院长只有这一个儿子，平时在同事中间，一直以儿子为骄傲，现在突然这样回来了，说话也答非所问，于是学校的事也顾不上了，整天就在家里，一边跟儿子东拉西扯地聊天，一边察言观色，希望能从儿子的嘴里问出点什么线索。但这儿子聊别的行，该说说，该笑也笑，就是别提在美国的事，一提美国，立刻就恍惚了，说话也开始前言不搭后语。于院长这时才明白了，看来事情远比自己想象的要严重。于是动用了所有的社会关系，找了几家大医院的精神科主任给儿子会诊。其实这种情况不用找专家会诊，稍有一点分析能力的人都能想象出来，肯定是在美国那边受了什么刺激，而他这样的年龄，最有可能受刺激的事，也就是女人。几个专家会诊的结果果然也是这样，大家一致认为，应该就是在国外受了什么负面的刺激，现在的表现是一种应激反应。但专家说，他现在的这种精神症状比较罕见，在医学上叫"选择性遗忘"。这种选择性遗忘也是人的一种心理防御机制。一个人，当他受到负面的刺激，比如挫折，抑或屈辱或羞辱之类的伤害，就会自虐一样地在心里不断地反复重复这个伤害的过程。而为了让自己避免这种精神上的折磨，他就会本能地把这件事，或发生这件事的这个时间段在记忆中删除。但专家告诉于院长，如果真能这样成功地删除，也就是说，仅仅是选择性地忘掉，当然是最好的结果，因为患者在选择性地把这件事或发生这件事的这个时段彻底忘掉之后，还会为自己编造出另一些事，以此来填补被遗忘的这段空白。根据以往的临床经验，也确实遇到过这样的患者，他们在选择性地将一些事遗忘之后，又为这个时段填充进一些新的自己想象出的事件，然后将这个时空重组，这样也就可以又像正常人一样生活了，也不会再有任何精神症状。但问题是，有的患者无法彻底遗忘，总在遗忘与回想之间徘徊，这就会加剧他的症状，严重的甚至会发展成精神分裂。于院长一听更急了，精神分裂，也就是人们常说的精神病，自己这儿子本来已是美国伯克利大学最年轻的数学教授之一，倘真得了精神病，前途也就全毁了。但专家又说，幸好他及时选择了回国，现在看，应该还没到这样严重的程度，理论上这种精神症状是可以纠正的，但必须搞清原因，只有知道了原因，才可以对症下药，进行心理疏导。

可是几位专家这样说说容易，于院长想，既然儿子已经选择性地把在美国受刺激的事都忘掉了，再跟他说那边的事，根本听不进去，要想搞清原因又谈何容易。

也就在这时，于院长想到了方知行。

于院长本来对方知行的这个"莫比乌斯式心理分析"一直不以为然。于院长认为，一个数学家可以是思想家，也可以是哲学家，这在古今中外的数学史上并不罕见，但再怎么说也不可能成为心理学家。这就像一只鸡，无论它再怎么脱毛长毛也变不成一只鸭子。可这时，走投无路的于院长已经别无选择，也就顾不上想这些了。但话虽这样说，于院长真来找方知行时，还是觉得有些为难。当初于院长曾几次在院里的公开场合对方知行的"莫比乌斯式心理分析"表示不屑，还揶揄地说，以后咱们数学科学学院可以开一门扶乩算卦的选修课了，这也算是进入跨学科的玄学领域。现在，又反过来要请人家为自己儿子的精神症状做心理分析，就觉得有些张不开这嘴。但张不开也得张，毕竟是为自己的亲生儿子。于院长只好厚着脸皮来找方知行。

于院长决定开门见山，不像搞学术讲座那样先故弄玄虚地东拉西扯，云山雾罩，索性就直奔主题。但直奔主题也看怎么直奔，也要讲点策略，否则一旦碰了钉子不光主题完了，也就没有退身步了。于是他一见方知行就说，咱都是六十上下的人了，我还比你大一岁，当年去农村插队，虽然我去的是山西，你是去河北，可有句话，天下"知青"是一家，要这么论，咱也算"插友"，我觉得这插友的感情比战友更深厚。当时方知行刚下课，从阶梯教室回到系里，正要拿上提包回家，一听这话好像有些奇怪，眨着眼看看于院长，说，我去河北插过队？没有啊，什么时候？于院长的心里立刻一沉。这个开场白本来是自己想了一晚上才想出来的，论知青，攀插友，这是唯一可以迅速拉近关系的办法。可一上来，方知行就把这门关上了。于院长曾看过方知行的人事档案，简历上明明写着，1970年至1977年在河北插队，他现在这样矢口否认，应该是在向自己表明一种态度。但于院长既然已决定把脸皮厚起来，也就索性厚到底，嗯嗯了两声只好放下插友的事不说了，干脆就直截了当地把自己儿子的事大致说了一下。最后，也就明确说了来找方知行的意图。

方知行是厚道人，这时已在系里听说于院长儿子的事，于是没说别的，也就答应了。

但方知行这次跟于院长的儿子见面，一开始却让于院长大失所望。于院长也是搞数学的，习惯从学术角度考虑问题，本以为方知行的这个"莫比乌斯式心理分析"再怎么说也算一门前沿科学，所以他来跟儿子谈话时，应该是两人正襟危坐地关在一个房间里，即使不神秘，至少也郑重其事。可没想到，方知行来了，只是跟儿子有一句没一句地闲聊了一会儿。于院长还保持着浙江人的生活习惯，爱喝茶，方知行来了，先在小庭院里沏了一壶龙井。本来只是礼节性的招待，想着方知行喝几口茶，也就开始他的心理分析工作。不料方知行也爱喝龙井，就这样坐在庭院里，一边喝着龙井一边跟于院长的儿子东一句西一句地闲聊起来。起初于院长的儿子聊也聊，但坐在那里神是散的，看得出心不在焉，可是聊着聊着就不一样了，显然，他的心思开始跟着方知行走了，不仅能一搭一句地说话，似乎也不避讳在美国的事了。于院长本来已有些不耐烦，觉得方知行的这个什么"莫比乌斯式心理分析"在社会上吹得神乎其神，一看，也不过如此。但这时，一见自己的儿子竟然跟方知行聊得入了巷，眼看越说越投机，就感到意外了,这儿子自从回来,还从没跟谁这样认真又开心地说过话。

更让于院长吃惊的是,方知行第二天一来学校,就把于院长的儿子在美国那边的事都说了。于院长的这个儿子在美国伯克利大学确实很出色,他的一篇关于泛函分析的论文刊登在数学界的权威期刊《美国数学会杂志》上,引起很大反响。这时已传出消息,于院长的儿子很有可能成为伯克利大学最年轻的终身教授,但就在这时,却出现了不同的声音。这声音是于院长儿子的两个同事发出的,一个是日本人,另一个是韩国人。这两个同事的年龄都比于院长的儿子大,学术上却远不及于院长的儿子。这两人也都是出了名的聪明,但日本人的聪明是精,韩国人的聪明是贼,精和贼合在一块儿,就有可能想出歪门邪道。这两个同事一直觊觎终身教授这个位置,只是苦于没有重大的学术成就。这时一见于院长的儿子年纪轻轻就有可能得到这个职位,自然都不甘心,于是就不谋而合地想到了于院长儿子的这篇论文。两人一商量,就一起向学校投诉,说这篇论文的几个重要观点是抄袭的。这个声音一出来,虽然论文已经发表,但《美国数学会杂志》还是立刻就进行了调查,并组织专家组,对这篇论文进行学术评估。虽然最后评估的结果,这篇论文并没有抄袭,所引用的观点和定理公式也都在学术论文允许的范畴之内,可是这个日本人和这个韩国人的阴险却超出了于院长儿子的想象。他们用的是"大街大声污蔑,小巷小声道歉"的卑劣手法,事后只在私下里看似很真诚地向于院长的儿子表达了歉意。但这样的歉意没任何实际意义,也不会有几个人知道,可是他们当初的投诉和在学校听证会上斥责这篇论文抄袭的事情,却已是很多人都知道的。于是经过这场风波,终身教授这件事也就被搁置下来。

于院长听完之后,在方知行的面前已经掩饰不住自己的吃惊。方知行跟自己儿子聊天时,他一直在旁边。方知行当时也确实跟儿子聊到在美国,尤其在伯克利大学的一些事,但儿子只是说了一些简单的情况,并没说得太详细。方知行又是怎么知道这些细节的呢?

于院长这时才真正领教了方知行的"莫比乌斯式心理分析"是怎么回事。这以后,于院长对方知行的态度也就变了。这还不仅是因为方知行用这个分析方法成功地为于院长的儿子找到在美国受刺激的真正原因;于院长毕竟也是数学家,对学术有敬畏之心,如果一个科研成果是真实的,而且确实有学术价值和实际应用的意义,又为什么不承认呢?于是几天以后,于院长就找到方知行说,在系里开一门选修课,需经过学院研究,还要上报学校,这需要一个过程,不过他已和学院的几个领导商量过了,可以先让方知行在学院为选修了拓扑学的本科生搞一次讲座。这个"莫比乌斯式心理分析",肯定有助于学生对拓扑学的理解。

六

方知行这个早晨来到学校,还在想着路上吃早点的事。

让他想不明白的是,这件事究竟是不是真的?倘不是真的,自己的嘴里还留着吃过烧饼油条和豆腐脑豆浆的那种特有的余香。而如果是真的,这又怎么可能?但有一点可以肯定,方知行清楚地记得,当时雾虽然很大,可是他进这个早点铺时,曾看到门口的第二磴台阶少了一个角,露出了里面的红砖。这说明,这就是那对老夫妇卖馄饨的小早点铺,不会有错。可是方知行感觉,这个早晨,自己好像又回到当年上中学的时代,吃了一顿当年的早点。

方知行挟着教案从系里出来,在去阶梯教室上课的路上又掏出那枚两分硬币看了看。现在这种硬币已不多见了。他突然想起来,当年,就因为两分钱,自己曾在无轨电车上让一个售票员赶下来,拎着东西走了几站地。那好像是上初三的时候,毕业还是没毕业?记不清了。当时是去劝业场买东西。2路无轨电车的全程车票是一毛一分钱,但方知行买完东西才发现,身上只剩九分钱。于是一上无轨电车就老老实实地对售票员说,自己身上只有九分钱,但要在终点下车,又拿了这么多东西,能不能下次再把两分钱补上。这售票员是个三十大几的男人,穿个蓝制服上衣,戴一副灰布套袖,头上还顶着一个绿军帽,他当时面无表情地看着方知行。方知行明白了,于是只好在离终点还差几站的地方规规矩矩地下了车,两手拎着东西走了这几站地。

那次是为什么去买东西?

方知行又使劲想了想,还是没想起来。

中午从学校出来时,雾已经散了。街两边的树木和商店又露出本来的面目。方知行下了地铁，在这条街上迫不及待地往回走。这时他已经想好，如果早晨的这个小早点铺还在，一定进去看看。方知行还记得早晨卖早点的那个年轻人。他这时已经断定，虽然这年轻人说的是一口天津话，但应该不是天津人，这个早晨，他说"锅巴菜""油条"，但天津人不叫锅巴菜，叫"嘎巴菜"，把油条叫"果子"。方知行想，如果这个年轻人还在，他一定要问问他，这究竟是怎么回事。那对老夫妇开的小早点铺叫"呈祥馄饨铺"，但中午和晚上也卖炸酱面。这时，方知行朝这边走过来，一眼就看到这个呈祥馄饨铺的门脸儿。接着，也就看到了门口的那几磴台阶。这台阶的第二磴少了一个角，露出里面的红砖。方知行来到小铺的门口站住了，又朝这小铺的门面仔细看了看，没错，早晨就是这里。这时透过门上的玻璃可以看到里面，在门的右侧又是柜台，铺子里也像往常一样，摆着几张红色的塑料餐桌，每个餐桌的跟前是几个红色的塑料小凳。早晨的木桌没有了，方知行又朝两边的店铺看了看，左边是一家眼镜店，右边是一个花店。

没错，就是这里。

他想进这小铺看看，这才发现，门上了锁。

方知行站在这个小铺的门口愣了一会儿。早晨在这里吃了一个烧饼和一根油条，还吃了一碗豆腐脑和一碗豆浆，一共花了一毛八分钱，这是确确实实的事。可现在，眼前的这个小早点铺还是往常的那个"呈祥馄饨铺"，丝毫没有卖过烧饼油条和豆腐脑豆浆的痕迹。这时，方知行觉得自己的脑子有点乱。还不光是乱，也有些恍惚。

这种恍惚的感觉，过去偶尔也有。

方知行走到小区门口，远远看见老朱。老朱正坐在自己报亭跟前的马路牙子上，抱着个纸餐盒吃快餐，看见方知行就朝这边招手。方知行走过来。老朱把纸餐盒放在地上，端起身边的大塑料杯喝了口茶说，有个事儿，正想跟您请教呢！

方知行摆了下手，什么请教不请教，说吧。

老朱说，我上午一直看这报纸上的文章，您这个莫斯分析，到底是干吗的？

方知行笑了，纠正说，是莫比乌斯式心理分析。

老朱说，对，就是这个莫比乌斯式心理分析，到底怎么回事，真有这么神吗？一边跟人说着话，就知道他心里怎么想，隔着皮儿能看见瓤儿？

方知行说，这只是一种分析方法，也不绝对。

老朱点头嗯一声说，这我倒看懂了，这个记者也写得挺明白，我想的是另一个事。他说着站起来，凑到方知行的跟前，压低声音说，我要说的，是尚老师。

方知行问，尚老师怎么了？

老朱说，她要请您吃饭，让我作陪。

方知行一听就明白了。前些天，尚老师刚让方知行给帮了一个忙，这忙说大不大，说小也不小。尚老师是通过老朱来跟方知行说的。那天傍晚，方知行又下楼出来散步，在小区里碰见老朱。老朱平时不到这边的小区来，只要来，就是有事。这时，方知行看出他应该又是来找自己的，就站住了。果然，老朱笑着迎过来说，真佩服您，每天的生活这么规律，比闹钟还准。方知行笑笑，看着他。老朱说，我是夜猫子进宅，无事不来。说完自己也乐了，摇摇头说，怎么冒出这么一句，不像人话。然后才说，是尚老师有点事，想让您帮个忙。方知行一听就笑了，说，尚老师就住我楼下，有什么事，还用绕这么大一个圈子，先跑到小区外面去跟你说，再让你把话传回来给我，这不是舍近求远吗？老朱摇头，话不是这么说，人家尚老师不像我，对您每天的生活规律这么了解，况且又不是很熟，总不能上楼去直接敲您家的门吧？说着又自豪地笑笑，她知道咱俩的关系，所以才来找我，让我跟您说啊。接着就告诉方知行，她这事也许不麻烦，也许还挺麻烦。方知行一听老朱这么转着圈儿地说，就问，到底什么事。老朱这才说，她听说您是大学老师，想让您给借一张报纸。方知行一听说，这简单，我明天去学校，给她带回一份就是了。老朱说，不是要当天的。方知行看看老朱，没听懂。老朱又说，也不是要现在的。说着看看自己的手心，她是要以前的旧报，还指定了是哪一年哪一天的。方知行有些奇怪，问，她要那旧报纸干什么？方知行听老朱说过，这个尚老师退休前是上海一家医院的护士长，她现在跑到天津来看病，这本身就挺奇怪，现在又要借这么久以前的报纸，她要查什么？再一想，这事也确实不一定好办。学校图书馆的资料很全，许多报刊都会有每年的合订本。于是想了想，问老朱，她借这报纸干什么用？老朱想了想，拨楞了一下脑袋说，闹不清，她也没说。第二天，方知行去学校图书馆找到了这张报纸。但果然，图书馆的人说，报刊馆里有规定，查阅可以，可是不能外借。方知行想，那就复印一下吧。但复印也不行，报纸太大，没有这么大的复印纸，如果缩印成一块一块的又太小了，看不清楚。最后，方知行只好又想了一个不是办法的办法。那时的报纸还相对简单，只有四版，他就用手机，把这四个版分四次拍照拍下来。然后，又把前两版，他认为的重要文章分别单独拍下来。当天下午，尚老师就用手机发来信息，请求加微信好友。方知行知道，应该是老朱把自己的微信号告诉尚老师了。于是加了好友，就把这几张照片发过去。过了一会儿，尚老师回了几个字，谢谢您。

这时，老朱又说，人家尚老师请吃饭，您可别又说没时间啊。

方知行说，拍几张照片，又不是什么大事，没必要这样客气。

老朱说，这不是客气，说句班门弄斧的话，滴水之恩，也当涌泉相报，是这话吧？

方知行只好笑笑问，什么时候？

老朱说，就今天晚上。

说着又凑近一步，还有个事儿。

方知行看他神秘兮兮的，觉着挺可笑，问，什么事？

老朱说，我知道尚老师得的是嘛病了。

方知行立刻看看老朱。

老朱告诉方知行，尚老师得的是一种很奇怪的病，据她自己说，过去的很多事都想不起来了。可一般的事想不起来行，当年一些重要的事也想不起来，这就不行了。人一上了年纪，就靠回忆活着了，攒了大半辈子的经历就像放在银行的存款，现在要取了，一下都没了，这一来这几十年不是等于白活了。起初尚老师也没发现自己这毛病，退休以后，想写一本自传，当然也不叫什么自传，就是想把从年轻到现在的经历都写下来，可这时一回想，才发觉出了问题，过去的事都是断断续续的，好像连不起来，还有一些特定时段的事似乎一点印象都没有了，就像从没发生过。尚老师毕竟在医院工作了这些年，知道这不是好事，应该是自己的脑子出了问题。好在这方面认识的人多，关系也多，起初在上海跑了很多医院，找了无数的专家，但都看不明白，有说是初期"阿尔兹海默症"的，也有说是"记忆缺失症"的，治了一年也不见效。后来听说，天津的医院治疗这种病很有办法，这才到这边来。

方知行明白了，老朱是热心人，难怪他对自己的"莫比乌斯式心理分析"这样感兴趣。老朱一拍大腿说，是啊，我就是这么想，如果你这莫斯分析也能分析尚老师的病，那就好了！

老朱还是把方知行的这个心理分析方法说成"莫斯分析"。

方知行笑笑，也不想给他纠正了。

这时方知行再想，也就明白了。尚老师应该是把这一段的记忆忘掉了，查当年的报纸，是想再回忆起来。

老朱乐了，说，我跟您和尚老师不一样，你们都是文化人，我当年虽说也初中毕业，可那会儿的初中还不如现在的小学。

老朱说着忽然停住嘴，两眼从方知行的肩膀，朝他身后看着。方知行感觉到了，回头看看，是尚老师正从小区里出来。尚老师虽已六十多岁，看着也就五十刚过的样子，皮肤白皙，不松弛，也没皱纹。齐耳的头发显然没染过，在中午的太阳底下只看出少许的白丝。方知行自从为尚老师找了当年的报纸又和她加了微信，两人再见面也就说话了，但也只是互相打个招呼，也没有太多的话。这时，尚老师朝这边微笑着点点头。

老朱笑着说，正说您呢，晚上吃饭的事。

尚老师走过来，对方知行说，方教授，晚上请您赏光。

方知行说，您太客气了。

老朱赶紧在旁边说，方老师已经答应了。

尚老师又说了一句，谢谢，咱晚上见。

说完又笑了一下，就转身走了。

老朱看看尚老师的背影，又说，我的意思，您明白了吧？

方知行看着老朱，好像还没明白。

老朱又乐了，你们这些文化人啊，学问越大，有的时候反倒越迂，我的意思是说，既然方老师得的是这种病，今天晚上吃饭，您正好可以帮她治治啊。

方知行还是没反应过来，眨着眼问，怎么治？

老朱说,您的莫斯分析啊?

方知行这才明白了,心里不禁佩服老朱。倒不是佩服他别的,是他这份热心。

七

尚老师晚上请客,是在小区门口一个叫"老三位小厨"的饭馆。

老朱这回接受了教训,用他自己的话说,是长了记性。上次是给报社的记者帮忙,结果忙没帮成,反倒让老婆醋海生波,把自己挠个满脸花。当然,最后这忙也总算帮成了,方知行看在老朱这"满脸花"的份儿上,《每日早报》侵权这事,也就没再追究。但老朱这一脸横三竖四的血道子,却足足有一个多月才下去。所以这天晚上吃饭,老朱就特意把老婆也一块儿叫来了。老朱这老婆倒是个讲面子的人,也知道这个晚上吃饭,自己是什么角色,来了先跟方知行和尚老师打了招呼,然后就坐在旁边,只听别人说话。老朱在桌前一坐就乐了,说,尚老师这地方找得好,老三位,咱也正好是老三位。说完发觉自己这话有毛病,没算上他老婆,赶紧又补了一句,不过说是老三位,其实是老四位,还有我家的这位呢!

老朱的老婆横了他一眼。

老朱又说,是啊,咱的岁数都差不多,我老婆说是比我小一年,可她月份早,其实只差四个月。又摇晃了一下脑袋,说起来,咱都是过来人,看来这小馆儿就是为咱这年龄的人开的。

尚老师也笑笑,没说话。

方知行这才发现,尚老师不爱说话还不是因为不熟,就是熟了也不爱说。她的笑,好像就是说话。其实方知行对尚老师的感觉挺好,说好还不准确,就是一种熟悉,从第一次见面就感觉不陌生。这时也笑笑,对尚老师说,给您找的那份报纸,我也看了一下。老朱明白了,方知行说这报纸的事,是想往尚老师的病上引。尚老师说,主要是有篇文章。

老朱问,这文章,您还记得吗?

尚老师听了,看一眼方知行。

方知行皱着眉想想,说,好像是关于知识青年的。

老朱立刻接过去,知识青年到农村去?

方知行点点头,若有所思地说,是啊,这几句话,当时脍炙人口。说着又看一眼尚老师,不过,到今天这个时代,用一句时髦的话说,已经多元了,自媒体又这样盛行,每天各种各样的信息太多了,当年的事已过去这些年,就算经历过,也差不多都忘了。

老朱说,忘也不会全忘,一说,应该还能想起来。

老朱的老婆在旁边忍不住了,翻他一眼嘟囔着说,也就你,总忘不了。

方知行一听就笑了。两天前的中午,老朱好像喝大了,在街上拉住方知行说酒话,告诉他,他当年在农村插队时,曾谈过一个女朋友,后来这女孩儿又看上别人,就跟着人家走了。这时,老朱的老婆一说,方知行就知道,她指的应该是这件事。于是有意把话岔开说,好像现在问女士的年龄不太礼貌,其实咱们年轻时,没这规矩。

尚老师噗地笑了,说,方教授到底有学问啊,说话还绕这么大的弯子。

老朱也乐着说,就是啊,您想问尚老师多大,就直接问呗!

方知行的脸一红,一下说不出话了。

尚老师看一眼方知行说,我比您小两岁,是1956年生人。

方知行一愣,没想到,尚老师竟然知道自己的年龄。

这时老朱也慢慢转过头,看看尚老师,又看看方知行。

尚老师立刻又说,您的年龄,我是猜的,我们当护士的,最会看人的年龄。

老朱这时已经明白了,方知行这样开头,就是在沿着事先商量的,想帮尚老师一步一步地回忆过去。于是对尚老师说,我也是1956年生人,咱这年龄,当初都去插过队,不过到咱这时候,已经没有黑龙江和内蒙古那边的任务了,最远也就是河北农村。

尚老师立刻问老朱,朱师傅也插过队?

老朱说,是啊,地方倒不远,河北固安。

尚老师说,哦,咱们离的不远,我是文安县。

老朱立刻说,还真不算远,也就二百多里地。

方知行说,文安和固安,都属廊坊市。

尚老师看看方知行,您对文安也很熟?

方知行愣一下，想了想，自己也想不起怎么会知道文安和固安的属地是廊坊。

老朱叹口气说，那地方，那时候可苦啊，整天吃高粱面窝头，都拉不出屎来。

尚老师立刻把头低下去。老朱的老婆又在旁边横了他一眼。

老朱赶紧说，哦，不文明了，不文明了！

尚老师说，我记得，那时安国就有药材市场，我每次回上海，都要带些药材回去。

方知行说，安国属保定市，但离文安不远，只有一百多公里。

尚老师问，您也去过安国？

方知行想了一下，似乎去过，但已想不起是什么时候去的。

尚老师忽然笑笑说，好像也是注定的，那时我就对中药感兴趣，当时我们集体户有个知青，会扎针灸，也懂些中医，那时候，我还跟他学了很多东西呢。

老朱扑哧乐了。

尚老师看看他，您笑什么？

老朱说，听这意思，您是不是还跟这知青，有过一段啊？

尚老师的脸立刻红起来。这时，方知行把老朱放在跟前的烟盒拿起来，抽出一支烟点着，吸了一口。老朱回过头，睁大眼看看他，您也会抽烟啊？

方知行笑笑说，过去抽过。

老朱回头对尚老师说，您刚才说一半，后来呢？

尚老师说，后来，我被保送去上医学专科学校，就离开那儿了。

老朱问，再没回去过？

尚老师说，是啊，再没回去过。

尚老师扭过头，看着窗外说，现在就一点一点想起来了，我走的那天，提着的是一个棕色旅行袋，被褥和别的东西都打在行李里了，准备托运回去。我们村去长途汽车站要走十几里路，那天下雨，农村的土路上全是泥，送我的人，车也不能骑了，只能扛着在泥里走。

老朱听着，看一眼对面的方知行。方知行抽着烟，正看着尚老师。

这顿饭本来吃得挺轻松，后来这样说着说着，就有些沉闷了。方知行本来是挑头说话的,总在找一个一个的话题。后来尚老师一说起当年的事,他就不说了。老朱倒无所谓,这个晚上一有酒就高兴了,虽然他老婆一直在旁边用眼色提醒,还是开怀畅饮。方知行虽跟老朱很熟,却是第一次一起喝酒。让他没想到的是,自己的酒量竟然这么大,几乎跟老朱不相上下,喝到最后,把自己都吓住了。老朱这时已经尽兴,连连摇着头说,有句俗话,人不可貌相,海水不可斗量,真没想到,您这大学教授平时看着斯斯文文的,敢情也这么能喝!

尚老师说,我今晚还有事,再找一天吧,我也和你们一起喝。

老朱一拍桌子,乐着说,说定了啊,插过队么,甭管男女,没有不会喝酒的!

这时,方知行的手里拿着酒杯,一直在看着尚老师。

八

方知行的这场《浅谈莫比乌斯式心理分析》的讲座影响很大。于水根院长和院里的几个领导经过商议,本想先在数学科学学院的内部搞一场,看看大家的反应。没想到海报一贴出去,外院的学生也来了,阶梯教室座无虚席,连走道站的都是人。

方知行用莫比乌斯环作为这个心理分析的模型,这想法本身就很奇特。"莫比乌斯环"在今天已是一个很时髦的概念,所以不光是数学专业,就连工科和文科的学生也感兴趣。但既然是以数学科学学院的学生为主,这场讲座就还是侧重拓扑学。方知行首先强调,因为这项研究的理论基础是莫比乌斯环,所以这个分析方法的本身也就同样具有拓扑变换的基本特性。比如,在与对方交谈的过程中,交谈者在心理上相邻的意念与被交谈者心理相邻的意念会一一对应,而且对应之后相邻的关系仍然不变。而一旦建立起这样的对应,也绝不会再产生其他不相关的新的对应意念,更不会使对应后的相邻意念在被交谈者的心理上产生重合和混淆,因为一旦这样的重合和混淆出现,这种方法由于原来相邻关系的距离为零也就会失去分析的空间。正因如此,这种心理分析方法也像拓扑学一样,可以叫"橡皮心理分析方法",所以这样的不重合只对应心理意念关系的建立,也是这种心理分析方法能否成功的前提。而作为一个使用这种方法的交谈者,他要做的,只是把自己变成这个"纸环"上的一只蚂蚁,一边细心地"爬动",一边像蜘蛛一样有条不紊地把这些相邻的意念对应地连缀起来。

在这个讲座上,虽然方知行把拓扑学的概念和心理学的概念搅在一起,让本来就很抽象的拓扑学与心理学的关系听起来更加抽象,但还是让所有在场的人越听越有兴趣。

但就在快结束时,发生了一件事。

讲座的最后一个环节是现场提问。前面几个提问的都是本院学生,问的也都是数学方面的问题。这时一个外院学生站起来,问方知行,有一句话,叫以子之矛攻子之盾,您听说过吗?这个问题显然就不太友善了。方知行毕竟是大学教授,即使是数学教授,也不会不知道"以子之矛攻子之盾"这句话。但方知行已教了几十年课,多刁钻的学生都见过。他立刻判断出,这应该是文科那边的学生,于是微笑着说,这句话脍炙人口,我当然知道。

这个学生又说,您的这个心理分析方法确实很独特,可以想象,应该也很有效,但如果用在您自己的身上,也就是说,您为自己的心理分析一下,可以吗?

这时就有人在底下哧哧地笑了。

这显然是在出难题了。这样的学生,方知行以往见过很多,他们不过是想以此来显示自己的机智和个性,用句俗话说,也就是故意在这样的场合抖一下机灵,倘若有女朋友,或自己心仪的女生在旁边,也就会更来劲。方知行又微微一笑说,你这个问题很好,不过,我们先来搞清楚单数和复数的关系,以子之矛攻子之盾的"子",指的是一个人,而现在说的莫比乌斯式心理分析,是就交谈者和被交谈者两个人之言,二,不等于一,这是个再简单不过的数学不等式,我看你应该不是数学院这边的同学,不过这个基本不等式,应该也懂吧?

下面的人立刻哄堂大笑。

但这个学生没笑,看着方知行说,您说对了,我是文学院的学生。

方知行笑笑问,上大三?

这学生说,是,大三,不过,我对拓扑学也一直很有兴趣,您刚才讲的关于这个以莫比乌斯环为理论模型的心理分析方法，我大致听懂了，就在刚才，您讲的过程中我也试着用您的这个分析方法分析了一下您的心理，现在，我可以在这里说一下吗？

这个学生的这几句话一出，阶梯教室里立刻鸦雀无声了。

所有的人都在看着方知行。

方知行也没想到，这个学生竟然敢这样说话。但他迅速想了一下，点头说，好啊，虽然剩的时间不多了，但我相信，我们的主持人会再给一点时间，你说吧。

这个学生说，我只简单地说三点，如果用您的心理分析方法，我可以得出以下结论，一，您自身的心理就有问题，至少不太正常，所以，您作为一个数学教授，才会本能地对心理分析这种跨学科的问题感兴趣；二，如果您在做心理分析时，把自己想象成一只蚂蚁，那么您在这个莫比乌斯纸环上爬动时，总会让自己绕开一些路径，这样的绕开也许是无意识的，您并没有给自己明确的心理暗示；三，您搞这项研究，在理性上告诉自己，是选择了一个科研课题，而实际却是有意无意地想解决自己的心理问题。

这个学生顿了一下，又说，我说的这几点，不知方教授是否同意。

他说完，不等方知行说话就坐下了。

阶梯教室里没有一点声音，所有的人都在等着，看方知行如何回答这个学生的问题。这时，方知行也愣住了。他不得不承认，本来自己的思路很清晰，但这个学生的这番话就像突然插进来的一根棍子，一下把他的大脑全搅乱了。他一时反应不过来，所以不知该怎样回答这几个问题。主持这场讲座的是于水根院长。于院长立刻笑着站起来，先用简单的几句话总结了一下这场讲座，又说，可以看得出来，方教授的这个研究成果引起了大家浓厚的兴趣。什么叫影响？这就是影响，而且从几个同学的提问也可以看出来，大家的思想很活跃，思考得也很深。不过，于院长又说，方教授平时教学任务繁重，还要搞科研，所以时间很紧，如果大家还有问题，或由此引发自己进一步的思考，可以通过数学科学学院，用适当的方式向方教授请教，或进行学术探讨。然后又说了几句感谢的话，就把这场讲座结束了。

于院长这时已对方知行的这个"莫比乌斯式心理分析"深信不疑。方知行上次去跟于院长的儿子谈话之后，很顺利地就把这儿子在美国受刺激的真正原因找到了，于院长惊愕之余，心里反倒踏实了。其实于院长早已对自己当初的决定后悔了。当然，当初让儿子去伯克利大学攻读博士时，也没想到，这儿子竟然会由于表现出色留在学校，而且后来，竟然还有望成为学校最年轻的终身教授。起初儿子从美国打来电话，于院长听到这个消息也很兴奋激动，但激动之余，又有些失落。就在不久前，于院长的老伴突发心脏病，送去医院，诊断是心肌梗死，要马上做心脏搭桥手术。手术时，外面空旷的楼道里，只有于院长一个人在孤零零地等着。当时于院长悲哀地想，这会儿，如果老伴儿死在手术台上了，在外面哭的人只有自己。现在好了，儿子回来了，而且这个终身教授的事以后也就彻底断了念想，这一下反倒坏事变好事了。于院长跟儿子一商量，父子俩的想法也很一致，从此改变人生规划，既然已回来了，今后就在国内发展。

于院长拍着儿子的肩膀说，好啊，这一下，你成了"海归"！

方知行的这场讲座，又一次把于院长惊着了。方知行的这篇《关于莫比乌斯式心理分析的几个观点》的论文在学校的学报上发表之后，于院长并没认真看过。但这一次，为方知行主持这场讲座时，很认真地听了一下。于院长不得不承认，方知行的这个心理分析方法不仅大胆，很有想象力，也确实有坚实的理论支撑，难怪他跟自己的儿子谈话会有这样的效果。不过最后，这个文学院的学生提的几个问题，也让于院长有些意外。于院长已看出来，当这个学生说完他对方知行的心理分析之后，方知行虽然没承认，但也并没否认。

于院长由此想到另一件事。

上次于院长想请方知行去跟自己的儿子见面，又担心被方知行拒绝，曾跟他套关系说，天下知青是一家，既然大家都插过队，也就是插友，而插友应该比战友的感情更深厚。但方知行一听立刻否认了，说他从没插过队。后来，于院长特意又去办公室，让人找出方知行在很多年前刚参加工作时的登记表，在个人简历一栏确实清楚地写着，1970年至1977年去河北农村插队。但于院长能感觉到，方知行当时否认曾插过队，并不是对自己这样拉关系的一种拒绝，也不像故意想隐瞒什么。也正因如此，刚才这个学生说的话，让于院长的心里一动。

从阶梯教室回系里的路上，于院长笑着对走在旁边的方知行说，你的眼力真准啊。

方知行低头走着，好像还在想心事，这时听了转头看看于院长。

于院长又问，刚才提问的这个学生，你怎么知道他上大三？

方知行哦了一声说，直觉。

于院长点头，难怪你搞心理分析。

方知行说，不，直觉和心理分析，是两回事。

方知行这时在心里想的，是另一件事。几天前的早晨，刚又起了一场大雾。这场大雾比那个早晨的雾还大。方知行从楼里出来，眼前几乎什么都看不到了。他走了两步，就又想起那个小早点铺。从小区出来，雾大得已经伸手只能看见五指。他沿着这条街走了一段，就隐约地又看到路边的那三磴台阶。这条街道比两边的商铺要低，所以每家商铺的门口都有三磴台阶。但"呈祥馄饨铺"的这三磴台阶不一样，第二磴少了一个角，露出里面的红砖，所以方知行还是一眼就认了出来。方知行来到这三磴台阶的跟前，才看到这个小早点铺的门。门是开着的，他走进来。门的右手还是那张长桌，桌上是一个玻璃罩子，里面用灯烤着烧饼和油条。小铺里还是几张红塑料桌子，桌前是几个红塑料凳子。柳姨站在柜台里，一见方知行进来，就说，一碗馄饨、一个烧饼一根果子，对吗？方知行点头说，对。柳姨说，馄饨带鸡蛋的是三块钱，烧饼一块，果子一块，一共五块钱。方知行一边掏钱，朝小铺里环顾了一下，又朝墙上看一眼。小铺里的光线很暗，但可以看见，墙上贴着价目表。

这时，于院长又在旁边说，这场讲座很成功啊。

方知行说，还行。

于院长忽然问，你当年上大学，是从农村考来的？

方知行说，不是。

于院长问，哪儿？

方知行想了想，摇头说，年头太多了，已经想不起来了。

于院长笑了，想说什么，看看他，还是没说出来。

方知行这个傍晚回来，从地铁站出来时，感觉有些疲惫。毕竟是六十多岁的人了，不服老不行。他想起郭德纲在相声里经常说的一句话，人老不以筋骨为能。

现在想，这话确实有些道理。

正在街上走着，手机忽然响了。他摸出手机，是老朱。老朱很少给方知行打电话，两人有微信，平时微信联系也很少。老朱曾说过，他一般不爱打扰忙人，况且方知行还不是一般的忙人，你知道人家正干吗呢，所以只要没特殊的事，不讨这个厌。

这时，老朱在电话里说，您在哪儿呢？

方知行问，有事？

老朱说，一天没看见您。

方知行说，下午学校有事，刚回来。有事？

老朱说，是有点事，可也不是嘛大事。

方知行说，说吧。

老朱问，您到哪儿了？

方知行说，马上到了。

老朱说，晚上，我请您吃饭吧。

方知行笑了，你请我？

老朱在电话里乐着说，我要请，也不会去嘛好地方儿，也就是这门口儿的狗食馆儿。

方知行一听，立刻来了兴致，说好啊，狗食馆儿才有味道。

电话里正说着，就已经远远地看见了老朱。老朱举着电话，正站在自己报亭的跟前，他这时也看见方知行，冲这边招招手，又朝旁边不远的地方一指。方知行顺他手指的方向看去，是个路边摊儿，一对外地的小夫妻，卖砂锅和烧烤。

方知行走过来，和老朱在一张桌前坐下了。

老朱笑着说，我这客请得可合适，一个马路餐桌就解决了，可就是委屈您这大教授了。

方知行也笑了，说，这不叫委屈，求之不得，今天咱喝点儿！

老朱一拍桌子说，我就是这意思！

几个大腰子，一把羊肉串儿，一人一个什锦砂锅儿。老朱把一瓶"二锅头"墩在两人中间，给自己和方知行各倒上一杯。没说话，冲他一举，一口先下去半杯。方知行也端起来，说了句，干了吧。说完一扬脖子就喝了。老朱看看他，把剩下的半杯也喝了。

又倒上，端起来问方知行，这回怎么喝？

方知行说，规矩，还用问，连干三个。

两个人就又喝了两个。

老朱这才放下杯，抹了一下嘴角，看一眼方知行说，尚老师走了。

方知行稍稍愣了一下。这才想起来，这几天，确实没看见尚老师。

老朱说，今天一早走的。

方知行问，回上海了？

老朱说，是。

说着又把酒倒上，盯着酒杯说，这尚老师，也是个挺不容易的女人。

方知行喝了几杯酒，这时脑子反倒清醒了，看着老朱问，她跟你，说什么了？

老朱又把酒喝了，沉了沉才说，她说，她现在，已经把所有的事都想起来了。

方知行看着老朱。

老朱抓过酒瓶子说，先喝酒吧。

说着又把两个酒杯都倒满了。

这个晚上，方知行和老朱都放开了，一瓶二锅头不知不觉就喝完了。老朱的老婆平时管着老朱，不让他多喝酒，可这个晚上，老朱给她打个电话，过了一会儿，她就又给送来一瓶。临走只叮嘱老朱一句，一会儿吃完了，一定要送方教授回去。

说完，又看一眼方知行，就先回去了。

这时，方知行觉得自己好像又在雾里了。

但老朱说的关于尚老师的事，他还是清清楚楚地听到了。尚老师虽是上海人，当年是在天津，跟着爷爷奶奶长大，中学毕业也是从天津去农村插队的。后来她被保送去上医学专科学校，临走时，本来和集体户的一个知青说好，她一定会等他。可是后来没等，跟一个大学同学结婚了。因为这个同学的父亲是上海一家医院的院长，她和他毕业时，这个同学去了他父亲的医院，她也被安排到另一家医院。但她跟这个同学结婚以后，这同学给她留下一个儿子，就去美国留学了，这以后再没回来。她一个人带着儿子，就这样生活了这些年。

方知行不知什么时候离开的这个路边摊。他忽然发现，老朱正搀着自己，走在小区的林荫道上。老朱还在嘟嘟囔囔地说着。他说，尚老师告诉他，当年那个集体户的男知青不是她的中学同学，是邻居，也不是邻居，只能说是街坊。她和他是因为一碗嘎巴菜认识的。那时她爷爷奶奶都已去世了，家里只剩了她自己。一天早晨，她去门口的早点铺吃早点，刚买了一碗嘎巴菜，还没吃，屋顶掉下一缕塌灰，正掉在她的碗里。当时她找早点铺的人，要求换一碗。但早点铺的人不光不给换，还当着吃早点的人挖苦她，把她气哭了。这时，旁边的一个年轻人没说话就去给她买了一碗，端过来。从那，她就和他认识了。后来才知道，他们是在同一个学校，只是不同班。再后来，他们也就一起去农村插队了。

这时，方知行突然站住了，回过头，定定地看着老朱。

老朱忽然慢慢蹲下了，呜呜地哭起来……

原载《山花》2020年第11期

评鉴与感悟

莫比乌斯环是著名的几何模型，但在这个故事里，它却同时是结构、隐喻和知识。作为知识的莫比乌斯环，它是主人公的身份标签；那些本属于时空连续性中的人、事、记忆被分解成了碎片，原因、过程却被遗忘了，仿佛一切本该如此。正是作为叙事结构的莫比乌斯环，让那些看上去互不关联、分属不同时空的人、事、记忆连接成完整的故事。由此，这个故事才袒露出悲伤的内核。这悲伤包括人世的艰辛、历史的波折，还有情欲的受挫……只是当这些悲伤被揭示为一段完整记忆的不同面相时，莫比乌斯环在真相面前又陷入了进退两难的道德困境。因为，在它闭环之前，一端是真实可能引发的毁灭力量，另一端则是如蝼蚁般盲目奔突的人类，他们因无知而快乐。（方岩）

声 明

本套"北岳·中国文学年选系列丛书"收录了2020年度众多优秀文学作品。在编选过程中,我们及各选本主编已尽力与大多数作者取得了联系,但仍有部分作者因故未能取得联系。见此声明,烦请来电,以便奉送薄酬及样书。

联系人:王朝军

电 话:0351—5628691